武关

张富仓 著

天津出版传媒集团
百花文艺出版社

图书在版编目（CIP）数据

武关 / 张富仓著. --天津：百花文艺出版社，2025.8. -- ISBN 978-7-5306-8992-9

Ⅰ. I247.5

中国国家版本馆 CIP 数据核字第 2025HB9918 号

武关

WUGUAN

张富仓　著

出 版 人：薛印胜

特约策划：周维萍　　**责任编辑：**李　信

装帧设计：王　涛　　**排版制作：**冯旱雨

出版发行：百花文艺出版社

地址：天津市和平区西康路 35 号　**邮编：**300051

电话传真：+86-22-23332651（发行部）

+86-22-23332656（总编室）

+86-22-23332478（邮购部）

网址：http://www.baihuawenyi.com

经销：全国新华书店

印刷：三河市龙大印装有限公司

开本：710 毫米×1000 毫米　1/16

字数：230 千字

印张：15.25

版次：2025 年 8 月第 1 版

印次：2025 年 8 月第 1 次印刷

定价：68.00 元

如有印装质量问题，请与三河市龙大印装有限公司联系调换

地址：河北省三河市泃阳镇兰各庄村

电话：（0316）3655788

邮编：065299

序

春秋战国时期，关中有函谷关、萧关、大散关、武关四关。武关（丹凤武关）是关中的南大门，是“秦楚之襟要”。武关经历两千多年的风风雨雨，如今已经残破不堪，成了一座废弃的关城。这座废弃的关城，关联着中国历史上许多重要的历史事件。这么多年过去了，武关的许多遗迹遭到人为的破坏，只偶尔会引来一些守望我们精神家园的历史爱好者前来参观。

在那个冷兵器时代，这座关城关系着政权的兴衰，它是何其伟哉！如今这座废弃的关城，住着一群老人和孩子，早已失去了往日的繁华与作用，湮没在浩瀚的历史尘烟中，落寞得形同残年的老人，令人很难看出它就是那个曾经令魏国、韩国、楚国胆战心惊的武关。

周武王把晋国这块肥沃的土地封给自己的儿子叔虞。秦晋之好如昙花一现，秦王听不进大臣百里奚、蹇叔的劝告，执意争霸。在崤之战中，秦军大败。秦国转而与楚国结盟，支持楚国与晋国作战。晋国为了打压楚国，培养楚国的死敌吴国，利用吴国制约楚国。吴国攻破了楚国的都城，楚国大臣申包胥向秦国求救，秦国向楚国提出条件，要求楚国将商於之地送给秦国。楚国万般无奈，只好满足秦国的要求。秦国有了“南大门”武关，为以后灭掉楚国创造了条件。

晋国被异姓大臣分裂成赵、魏、韩三国。秦国推行商鞅变法，奖励军功，灭六国，统一中国。秦朝成为中国古代第一个大一统的封建王朝。炫耀武力的秦始皇，病死在第五次东巡的路上。强大的秦帝国经不起陈胜、吴广振臂一呼。曾经坚不可摧的武关，无法阻挡刘邦的军队。

站在武关关城遗址上，望着北面的少习山，看着南面的笔架山，在慨叹山河壮丽的时候，我忍不住浮想联翩。要是武关守将不为刘邦所诱，继续齐心协力为大秦守护这座关城，刘邦又该如何？历史又会在武关写下怎样的一篇？历史就是历史，已经无法改写。

在武关，流传着这样一个令人深思的小故事。

相传，在武关，兄弟三人守着祖屋生活在一起，过着幸福的生活。他们在祖屋的院子中央栽了一棵紫荆树，那树枝繁叶茂，花开时节，甚是好看。老大的媳妇陪嫁丰厚，不想与老二、老三家分享自己的财物，一直闹着要分家，要独立过活。老大对媳妇说，你想分家过，我可以答应你，只不过有个条件。老大的媳妇说，只要能分家，就是一百个条件也没有问题。老大说，你想分家，除非院子里的紫荆树死了。老大的媳妇说，好，一言为定。

老大、老二、老三常年在外做生意，家里的事就留给了媳妇料理。老大、老二、老三外出后，老大的媳妇看着紫荆树，就动起心思。每次烫菜，老大的媳妇就把用过的热水浇在紫荆树下，久而久之，紫荆树就枯萎了。

老大的媳妇暗暗地高兴，终于盼到老大、老二、老三从外面做生意回来。老大的媳妇对老大说，紫荆树死了，可以分家了吧？老大二话不说，来到紫荆树下，痛哭流涕。老二、老三听见大哥在紫荆树下哭，也来到紫荆树下。兄弟三人坐在紫荆树下，一起抱头痛哭了三天三夜。他们的眼泪落在紫荆树下，紫荆树又活了过来。老大的媳妇看着活过来的紫荆树，羞愧难当，再也不提分家的事，还把自己丰厚的陪嫁拿出来与老二、老三家一起分享。

听了这个故事，我暗暗地想，再坚不可摧的关城，要是失去了民心，也终会成为一座弃关。

目　录

第 *1* 章[1]

商朝西北面边境，生活着强悍的游牧部落戎狄。戎狄骑兵，来势凶猛，行无踪，去无影，经常越过边境侵入西岐，抢劫物资。商王朝多次派出使者，对西岐西伯侯季历说，要是西岐再挡不住戎狄，商王朝给西岐重新换块封地。西岐远在西陲，商王朝的统治中心在中原殷地，两者相距甚远，商王朝不易控制西岐，这有利于西岐自主发展。西伯侯为守住西岐这块封地，在戎狄必经的山头上，修了烽火台，以随时应对戎狄。

这天清晨，太阳刚刚升起，西岐负责看守烽火台的士卒，发现一支戎狄朝西岐而来。士卒点燃烽火，传递消息。

成年的西岐男子，既是作战的战士，又是耕田的农夫。西岐男子放下农具，拿起作战的武器，摆开阵势，掩护老人、妇女和孩子，有序地撤到城内。

戎狄骑兵像一道闪电，在防阵中撕开了一道口子，冲向西岐城。西岐西伯侯迅速上到城上，对西岐子民喊："拿上武器，赶快上城墙，准备守城，抵御戎狄！"

返回城里的西岐老人、妇女和孩子匆匆从家里拿起武器，出了家门，纷纷上了城墙，看着城外的戎狄，毫不畏惧地做好了抵御戎狄的准备。

正在学馆读书的公子姬昌，听见屋外的嘈杂声，知道戎狄就要攻城，对老师说："老师，我要守城，打击戎狄。"

---

① 本书前4章为流传于关中地区的传说。本书所指"关中"是汉代以前萧关、函谷关、武关、大散关四关合围之地域。

老师说："公子，你还年幼，你现在的主要任务就是学习。请安心地在学馆里读书。"

公子姬昌说："诺。"

公子姬昌看着竹简，心已经飞到了学馆外面。

戎狄骑兵横冲直撞，冲进了城里。西岐士卒视死如归，顽强地抵抗着戎狄。学馆外面，杀声震天。公子姬昌终于忍耐不住了，说："老师，敌人已经攻破城池，正在杀人抢东西，我不能在学馆里读书了。"

老师说："公子，戎狄如狼似虎，出去就会没命。你是西岐的未来，要是有个三长两短，我怎么向西伯侯交代？等你学到了本事，戎狄欠西岐的债，西岐让戎狄加倍偿还。"

公子姬昌无奈地看了老师一眼，低头继续看书。

城外西岐男子回到城里，只见城里已经被戎狄破坏得不成样子。西岐士卒怒火中烧，齐心协力，勇敢地朝攻进城里的戎狄杀去。戎狄得了财物，已经达到了目的，带着财物，撤出了西岐的城池，朝戎狄的部落返回。

西岐城里喊杀声停了下来，传来了妇女、老人悲痛的哭声。公子姬昌在学馆里再也坐不下去了，起身离开了学馆，朝街道上跑。

老师跟在公子姬昌身后，喊："公子，快回来！再不回来，我就去找西伯侯！"

大街上，到处都是西岐老人、妇女和孩子的遗体。

公子姬昌随手捡起地上的武器，跑到了西门口。

老师出了学馆，追到街道上，对着公子姬昌的背影喊："公子，赶快回来！不要追啦！"

公子姬昌没有回头，追到了西门。

老师对着公子姬昌喊："公子——"

公子姬昌已经出了西门，向戎狄追去。

老师到了西门，向西望去，已经不见了公子姬昌的身影。

残阳如血，公子姬昌沿着大路，在戎狄后面继续地追啊，追啊，累得上气不接下气，没有追上戎狄。公子姬昌看着远去的戎狄，心里很不甘。公子姬昌追到山前，戎狄顺着峡谷继续西走，公子姬昌上了山，顺着山上的小路继续追，还是没有追上戎狄。公子姬昌站在山顶，无可奈何地望着戎狄远去的影子，心里很不是滋味。一个光有勇气没有实力的人，说什么都是没有用的。

公子姬昌的老师失魂落魄地回到了城里，见了西伯侯，负罪地说：“伯侯，我失职了，没有把公子看好，我对不起伯侯的重托。”

西伯侯说：“先生，你已经尽责了，请不要过于自责。当务之急是抓紧时间救人，加固城墙，防止戎狄再次来犯。”西伯侯说着，投入进自救的人群中。公子姬昌的老师很自责，看到西伯侯忙碌的身影，也加入了西岐子民自救的人群。

人们埋葬了遇难者，清理了街道，整修了残破的城墙。天已经黑了，公子姬昌还是没有回来。西伯侯上了城墙，向西而望，群山环绕，望不到头。西伯侯顺着城墙慢慢地走了一圈，从城墙上下来，又在城里巡视了一圈，回到住处，坐在桌前，想着儿子，想着如何抵御戎狄，想着西岐的未来，不知不觉，进入了梦乡。

一位白胡子老头轻轻地来到西伯侯跟前，轻轻地摇了摇西伯侯。西伯侯抬起头，看着白胡子老头，施礼说：“老人家，深夜来访，有失远迎。失礼！失礼！”

白胡子老头说：“我是你爷爷的爷爷，不必客套。”

西伯侯恭恭敬敬地向白胡子老头施礼，说：“老祖宗，请坐！请坐！不知有何指教？”

白胡子老头坐下来，对西伯侯说：“我给你说件天大的事，你要牢记于心，切莫忘记。”

西伯侯说：“老祖宗，请讲！我洗耳恭听！”

白胡子老头说：“秦岭东南大岭峡谷中，有块风水宝地，要是公子姬昌在那里拜师学艺，日后必成大器。”

西伯侯说：“老祖宗，秦岭东南大岭峡谷众多，不知道您说的是哪条峡谷、哪座大岭？”

白胡子老头说：“那里北面靠山，南面依西洛水（今丹凤县武关河，发源于丹凤县蟒岭南麓庚家河镇土地沟，流经武关，从商南县太吉河毕家湾注入丹江），西面地势平坦，东面崖高谷深……”

西伯侯说：“老祖宗，仅凭这些特点，公子姬昌恐怕难以找到那里。那里叫什么？还有哪些重要的地理标识？请告诉我吧。”

白胡子老头说：“那里有座山，山上有座百神庙。西洛水盛产大鲵。我只能说这些，其他方面，就看公子姬昌有没有缘分了。”

西伯侯说：“老祖宗，好吧，我让公子姬昌尽力去找。”

白胡子老头说：“公子姬昌只有书本上的知识，不去那里历练，就成不了大事。不要悲观失望，只要公子姬昌用心去找，一定不虚此行。”

西伯侯说：“老祖宗，多谢相助。”

白胡子老头说：“记住了吗？”

西伯侯说：“老祖宗，记住了。”

白胡子老头转身不见了。

夜已经深了，远处的山峦不时传来野狼的嚎叫，公子姬昌孤零零地一个人走出了空旷的峡谷，失魂落魄地上了大路，回到西岐城下。夜色朦胧，西岐城门紧闭。

守在城门上的士卒突然看见城门前来了一个人，士卒警惕地问：“谁？再不搭话，我们放箭啦！”

公子姬昌没精打采地说：“我是公子姬昌，不要放箭。”

守卫城门的士卒激动地打开城门，将公子姬昌从外面迎了进来，说：“公子，你没事吧？”

公子姬昌说：“没事，好着呢。”

守城的士卒说：“谢天谢地，公子总算平安回来了。”

公子姬昌归来的消息很快就在西岐传开了，子民纷纷出了家门，来看公子姬昌。子民都为公子姬昌平安归来而高兴不已。

西伯侯被外面的嘈杂声吵醒了。他想着刚才做的梦，梦里的情景是那样的真切，历历在目，清清楚楚地留在脑里，无法忘记。西伯侯不知道外面发生了什么事，从桌前起身出了屋。

公子姬昌的老师一直没有休息，想起西伯侯对自己的信任，内疚得寝食难安，在学馆里走来走去，盼着公子姬昌平安归来。他听见学馆外面的嘈杂声，也出了学馆，来到了街道上。

公子姬昌垂头丧气地走在前面，子民跟在后面安慰着公子姬昌说："公子，平安回来了，比什么都重要，西伯侯和我们多么担心你呀！"

公子姬昌说："戎狄骑兵像闪电一样，我想报仇。我追不上戎狄。"

公子姬昌见了老师，施礼说："老师，我错了。没有本事，仅凭一腔热血，也是水中望月。我以后好好听你的教诲，多学学本事。"

老师说："公子，你长大了，明白事理了。"

西伯侯刚出家门，公子姬昌跪在父亲面前，悔恨地说："父亲，孩儿知错了，请父亲狠狠地责罚孩儿吧。"

西伯侯看着儿子说："孩子，错在哪里？"

公子姬昌说："父亲，没有实力，仅凭一时之勇，想要打败敌人，简直是痴人说梦。戎狄之所以胆大妄为，是因为戎狄拥有强大的骑兵呀。西岐想要打败戎狄，必须拥有西岐的骑兵。"

西伯侯说："孩子，你说的正是为父所想的，西岐要把戎狄当成磨刀石，等戎狄把西岐这把没有刀锋的钝刀磨锋利了，西岐拿着这把锋利的刀，征服了戎狄这个最强大的对手，再向东扩展，就会易如反掌。"

公子姬昌说："父亲，孩儿愚钝，辜负了父亲的期望，请父亲降罪。"

西伯侯说："孩子，你已经知错了，为父就不追究了。"

公子姬昌说："父亲不是说过，'王子犯法，与庶民同罪'吗？"

西伯侯说："孩子，好吧，父亲给你一个改错的机会。"

公子姬昌说："父亲，请讲！"

西伯侯说："孩子，那里山高路远，有许多未知的困难等着你去克服。"

公子姬昌说："父亲，孩儿是西岐西伯侯的孩儿，时刻准备着为西岐献身。父亲，为了西岐的兴旺发达，孩儿就算吃尽千辛万苦，就算您牺牲孩儿，孩儿也没有怨言。"

西伯侯说："孩子，有你这番话，为父就知足了。"

西伯侯把梦境复述了一遍，说："孩子，记住了吗？"

公子姬昌说："父亲，孩儿记住了。"

公子姬昌的老师说："伯侯，这么大的事情，关系着西岐的前途、公子的安危，应该请卜官占卜一下，再做决定吧。”

西伯侯想想先生的话，派人请来了卜官。

西伯侯向卜官施礼说：“卜官，深夜叨扰，请多海涵。”

卜官给西伯侯还礼说：“伯侯，能为西岐效命，能够得到西伯侯的信任，是我的荣幸。”

西伯侯整了整衣冠，抱拳对着天空，深深地施礼，又把自己的梦对卜官说了一番。卜官当着众人的面，郑重其事，把龟甲架在大火上烧，等龟甲开裂后，把龟甲从火中拿出来，看着龟甲的纹理，庄严地对西伯侯说：“伯侯，吉卦！吉卦！”

西伯侯跪下，子民也跟着西伯侯跪下，西伯侯磕头说：“多谢神灵保佑！多谢祖宗保佑！”

子民跟着西伯侯磕头，说：“多谢神灵保佑！多谢祖宗保佑！”

西伯侯礼毕，站起身。

子民跟着西伯侯站起了身。

西伯侯对公子姬昌说：“孩子，明早启程，不得有误！”

公子姬昌施礼说：“父亲，孩儿遵命！”

第二天，晨曦刚启，公子姬昌已经收拾停当。西伯侯悄悄地送公子出了城，见公子上了白马，西伯侯背转身，擦了擦眼角，又转身对公子姬昌说：“孩子，去吧。”

公子姬昌说：“父亲，西岐事多，父亲多保重！”

西伯侯说：“孩子，出门在外，多加小心！”

公子姬昌说：“父亲，请回！”

西伯侯说：“孩子，一路顺风！”

说着，公子姬昌身骑白马，像一道闪电，朝东南而去。

西伯侯站在城前，看着公子姬昌远去的背影，满怀心事。西岐还有许多事情等着自己去处理呀。

第2章

秦岭像一道屏障，挡住了北方的游牧民族。秦岭东南麓，气候湿润，群山环抱。丹江发源于秦岭东南麓，向东南一路流淌，冲积形成了肥沃的土地。这片土地地势平坦，便于灌溉，适合耕种。在这个世外桃源，幸福地生活着古都国、楚人先祖芈姓季连部落和西洛水部落。

尧舜时期，三个很古老的部落就生活在这里。古都国的西面靠着秦岭，东面挨着生活在商山脚下的楚人芈姓季连部落，楚人芈姓季连部落的东面紧挨西洛水部落。三个部落最强大的是芈姓季连部落，芈姓季连部落并没有因为自己强大，就对古都国和西洛水部落任意侵扰。三个部落和睦相处，互不侵犯。

古都国的西面是秦岭，生产出来的物品想要与西洛水部落和芈姓季连部落交换的时候，便会受限于道路狭窄，极为不便。古都国使用独轮车，大大地方便了货物运输。古都国借助独轮车将自己的货物运送到关中，与芈姓季连部落和西洛水部落交换物品。古都国的年轻贵族，推着独轮车，甚至进入了中原和南方。古都国靠着独轮车，换回来许多东西。古都国在三个部落中，靠着交换，成为最富有的部落。

为了出行方便，三个部落修通东面的道路。古都国的年轻贵族又主张使用牛拉车、马拉车。古都国的年轻贵族靠着马拉车、牛拉车，运回来了许多古都国没有的物品。古都国人把追求财富看成人生第一要务。特别是古都国的年轻贵族，疯狂地聚敛财富，他们的财富远远地超过了古都国的年长贵族，年轻贵族在古都国的地位不断上升。古都国的年轻贵族出去的次数多了，就有了想法，一心想着离开古都国，到东面发展。当古都国的年轻贵族把想法告诉古郡国年长贵族的时候，遭到了古郡国年长贵族的强烈反对，古郡国的年轻贵族暂时放弃了想法。

古郡国推动了部落之间的商业贸易发展，在诸多部落中，古郡国的商业贸易特别有名。古郡国成了商业中心。

商山北面紧挨丹江。丹江北岸，地势开阔平坦。楚人芈姓季连部落在商山繁衍生息，部落人口规模年复一年地发展壮大。丹江发了几次大水，大水冲毁了部落的房子、牲畜，冲走了部落的子民。楚人的酋长鬻熊，为了避免部落再次遭到洪水冲击，带领部落子民，在丹江两岸的山坡上，开凿了无数大大小小的石窟，作为部落子民的安居之处。鬻熊领导有方，商山土地肥沃，部落人口规模迅速壮大，商山已经满足不了整个部落的发展需要了。

鬻熊审时度势，带领部落子民，离开了商山，路过西洛水部落的时候，鬻熊对西洛水部落的酋长说："商山地方太小了，已经跟不上季连部落发展的节奏了，恳请西洛水部落与季连部落一起到南方发展吧。"

西洛水部落的酋长说："鬻熊酋长，这里是祖先留给西洛水部落的土地，西洛水部落不能丢弃。"

鬻熊说："好吧，商山是季连部落先祖的发祥地，有朝一日，季连部落还要回到商山脚下，祭祀先祖。"

西洛水部落的酋长说："鬻熊酋长，商山是季连部落先祖的地方，西洛水部落是不会把商山据为己有的，请鬻熊酋长放心。"

鬻熊说："西洛水部落的酋长，我担心的不是西洛水部落，而是古郡国。要是古郡国将商山据为已有，到时楚人与古郡国国主说理，请酋长帮楚人做个见证。"

西洛水部落的酋长说："鬻熊酋长，我一定说公道话。"

鬻熊带着部落子民向东南继续发展的时候，古郡国内部产生了争执，年轻贵族说："古郡国太小，已经不适合部落发展，古郡国现在有马拉车、牛拉车、独轮车，郡国靠着这些工具，可以像季连部落一样，向南为部落寻求更大的发展空间，为部落换回更多的财富。"

年长贵族说："尧舜时期，古郡国先祖就生活在这里，古郡国在这里生活得无忧无虑，现在古郡国这么富有，为什么要离开这里呢？"

年轻贵族说："生活得过于安逸的部落最容易灭亡。为了部落的未来，还是允许古都国向外发展吧。"

年长贵族说："古都国，尧舜时期就有，谁要是分裂古都国，就是古都国的敌人，古都国所有的子民必须向其宣战。"

年轻贵族说："各位长辈不允许古都国向东发展，我们就留在古都国。但是，自从芈姓季连部落离开商山后，商山现在还空着，不如让我们把商山那块地方占了，要是被西洛水部落占了，古都国不是就亏了？"

年长贵族说："你们这个提议好，商山那块地方，我们早就想守护，只是我们没有说出来，你们现在提出来了，你们就赶快去做吧。"

年轻贵族带着族人和大量的财富，离开了古都国，迁居到商山脚下。

鬻熊到了丹阳，古都国侵占了楚人先祖发祥地，鬻熊十分愤怒，派人前来向古都国索要。鬻熊的使者说："商山是季连部落先祖的土地，你们知道吗？"

古都国的年轻贵族说："我们知道啊。"

使者说："你们知道，为什么还不离开？"

古都国的年轻贵族说："请你回去告诉鬻熊酋长，我们只是在这里暂时歇歇脚，等我们瞒过古都国的年长贵族，我们就会离开商山，继续向东迁居。"

使者走后没有多久，古都国的年轻贵族就带着族人和财富，迅速离开了商山，经过西洛水部落时，西洛水部落的酋长问："你们要到哪里去？"

古都国的年轻贵族说："商山那里太小了，国主派我们到东面去看看。"

古都国的年轻贵族带着族人离开西洛水部落。古都国的年长贵族知道后，追到了西洛水部落，没有追上古都国的年轻贵族。古都国的年轻贵族带着族人到了商密，依靠财富修建了最宏伟的城池，称为下鄀国。古都国的年长贵族从西洛水部落返回经过商山的时候，就把商山这块地方据为己有。古都国由年长贵族控制了商山，为了显示自己高贵，与下鄀国区别开，称上鄀国。楚人酋长鬻熊带着族人一直南扩，腾不出手脚向上鄀国索要先祖的发祥地商山。商山一直是鬻熊后人的心结，鬻熊后人发誓要把商山从上鄀国手里夺回来。

公子姬昌骑马离开了西岐，进入了秦岭东南的群山。山险路窄，林木苍郁，公子姬昌沿着秦岭峡谷，马不停蹄，向东南前行。

这天，公子姬昌翻过了秦岭，来到了上鄀国，只见人来人往，商业繁荣，特别热闹。

公子姬昌拜见了上鄀国国主，公子姬昌说："上鄀国国主，上鄀国的商业天下闻名，今日一见，果然名不虚传。"

上鄀国国主说："谢谢客人夸奖。客人是谁？到哪里去？"

公子姬昌说："上鄀国国主，我是西岐公子姬昌，受父亲所托，到东南大岭峡谷，寻找一块风水宝地。"

上鄀国国主说："姬昌公子，西岐乃仁义之邦，敬仰！敬仰！东南峡谷很长，不知姬昌公子要找的这块风水宝地，有什么特点？"

公子姬昌说："上鄀国国主，这块风水宝地，北面靠山，山上有百神庙；南面靠西洛水，水里盛产大鲵。"

上鄀国国主说："姬昌公子，这块地方就在上鄀国前面的西洛水部落，你离西洛水部落已经不远了。"

公子姬昌说："上鄀国国主，多谢！"

上鄀国国主说："姬昌公子，不必多礼！"

公子姬昌离开了上鄀国，向东继续走，到了商山脚下，见到子民，子民打量着公子姬昌，问："你是谁？你到哪里去？有什么事吗？"

公子姬昌说："我是西岐公子，这里是西洛水部落吗？"

子民说："不，这里以前是楚人芈姓季连部的发祥地，现在是上鄀国的一部分，西洛水部落还在前面。"

公子姬昌说："谢谢！"

公子姬昌离开了商山，继续向东走去。

这天下午，太阳快要落山的时候，公子姬昌到了西洛水部落前。四条恶龙正在这里寻找食物，它们发现了公子姬昌，马上施法，天空顿时乌云密布，狂风大作，大雨眼看着就要下来了。

青龙说："弟兄们，还在等什么？连人带马一锅端。"

赤龙说："只能吃掉马，不能吃人。"

黄龙说："为什么?"

黑龙说："头戴丝巾，身穿丝衣服，脚穿丝鞋，衣着讲究，出身高贵，是位贵人，今后可是要当王的人呀，得罪不起。要是吃了他，惊动了地府，地府上奏天庭，我们就必死无疑了。"

青龙说："黑龙说得有理，我们吃了马，就放了他吧。"

赤龙、黄龙、黑龙说："好长时间没有遇见这么美味的食物了。愣着干什么？还不赶快动手!"

四条恶龙从云端朝马扑来。

公子姬昌看着衰败的西洛水部落，心里疑惑不解，继续纵马向前，准备在西洛水部落里找个地方避雨，这时候，马惊得立了起来，公子姬昌险些从马上摔下来。公子姬昌狠狠地抽了马一鞭，马一声长鸣，公子姬昌摔下了马。公子姬昌还没有从地上翻起身，来了一阵大风，将马吹到了天上，公子姬昌看着马向北边的山上飘去。

公子姬昌起身站了起来，用手指着天空，愤怒地说："何方妖怪?竟敢在此兴风作浪，祸害子民，有种现出原形，与我大战八百回合!"

恶龙不理公子，越飞越高。风小了，恶龙将倾盆大雨抛了下来，将公子姬昌浇成了落汤鸡。公子姬昌抹下脸上的雨水，指着天空，继续怒喝："妖怪休走！快快现身!"

雨更大了，马眼看着就不见了。公子姬昌冒着大雨，顺着崎岖的山路，追到了西洛水部落北面的山头上，也没有追上马。公子姬昌透过大雨，看见山头有座破败的小庙。他来到庙前，抬头一看，原来是百神庙。公子姬昌心中大喜，原来这里就是自己要找的地方呀。他推开破败的庙门，进了小庙，对着百神拱手施礼后，说："诸位神灵，如有冒犯，请多多包涵。雨停之后，我便离去。"说完，找了块平地，坐了下来。不一会儿，就睡着了。

百神来到公子姬昌身边，一位神仙轻声说："贵客临门，只是事先没有准备，我们没有好菜好饭招待呀。"

另一位神仙说："我们倾尽所有，心诚就是了。"

一位神仙说："也罢，干大事者都不拘小节，要是在吃穿上讲究，也干不成大事。"

另一位神仙说："说得好啊，他就是我们等待的那个人啊。"

公子姬昌听见有人说话，慢慢地睁开了眼，见四周围满了老头。这群老头都是白发白眉白须，慈眉善目的。公子姬昌站起来，施礼说："老人家，有何指教？"

百神客气地说："公子，不知你来了，事前没有准备，只有些粗茶淡饭，不成敬意，就请你与我们一起用餐吧。"

公子姬昌又饥又渴，施礼说："老人家，多谢了。"

百神说："公子，你来到这里，我们应该感谢你呀。"

公子姬昌说："老人家，何方妖怪抓走了我的坐骑？"

百神说："公子，你有所不知，山下西洛水部落不知道什么时候，来了青、赤、黄、黑四条恶龙，在西洛水部落兴风作浪，祸害生灵，西洛水部落子民敢怒不敢言。"

公子姬昌说："老人家，你们不是神仙吗？你们为什么不替西洛水部落的子民伸张正义，将恶龙为非作歹的事，报告给天庭呀？"

百神说："公子，正因为我们是神仙，所以才不敢把家丑外扬。要是这件事说出去，我们神仙脸上也没有光，毕竟都是神界的丑闻啊。人间的事，只能靠人自己解决，神界不便直接插手，要是坏了神界的规矩，就会受到神界的一致谴责。"

公子姬昌说："老人家，你们不能明哲保身，任凭恶龙在此胡作非为呀！"

百神说："公子，我们在此苦苦地守候，就是在等一位从西面而来的有缘人。"

公子姬昌说："老人家，你们等到那位有缘人了吗？"

百神说："公子，已经等到了。"

公子姬昌说："老人家，那位有缘人现在哪里？"

百神说："公子，那位有缘人就是你呀！"

公子姬昌说："老人家，你们看错了，我何德何能，怎么是恶龙的对手呢？"

百神说："公子，恶龙之所以吃了你的坐骑，没有对你下手，就是因为你是西岐公子，它们以后还要仰仗你。你如今有我们相帮，除掉恶龙，只是时间问题，你不必担心。”

公子姬昌说：“老人家，这里是什么地方？”

百神说：“公子，从明天开始，你跟着我们在此山学习武艺，从今往后，这座山就叫少习山。”

公子姬昌说：“师父，请受徒儿一拜！”说完，就给一百位老头行礼。

百神笑眯眯地看着公子姬昌，满意地摸着胡须，相互点点头，这位徒弟英俊洒脱，彬彬有礼，真是有缘呀。

公子姬昌对百神说：“师父，请入座。”

百神笑眯眯地坐到餐桌前，对公子姬昌说：“公子，你是我们的客人呀，你啥时候成了我们的主人呢？”

公子姬昌说：“师父，从今天起，我既是你们的徒弟，也是你们的随从，你们每个人都是我的主人，你们随叫，我随到，绝不含糊。”

百神说：“公子，时间不早了，我们赶快用餐，明日你还要早起，我们教你习武。”

公子姬昌说：“师父，遵命！”

公子姬昌入座后，晚饭就开了。虽然是粗茶淡饭，但是香甜可口，公子姬昌吃得有滋有味，特别是一种植物，越嚼越有味。公子姬昌吃过之后，觉得肚子不饿了，身上来了精神。

公子姬昌问：“师父，这是什么食物？这么好吃呀。”

百神说：“公子，这是山上很普通的一种植物商芝呀，我们天天吃，一年四季从来没有间断过，我们越吃越精神呢。”

公子姬昌说：“师父，我长这么大，还从来没有吃过这么美味的商芝。这里真的是块风水宝地呀。”

百神说：“公子，这里不仅有美味的商芝，还是建功立业的地方。”

公子姬昌说：“师父，我一定好好习武，好好做人，今后一定要大展宏图，干出一番轰轰烈烈的事业，绝不会辜负你们的期望。”

百神说：“公子，我们相信你一定能成功。你肚子饿了吗？反正我们的肚子已经饿了。多余的话，还是留到明天吧，现在快点用饭吧。”

公子姬昌和百神吃过饭后，百神把庙里最宽绰的地方留给公子姬昌睡觉，百神都挤在一起。公子姬昌心里过意不去，说：“师父，你们挤在一起睡觉，这怎么行呢？”

百神说：“公子，庙小神仙多，我们早就习惯了。要是你现在让我们分开睡觉，我们反而睡不踏实，会失眠的。”

公子姬昌说：“师父，等我成事之后，一定帮你们把庙修得更加气派。”

百神说：“公子，如果你成事之后，为我们重修庙宇，就是置我们于不仁不义了。劳民伤财，有失神仙的气度呀。我们的住处虽然小，虽然破，我们吃的虽然是粗茶淡饭，但是我们从来没有做过对不起人的事，从来没有被人骂过，我们一直问心无愧，天天快乐，这种快乐，你们凡人是体会不到的。我们的快乐是你们永远也无法得到的。公子，你明白我们的意思吗？”

公子姬昌说：“师父教诲的是，徒儿知错了。”

百神说：“公子，知错就改，必成大器。闲话少说，睡觉！”

公子姬昌躺在了供桌下，不一会儿，就睡着了。

第二天，鸡叫头遍，公子姬昌起床出了百神庙，活动筋骨，做好了习武前的各项准备。鸡叫二遍，百神从庙里出来，把各自最拿手的招数教给了公子姬昌。公子姬昌用心看，细细揣摩，认真领会，在山上潜心学艺。

西洛水部落子民上山采药的时候，看见公子姬昌在百神庙前习武，就把这件事告诉了西洛水部落的酋长。酋长说：“他是来帮西洛水部落脱离苦海的那位贵人，今后不论谁上山采药，都不要打扰公子。”西洛水部落子民郑重地向酋长点点头。

公子姬昌在少习山上习武的事很快就被恶龙知道了，恶龙驾着乌云来到少习山，看着公子姬昌撇撇嘴。

青龙说：“动动小拇指，就能将他摔死。”

赤龙说：“出口气，就能把他吹上天。”

黄龙说：“吐口唾沫，就能把他淹死。”

黑龙说：“轻轻地摆摆尾巴，就能把他打回老家。”

四条恶龙一起说：“小孩子不知道天高地厚，在少习山上练习一些花拳绣腿，就想与我们为敌，简直是痴心妄想！”

恶龙说着，放声大笑，放心地飞走了。

枝头的鸟儿，看见公子姬昌在习武，为了不打扰公子姬昌，静静地看着，没有鸟儿叫了。

少习山顶上，只有风儿轻轻地从这里吹过。

在这个幽静的山上，公子姬昌发奋习武。百神教得认真，公子姬昌学得认真，就这样日复一日，公子姬昌的武艺日渐精湛。

不知不觉，公子姬昌已经在少习山上学武三年了。公子姬昌的个头长高了，已经成了一位更加英俊、结实的少年。百神看在眼里，喜在心上。恶龙的好日子就要结束了，西洛水部落子民的好日子就要来了。这一天，正是百神和西洛水部落子民所盼望的。

这天，公子姬昌把自己在少习山上所学的武艺，齐齐地在百神面前演练了一遍，百神摸着胡须，不住地点头。公子姬昌天资聪明，已经把百神的本领全部学到了手，现百神的本事全部集中在公子姬昌一个人的身上。百神看着公子姬昌的本领，发自内心感到高兴。

吃过早饭，公子姬昌到百神的身边，百神郑重其事地对公子姬昌说："王子，你可以下山帮西洛水子民除掉恶龙了。"

公子姬昌说："师父，恶龙盘踞在哪里？"

百神说："公子，你下了山，向东走约三里就是了。"

公子姬昌磕头行礼之后，对百神说："师父，徒儿去了。"

白神说："公子，去吧。"

公子姬昌告别了百神，下了少习山，向东走了约三里，看见了四条恶龙。公子姬昌指着恶龙说："恶龙，马上离开这里，回到原来的地方！我可以既往不咎，饶了你们。"

四条恶龙鄙夷地看着公子姬昌说："小孩儿，我们知道你是公子，才没有吃你，没想到你大言不惭，竟然在此大放厥词，是不是活得不耐烦了？"

公子姬昌说："恶龙，你们在西洛水部落祸害子民，已经违反了神界规矩，我不想将你们打回原形，你们还是去吧。"

恶龙气急败坏地说："小孩儿，给脸不要脸，不要怪我们四个收拾你一个人了。"

公子姬昌说："恶龙，我敢来，就不怕你们。你们一起来呀！来呀！"

四条恶龙一起上阵，挥舞着利爪，飞到公子姬昌跟前。阵阵阴风向公子姬昌袭来。公子姬昌不敢大意，与四条恶龙缠斗在一起。四条龙没有想到这个小孩子还有两下子，能同时抵御它们的进攻，它们恼羞成怒，恨不得将公子姬昌碎尸万段。它们自从到西洛水部落，还没有人敢来与它们作对，更没有人敢来向它们挑战。它们怒气冲冲，拿出了看家本领攻击公子姬昌。公子姬昌见自己一时无法取胜，边打边向后退。恶龙占据了上风，它们跟在公子姬昌后面，紧追不舍。公子姬昌转过山湾的时候，躲在路边岩洞里的西洛水部落酋长对公子姬昌喊："公子，快进来躲一躲。"公子姬昌顺着声音，看见了西洛水部落酋长，连忙从狭小的洞口钻了进去。四条恶龙转过山湾，看不见公子姬昌了，它们在山湾附近找了找，没有找到公子姬昌，扭头向盘踞的地方去了。

公子姬昌进到山洞，见洞里躲着许多人，他来到西洛水部落酋长的身边，施礼说："多谢相救。你们为什么都躲在山洞里？"

酋长说："公子，我是西洛水部落的酋长，我们部落应该谢谢你。自从恶龙来了，西洛水部落子民就无处可去，只好躲进部落后面大山的山洞里。"

公子姬昌说："酋长，我受西岐先祖所托，在百神庙拜百神为师，受百神所托，我要帮西洛水部落消灭恶龙。"

酋长对部落子民说："诸位，为了纪念公子在百神庙山习武，现在我将百神庙山改为少习山，将部落改为少习部落。"

子民说："酋长，好啊，少习山、少习部落，多么鼓舞人心的名字！我们今后就叫你少习部落的酋长，我们就是少习部落的子民。"

酋长说："公子，好汉难敌四只手，仅凭你一个，根本就不是恶龙的对手。以前，我们部落有位英雄，力大无比，千斤巨石在他手里，形同小石子，他在除恶龙的时候，被恶龙活生生地撕碎生吞了。公子，我劝你还是早日回家跟爹娘团聚去吧。"

公子姬昌说："酋长，谢谢你的好意，我已经在百神庙下了决心，不除恶龙，誓不罢休。"

酋长说："公子，对付恶龙，必须智取，不能蛮来。"

公子姬昌说："酋长，有什么办法吗？"

酋长说："公子，要是能把恶龙在少习部落作乱的事告诉玉皇大帝，有玉皇大帝出面，事情就好办多了。"

公子姬昌说："酋长，我是凡夫俗子，处在地上，根本就不能把此事捅到天上呀，又怎么能让玉皇大帝知道呢？"

酋长说："公子，这事说难也不难，说简单也不容易啊。"

公子姬昌说："酋长，请你明说。"

酋长说："公子，要是能够让恶龙互相厮杀，闹出了天大的动静，最好是地动山摇，恶龙在少习部落的行为就会引起玉皇大帝的重视，玉皇大帝必定会派天兵天将下界来剿灭，到了那个时候，恶龙在少习部落的好日子就算到了头。"

公子姬昌说："酋长，这个主意好！我想出了一个办法，只是我在少习部落人生地不熟，找不到合适的诱饵，没有办法让恶龙上当呀。"

酋长说："公子，恶龙没来之前，少习部落的日子过得也不是很好，但是还能勉强地过。自从恶龙来了，少习部落的日子就没法过了。这次，你决心除恶龙，你就是少习部落的恩人。你要什么诱饵，请告诉我，我来帮你想办法。"

公子姬昌说："酋长，我要用一头猪、一只羊、一条狗、一只鸡做诱饵，引恶龙上当。"

酋长说："公子，你不愧是西岐公子，脑子就是比一般人聪明，你这个办法就是好。吃是天大的事情，恶龙为了吃的，必定斗得你死我活。好，你先在少习部落歇息，我现在就去找你需要的东西。"

第二天，少习部落的酋长为公子姬昌准备好所需要的东西，公子姬昌在少习部落用过饭后，带着这四样东西又来到了恶龙盘踞的地方。

公子姬昌深深地给恶龙施礼后，毕恭毕敬地说："诸位龙神，昨日多有不敬，今日带着礼物特来给诸位赔罪，请饶恕我这个不懂规矩的小孩子，昨天在这里胡说八道，冒犯了你们。"

四条恶龙盯着公子姬昌身边的礼物，已经垂涎欲滴了。自从人们躲进了狭小的山洞，它们已经好久没有吃上这么美味的食物了，恶龙有些急不可待了。

公子姬昌说："诸位龙神，你们个个神勇，是我见过最大的英雄。昨日我已经领教了各位大英雄的神勇，我后悔得肠子都青了，我后悔自己白白地浪费了那么长时间，白白地跟着那群老头瞎晃荡了三年，只在他们那里学了些雕虫小技。昨天我逃走后，一夜没有睡觉，想尽千方百计，总算凑成了四样薄礼。我准备拜你们之中法力最高的高手为师，所以，你们不论是谁，只要取得第一名的，就吃那头猪，就做我的老师，我今后想方设法，三天找一头猪给师父。取得第二名的，只能委屈吃那只羊，吃了这顿就没有下顿了。取得第三名的，我只能孝敬你吃那条狗了，恕我今后都看不起它了。取得第四名的，它就没有选择地吃那只鸡了，请它过了今天，就离开少习部落，找个没人的地方，躲起来吧，不要再出来寒碜人了。诸位龙神，你们都是聪明人，你们在天上都是凭本事吃饭的主，你们来了凡间也必须靠本事吃饭，这样才能被凡人看得起，否则，凡人中别有用心的人就会说你们打着天界的旗号，狐假虎威，在凡间混吃混喝，有损你们的声望，有损天界的神威，对你们、对天界，多不好啊。诸位龙神，你们都是聪明人，你们不聪明怎么能修行进入到天界呢？多余的话我就不说了，剩下的事情，你们自己慎重地琢磨一下，给我一个交代吧。"

公子姬昌说完，对恶龙深深施礼，放下了礼物，不慌不忙地离开了，走了没有多远，找了个地方，躲了起来，偷偷地朝恶龙看着。

恶龙在天界龙中一直都是目中无人，到了凡间桀骜不驯，还从来没有遇见过对手，它们听了公子姬昌的话，都想证明自己实力不凡。但它们在天界待过，一时都抹不下面子，它们沉默了半天，在利益面前，还是忍不住撕破了脸，露出了它们的真面目。

青龙说："不要争了，猪是我的。"

赤龙说："青龙，你只配吃鸡。"

青龙说："赤龙，来呀，你鸡都吃不上！"

赤龙说："气煞我也！青龙，吃我一爪！"

赤龙说着，腾空而起，朝青龙扑去。青龙毫不示弱，迎面朝赤龙扑来。

霎时，狂风大作，地动山摇。

酋长看着洞外飞沙走石，兴奋地说："公子成功了，我们就要离开洞穴，回到原本的住处了。"

子民兴奋地说："酋长，好啊，好啊，终于盼来了这一天。"

黄龙说："黑龙，我比你年长，你就把猪让给我吧。"

黑龙说："黄龙，废话少说，想吃猪，就让我们吃饭的家伙说话。"

黄龙与黑龙又扭打在了一起。

霎时，河里白浪滔天，河水越涨越高，眼看着就要到山上的洞口了。

子民惊慌失措地说："酋长，现在该怎么办呢？"

酋长说："大家不要惊慌，好事刚刚开了头，好戏还在后头，不要着急。"

四条恶龙从一个山头打到另一个山头，打得天昏地暗，地动山摇，恶龙相互争斗，终于闹出了天大的动静，将玉皇大帝的好梦给惊醒了。

玉皇大帝怒气冲冲地问："何人大胆，在人间兴风作浪，搅了我的美梦？"

太白金星说："回玉帝，在少习山，有四条龙，目无天界法纪，正在聚众逞凶斗狠。"

玉皇大帝说："它们擅离职守，跑到少习山，就是违犯天条。何人前去降伏它们？"

雷公、电神一齐说："玉帝，我们愿意前往。"

玉皇大帝说："雷公、电神，出列听令！"

雷公、电神出列。

玉皇大帝说："雷公、电神，你们带三千天兵天将，把恶龙捉拿归案，不得有误！"

雷公、电神说："得令！"

雷公、电神带着天兵天将，踏着祥云，浩浩荡荡，来到了少习山。

外面突然风平浪静，一切都回到了原来的样子。

酋长说："玉皇大帝发号施令了，天界终于出手了，少习部落子民的好日子就要到了！"

雷公、电神捉住了恶龙，将恶龙带回了天庭，押到了玉皇大帝面前。玉皇大帝说："畜生，白白地从凡间修行到了天界，辜负了我的信任，现在知罪吗？"

恶龙跪在地上，说："玉帝，小的知罪。"

玉皇大帝说："畜生，败坏了天庭的名声，但是念你们以前有功，现在给你们一个戴罪立功的机会，你们返回人间，回到曾经作恶的少习山，悔过自新，任凭少习山周围的子民发落，否则，不要怪我无情。"

恶龙说："多谢玉帝网开一面，给了我们一个改过的机会。我们到了凡间，一定夹着尾巴做人，护佑一方平安。"

玉皇大帝说："畜生，去吧。"

天兵天将把四条恶龙押到南天门，从天上推了下去。

恶龙被天兵天将抓走后，少习部落的酋长带着子民出了山洞，拿出仅有的食物，设宴招待公子姬昌，这时候，四条龙从天而降，吓得子民四散而逃。

公子姬昌冲到恶龙面前，说："恶龙，不关少习部落子民的事，你们有本事就冲我来。"

恶龙跪在地上，对公子姬昌说："公子，我们奉玉皇大帝之命，听候少习部落子民发落。"

公子姬昌说："恶龙，不要使诈！"

恶龙说："公子，句句都是实话，没有半句虚言。"

公子姬昌对少习部落的酋长和子民说："不要怕，不要跑了，快回来吧。恶龙是来认错的。"

少习部落的酋长和子民半信半疑地来到公子姬昌跟前，看着恶龙。公子姬昌对恶龙说："恶龙，玉皇大帝派你们来悔过自新，那么你们就按照春夏秋冬四季，各自在少习山附近占据一道山岭，为少习部落的子民多做善事，护佑少习部落的子民四季平安吧。"

恶龙说："多谢公子给我们一个改过的机会，我们一定不会辜负公子的重托，把少习部落保护好。"

公子姬昌说："你们各司其职，都去吧。"

恶龙施礼之后，飞上了少习山旁的山岭，很快与山岭融为一体，成了少习部落的四道屏障——四条岭。

少习部落的酋长对公子姬昌说："公子，我有一事，不知道该讲不该讲？"

公子姬昌说："酋长，请讲！"

少习部落的酋长和子民跪在公子姬昌面前，酋长说："公子，少习部落面积小，人口少，等公子成事之后，我想请公子给少习部落封国，请公子保护少习部落的子民，不知行不行？"

公子姬昌扶起少习部落的酋长，说："酋长，等我成事之后，我以及我的后人，做少习部落的保护人。天地为证！"

少习部落酋长和子民对公子姬昌千恩万谢。

公子姬昌吃过饭，谢绝了少习部落的酋长和子民的百般挽留，恋恋不舍地告别了他们，踏上了回家的路。

公子姬昌回到了西岐，把自己在百神庙拜师学艺，在少习部落智斗恶龙的事，告诉了父亲。西伯侯听了，非常高兴，为庆祝儿子平安归来，学到了本领，在西岐举行了盛大的晚宴。西岐子民在晚宴上载歌载舞，西伯侯说："有列祖列宗保佑，我儿姬昌现在学到了本领，日后必将大有作为，西岐一定越来越强盛。"西岐子民听了西伯侯的话，深受鼓舞，对西岐的未来充满了热望。

第3章

在商王朝西陲耕作的秦人接到警报，戎狄骑兵夜袭。秦人飞廉是商王朝西陲边关的守将，他不慌不忙地带领士卒，迅速上了城墙，做好了抵御戎狄的准备。

秦人恶来对父亲飞廉说："父帅，我愿带人绕到戎狄背后，等戎狄攻城的时候，我与父帅前后夹击，重创戎狄，不知父帅以为如何？"

飞廉说："此计甚好，就依我儿。"

恶来火速带领弓箭手和长矛手出城，埋伏在城外南侧的山坳里。不一会儿，戎狄骑兵浩浩荡荡，从秦人恶来埋伏的地方冲了过去。戎狄骑兵冲到城下，发起了进攻。就在战斗到了白热化的时候，恶来悄悄地来到戎狄骑兵身后，命令弓箭手向戎狄骑兵放箭。戎狄骑兵腹背受敌，略显胆怯。

恶来带人一起喊："戎狄，你们被包围了，已经无路可逃，还不下马投降？"

飞廉在城墙上大喊："勇士们，报仇的时刻到了！"

戎狄内心惶恐，放弃了攻城，扭头就跑。恶来马上让长矛手列队在前，冲过来的戎狄骑兵很快就被长矛手刺死了。

飞廉带着士卒出了城门，在戎狄骑兵后面追击。戎狄骑兵腹背受敌，心慌意乱，失去了斗志，已经溃不成军，落荒而逃。

恶来带着士卒缴获了不少戎狄马匹，大胜而归。

士卒欢呼着说："戎狄这次终于尝到了苦头！"

"戎狄这次好大方，送了这么多的贺礼！"

"这下好了，有了马匹，秦人就可以组建骑兵了。"

恶来说："父帅，明日，我带人将这些马匹还给戎狄。"

飞廉说："孩子，有什么想法？说出来让大家听听。"

恶来说："父帅，秦人没有养过马，怎么能把这些马养好呢？没有好马，凑起来的骑兵也是乌合之众，不堪一击呀。"

飞廉说："孩子，直说吧。"

恶来把自己的想法给大家一说，飞廉说："孩子，有舍必有得，好啊。"

秦人虽然想不通恶来的话，但飞廉答应了儿子恶来，也就没有人反对了。恶来连夜挑选了二十个聪明伶俐的少年，让他们晚上在家做好准备，第二天一早和自己一起前往戎狄。

第二天清早，恶来带着二十个少年，带着昨日缴获的马匹，悄悄地出城，朝戎狄赶。恶来走在前面，少年赶着马，跟在后面。

恶来对少年说："这次到戎狄，一定要虚心向戎狄学习骑马、养马的本领，要是谁把马养得好，谁的骑马技术高，回到秦地，一定会得到父帅的重用。"

少年说："少将军，戎狄会不会杀了我们？"

恶来说："我们诚心诚意地把马归还给戎狄，还自愿帮戎狄放羊牧马，戎狄怎么会舍得杀我们呢？"

少年说："少将军，我们还是放心不下。"

恶来说："我都不害怕，你们害怕什么？"

少年说："少将军，有你在身边，我们就不怕了。"

戎狄看见了恶来他们，纵马挥舞着手中的武器，迅速来到了恶来他们四周，发现恶来他们都没有带武器，戎狄围着恶来他们说："赤手空拳，来找死啊？"

恶来说："我们是来归还马匹的，我有话对戎狄王说。"

戎狄将恶来他们押到戎狄王的大帐前，戎狄守卫进去报告之后，戎狄王从大帐里走了出来，上下打量着恶来，说："拉下去，砍了！"

戎狄抽出刀，把恶来向前一推，说："走！"

恶来说："戎狄王，等我把话说完，要杀要剐，请便！"

戎狄王说："死到临头，有什么话说？"

恶来说："戎狄王，这么多年来，双方打打杀杀，相互都有伤亡，都没有占到便宜。我想了很久，觉得这样打下去，对双方都没有好处。这次我们把昨天缴获的马匹送还给你们，再帮你们放羊牧马一年，我们是诚心诚意与你们和解。您把我们杀了，这件事要是传出去，您就会失去人心，这对您没有好处呀。"

戎狄王说："秦人狡猾，不会又对戎狄耍什么花招吧？"

恶来说："戎狄王，要是没有诚意，您给我一个豹子胆，我也不敢带这二十个人来戎狄送死呀。"

戎狄王说："本王谅你们也不敢耍花招。"

恶来说："戎狄王，先说好，我们给你们放一年马，等到了时间，请您允许我们平安离开这里。"

戎狄王说："先把话说到前边，要是你们在我部落里不老实，休怪我无情。"

恶来说："戎狄王，要是在期限之内，有谁做出违背你们部落的事，要杀要剐随你便，我毫无怨言。"

戎狄王说："好，痛快！"

戎狄王很快把恶来他们的人分了下去，恶来他们分别到了戎狄的不同部落，放羊牧马。戎狄王为了试探恶来他们的诚意，故意对他们放松了警惕，白天不管，晚上不看，不给他们吃饱，羊圈、马棚四周也没有人值守。恶来他们总是白天赶着羊群，寻找肥美的水草，晚上安心地赶着羊群、马群回到羊圈、马棚，饿了吃点草根，渴了喝点山泉水，既没有抱怨，也没有要离开的意思。见了戎狄没有怨恨之色，总是勤勤恳恳地干活，把羊放好，把马牧好，把自己该做的事情做好。恶来他们在牧马的时候，总是虚心地向戎狄请教。他们的举动打动了戎狄，戎狄王对他们的态度有了转变，改善了他们的生活，与他们相处得比较融洽，把自己养马的经验毫无保留地传授给他们。恶来他们在戎狄的教导下，学会了骑马，学会了养马。他们把戎狄的马喂得膘肥体壮，经常把马带到河边，将马身上洗得干干净净，比对待自己的亲人还好。他们放羊牧马的时候，已经不再步行，而是骑马了。他们的骑术越来越好，已经可以与戎狄相提并论了。不知不觉，恶来他们就在戎狄度过了一年漫长而又短暂的时光。

恶来走到戎狄王大帐前，守卫说："站住！"

恶来说："请转告戎狄王，我们在戎狄一年期限已经到了，请允许我们回去。"

戎狄王的守卫说："好，在这里等着，我进去通报一声。"

过了一会儿，守卫从里面出来，对恶来说："大王有请！"

恶来进了大帐，说明来意。戎狄王说："在戎狄过得怎么样啊？"

恶来说："戎狄王，戎狄是个好地方。"

戎狄王说："戎狄这么好，本王给你找个戎狄美人，你就留在戎狄成家立业吧。"

恶来说："戎狄王，父母、先人还在秦地，还需要我回去照料呀。"

戎狄王说："要是在战场上相见，你会怎么办？"

恶来说："戎狄王，要是避免不了，只能兵戎相见。"

戎狄王说："这次回去了，会怎么做呢？"

恶来说："戎狄王，我会用粮食与金银财宝，和戎狄交换马匹，组建秦人的骑兵。"

戎狄王说："要是你成了王，会怎么做呢？"

恶来说："戎狄王，秦人将与戎狄和睦相处，互不侵犯，永远是最好的朋友。"

戎狄王说："你来的那一天，我就明白了你的意图，我之所以允许你向戎狄学习养马的技术，是因为你的真诚与勇气打动了我。我喜欢有野心的年轻人，我更喜欢待人诚挚、有责任心的年轻人。所以，我要成全你，帮助你。你可以让你的人，每人在戎狄挑选一匹马，骑马回去。"

恶来说："戎狄王，祝您万寿无疆！"

恶来他们每人从戎狄选了一匹快马，骑着离开了戎狄，回到了秦地。后来，恶来他们果然带着粮食、布匹、金银财宝，到戎狄买来了许多好马。他们把马带回了秦地，精心饲养，精心调教，把马养得膘肥体壮，跑得更快，跑得更远。秦人的养马技术，已经超过了戎狄。但是，秦地仍然很落后，飞廉只是商朝镇守西陲的一位将军，商王怎么能给他封地呢？现在最重要的是做好自己分内的事，挡住戎狄，不让戎狄通过秦地，伤害子民。

季历去世以后，公子姬昌继承了父亲的爵位。相传，商纣王很不放心西伯侯姬昌，担心西伯侯姬昌反叛，将西伯侯姬昌召到了朝歌，囚禁在羑里。为了试探西伯侯姬昌有没有反心，骗西伯侯姬昌的儿子到了朝歌，偷偷地杀了，吩咐厨师，用上最好的作料，用西伯侯姬昌儿子的尸体炖了最美味的肉汤，送给了西伯侯姬昌，说："西伯侯姬昌，这是用你儿子的肉炖的汤，你尝尝，好喝不？"

西伯侯姬昌接过肉汤，平静地喝了，对送肉汤的人说："谁的肉并不重要，重要的是大王专门给臣下做了这么美味的肉汤，大王对臣下这么好，臣下心里好感动啊。从今往后，臣下要在神灵面前天天祈祷，祝祷大王长生不老，万寿无疆。"

西伯侯姬昌的话，送汤的人告诉了商纣王。商纣王身边的人说："大王杀了西伯侯姬昌的儿子，西伯侯姬昌不但不怒，反而对大王感恩戴德，西伯侯姬昌的心思太深了，大王应该早早地除了西伯侯姬昌，朝歌就没有后顾之忧了。"

商纣王说："本王用姬昌的儿子炖汤，姬昌知道了，竟然不反抗，还说好喝，姬昌这种人，没有什么可怕的，你们都不要担心。"

事情传到西岐，西岐人担心商纣王改变主意，杀了西伯侯姬昌，连忙给商纣王送来了宝马、美女，并对商纣王说："西伯侯姬昌老了，不中用了，竟然喝了用儿子炖的汤，西岐再也没有人能相信西伯侯姬昌，子民都不愿意跟着西伯侯姬昌走了。大王把西伯侯姬昌关在牢里，还要浪费大王的食物，大王还不如把西伯侯姬昌送回西岐。"

商纣王听了来人的劝说，觉得说得有理，就放了西伯侯姬昌。西伯侯姬昌回到西岐，常常用自己的儿子激励自己，更加奋发图强，不断发展生产，西歧的实力增长得很快。

相传秦人飞廉的始祖是神农后稷，是黄帝之后。西伯侯姬昌的祖先是黄帝之孙颛顼的后裔。秦人飞廉和西伯侯姬昌他们的祖先都是黄帝的后人，他们同宗同源。西伯侯姬昌认为，秦人养马养得那么好，要是有秦人相助，消灭纣王不是指日可待了吗？于是派人去了秦人那里。

西伯侯姬昌的使者对飞廉说："商纣王无道，祸国殃民，西伯侯要讨伐商纣王，想请飞廉将军帮忙，不知道你们愿意不?"

飞廉说："虽然商纣王无道，做出了许多不义之事，但我是商朝的将军，商王待秦人不薄，秦人不能做出对不起商王的事情呀。"

使者说："飞廉将军说得很好呀，西伯侯十分敬重像飞廉将军这样有情有义的人。西伯侯的祖上也为商朝立过功，商朝给了西伯侯祖上封地，但那是好久好久以前的事了。如今商纣王无道，荼毒生灵，已经被许多诸侯抛弃了，现在必须要有一个新王来代替商纣王，这个新王就是西伯侯姬昌。西伯侯见飞廉将军是人才，才来联系飞廉将军，飞廉将军要珍惜机会，不要再犹豫了。"

飞廉说："秦人要怎么帮西伯侯呢?"

使者说："飞廉将军，少将军养马养得好，请派少将军到西岐，帮西伯侯养马吧。"

飞廉说："西伯侯如此赏识我的儿子，就让我的儿子跟你们去吧。"

使者说："有飞廉将军的支持，西伯侯的大业必将成功。"

飞廉说："早日结束这个残暴的王朝，早日还子民安居乐业的时光，全天下的人，都在等着这一天。"

使者说："飞廉将军的祝福，我一定带给西伯侯。"

飞廉派人叫来儿子恶来，对恶来说："孩子，现在随西伯侯姬昌的使者去西岐，一定要尽心尽力，帮西岐把马养好，不要辜负了西伯侯对你的期望。"

恶来说："诺!"

少将军恶来跟着使者到了西岐，西伯侯姬昌把养马场交给恶来管理，在恶来的精心照护下，西岐有了好马，军事实力更加强大了。而商纣王每天除了饮酒作乐，还是饮酒作乐，根本就不理朝政，听不进忠臣劝谏，忠臣劝商纣王，商纣王就杀忠臣。奸臣讨好商纣王，尽心满足商纣王的欲望，商纣王的好日子已经不多了，却还在荒淫无耻地继续迫害商朝子民。

西岐举起伐纣大旗，攻克耆国、邘国、崇国，势力深入商朝腹地。原本归属商朝的诸侯国与部落，纷纷倒戈，加入西岐伐纣的阵营。可是西伯侯姬昌却积劳成疾，得了重病。

西伯侯姬昌把儿子姬发叫到床前，说："孩子，少习部落对为父有恩，等你平定天下，一定要封少习部落为诸侯国，保护好少习部落呀。"

公子姬发说："父亲，孩儿记住了，孩儿一定完成父亲的嘱托。"

西伯侯姬昌去世后，其子姬发尊其父为文王，姬发即后世所称之周武王。周武王继承了父亲的遗志，在约公元前 1046 年，拜姜子牙为师，亲率六十万大军发兵朝歌。

第4章

传说，少习部落北面靠山，南边紧挨着西洛水，地势险要，处在秦岭峡谷通往东南的要道上。西洛水水质清澈，河水甘甜可口，水边的潮湿地带生活着两栖动物大鲵。

商纣王骄奢淫逸，过着酒池肉林的生活，根本不顾子民死活。商纣王听大臣说，大鲵是上好的美味佳肴，可以延年益寿。商纣王大喜，马上要求少习部落一年三百六十五天，天天都要向王宫进贡大鲵。

大鲵昼伏夜出，是两栖动物，生活在西洛水边，白天躲在西洛水边的洞穴里，晚上才出来寻找食物，加之西洛水深广，捕获起来很不容易。少习部落为了完成给纣王的进贡，已经有不少子民被西洛水冲走了，还有部分子民葬身在少习部落东面的大潭里。少习部落面积小，人口少，是古老的部落，缺乏土地和人力，发展缓慢，面对强大的商朝，只能忍气吞声，忍受着纣王的折磨。

这天，专门负责为商纣王运送大鲵的商王朝军队，趾高气扬地来到了少习部落，商军头领用马鞭指着子民说："把酋长叫来！"

子民不敢怠慢，马上叫来了酋长。酋长见了商军头领，施礼说："大人，大鲵已经给大人准备好了。"

商军头领傲慢地说："快拿来！我们要马上送到朝歌，要是耽误了大王吃大鲵，少习部落吃罪得起吗？"

酋长对子民说："快给大人把大鲵拿上来。"

子民把装有大鲵的篓子拿到商军头领跟前，商军头领看了看篓里的大鲵，生气地用马鞭指着酋长说："用这么小的大鲵糊弄大王，你们是不是不想活了?”

酋长连忙跪下，说：“大人，我们天天为大王抓大鲵，从来没有懈怠过。现在西洛水里的大鲵已经被子民抓得越来越少了，子民昼夜去抓，天天都有子民为了抓大鲵而丢了性命，子民从来没有向大王抱怨过，一直不打折扣地完成大王分给少习部落这个光荣而又艰巨的神圣任务。正因为大王信任少习部落，让少习部落为大王抓大鲵，少习部落才会平安无事，没有被别的部落欺负，少习部落感激大王还来不及呢！少习部落每次下西洛水捉大鲵的时候，就用大王派少习部落捉大鲵来激励自己，就有了无穷的动力。少习部落的子民捉啊，捉啊，忘记了在捉大鲵上所发生的所有不快的事，眼含热泪，斗志昂扬，新的一天就这么开始了。少习部落的子民昨天好不容易才捉到了这些大鲵，这些大鲵比少习部落的老祖宗还亲，宁愿牺牲自己，也要帮少习部落完成任务，少习部落感激大鲵都感激不过来呀。少习部落在大鲵潭修了大鲵庙，年年供奉，祈祷大鲵子子孙孙，不要穷尽。要是大鲵没有了，少习部落就没有了奋斗的方向，对大王就失去了存在的意义，就会被其他部落给瓜分了呀。大人，少习部落祝愿大王万寿无疆！”

商军头领用马鞭指着酋长的头说：“大王要的是大鲵，必须不折不扣地想尽千方百计坚决完成。啰里啰嗦，对我说这么多废话，有什么用呢?”

这时，一个子民哭着跑到酋长面前，说：“酋长，三个人一早下了大鲵潭，我们在潭边等了很久，到现在都没有见到他们出来，恐怕已经凶多吉少了。”

商军头领用马鞭指着酋长说：“明天再用这么小的大鲵糊弄，就把少习部落所有的人都赶进大鲵潭，让你与你的子民一起下潭捉大鲵。”

酋长说：“大人，保证完成任务。”

商军头领带上大鲵离开了少习部落，酋长和部落子民来到了大鲵潭，在潭里打捞了好久，都没有打捞到死去子民的尸体。酋长和子民心里知道，大鲵也许已经吃了他们。

子民哭着说：“酋长，要不离开这里吧?”

酋长说：“少习部落已经忍受了这么长时间，现在不能就这样走了。”

子民说：“酋长，这种苦日子何时才是头啊?”

酋长说："少习部落的好日子快要到了。"

子民说："酋长，好日子什么时候到呢？"

酋长说："西岐大军已经出发，纣王的好日子就要到头了。"

子民说："纣王十分强大，西岐不是纣王的对手啊。"

酋长说："失民心者失天下，这是自古以来的铁律。"

子民说："酋长，有你这句话，再苦再累，都有盼头了。"

子民有空就在少习山上翘首西盼，盼着西岐大军早日来到，早日帮他们脱离苦海。他们等啊，盼啊，终于看到，一支大军从东面向少习部落开来。

少习部落的酋长听了子民的喊声，上了少习山，问："西岐大军在哪里？"

子民指着东面远处的大军，说："酋长，你看！就在东面！"

酋长说："西岐在西面，西岐军应该从西面来。现在大军从东面来，那一定是商纣王的军队，赶紧回部落把有用的东西都藏起来，等西岐军来了，再协助西岐军打败商纣王的军队吧。"

子民说："诺。"

酋长回到部落，带着子民，拿着有用的东西上了少习山，躲进了密林、山洞。过了一会儿，只见商军来到少习山前，旗上写着一个大大的"余"字，他们的将领名叫余光。余光大军来到了少习部落前，一队士卒冲进了部落，过了一会儿，又从部落里走了出来，来到余光面前，说："报告将军，整个少习部落空无一人。"

余光说："继续向前搜索！"

小校说："诺！"

小校带着一队士卒，朝前冲去。

余光带部将站在少习部落前，四处看了看，用马鞭指着西洛水对岸，对部将说："我军就在那条沟里安营扎寨。"

余光部将说："将军，大营安在少习部落对面，我军如何阻击西岐大军东进？"

余光说："西岐大军来势汹汹，我军安在少习部落，很难抵御西岐大军。姜子牙与姬发正率领西岐大军作战，父帅派我军来到少习部落的目的主要是牵制西岐大军。要是西岐大军向东进攻朝歌，那时，西岐后方空虚，我军马上从少习部落出发，出其不意，端西岐的老窝，就可以解朝歌之围。我军在西洛水南边安营，西岐大军必然不敢前进，如若西岐大军渡西洛水与我军决一死战，我军正好可以利用地利，消灭这支西岐军队，鼓舞士气。这样我军就可以一鼓作气，兵发西岐，扭转战局。”

余光部将说：“将军神机妙算，佩服！”

余光说：“现在组织士卒，迅速渡过西洛水，修建寨子，不得有误！”

余光部将说：“诺！”

余光大军来到西洛水边，只见浪高水急，西洛水很宽阔。

这时，负责搜索的小队返了回来，小校向余光报告说：“将军，我们向前追了十里，一无所获。”

余光说：“停止搜索，快去寻找渡船，帮助大军渡过西洛水，不得有误！”

小校说：“诺！”

小校带着士卒顺着西洛水，仔细地找了找，没有找到一艘渡船，只好回来对余光说：“将军，西洛水边没有渡船。”

余光说：“拆毁少习部落所有的房子，扎成木筏，帮助大军渡过西洛水。”

小校说：“诺！”

小校带领士卒进了少习部落，拆毁了房子，把房椽带到西洛水边，扎成木筏。余光大军上了木筏，一拨接一拨地陆续渡过了西洛水。余光将士卒带到山沟，依据地势，修筑大寨。

余光大军在西洛水的南边安营扎寨，说明战事紧迫，西岐大军就要来了。少习部落的酋长在少习山上，与子民一道，盼啊，盼啊，终于看见西面来了一支大军。少习部落的酋长大喜，对子民说：“西岐大军到了，赶快下山迎接。”

子民说：“酋长，不会弄错了吧？”

酋长说：“这次不会错！”

年轻力壮的少习部落的子民在酋长带领下，带着食物和水，有序地下了少习山，迎着西岐大军走了过来。

率领这支西岐大军的是雷震子。雷震子来到少习部落的酋长面前，说：

“请问，这是什么地方？你们都是什么人？”

少习部落的酋长拱手施礼说：“将军，这里是少习部落，我是少习部落的酋长，请问将军尊姓大名？”

雷震子还礼说：“我是西岐姜子牙帐下大将雷震子。”雷震子指着苏全忠说：“他是我的副将苏将军。”

少习部落的酋长拱手说：“雷将军、苏将军，少习部落终于将西岐大军盼来了。少习部落备了点饭菜，请将军与士卒先行用过，我再为你们带路。”

雷震子说：“酋长，余光大军在何处安营扎寨？”

酋长说：“就在西洛水对岸。”

雷震子对苏全忠说：“苏将军，你率军先在少习部落等候，我随酋长到前面察看。”

苏全忠说：“遵命！”

酋长说：“雷将军，请随我来。”

酋长在前面带路，雷震子跟在后面，向东走了三里路，少习部落的酋长停了下来，指着西洛水对岸，对雷震子说：“将军，请看！那里就是余光大军的大营。”

雷震子看着余光大军大营的将旗上那个“余”字，不住地点头。这里浪高水急，波涛汹涌，船形地貌，绝壁深涧。不愧是余化龙训练出来的军队，安营扎寨，暗藏玄机。若西岐大军贸然从此通过，商军既能牵制西岐大军前进，又能利用这里独特的地形有效消灭西岐军。雷震子对少习部落的酋长说：“余光大军在西洛水对岸安营扎寨，藏有玄机呀。”

少习部落的酋长说：“雷将军，余光大军在地利上占了上风，但失了天时和人和，失去了民心，已经输了一筹。”

雷震子说：“酋长，说得好！得道者多助，失道者寡助。纣王无道，民心尽失。消灭余光大军，还请少习部落多多相助。”

少习部落的酋长说：“雷将军，少习部落能为西岐出力，那是少习部落的荣幸。”

雷震子说：“酋长，哪里有船？”

少习部落的酋长说：“雷将军，不必发愁，少习部落把船藏了起来。”

雷震子说："多谢！等士卒吃过饭，请酋长派人帮助西岐大军渡过西洛水，西岐大军准备与余光大军决战。"

少习部落的酋长说："雷将军，一路劳累，歇息一晚，明日再战。"

雷震子说："兵贵神速，耽搁不得。师叔姜子牙还在等着胜利的消息呢。"

西岐大军在少习部落安营扎寨后，马上埋锅造饭。少习部落的酋长带着子民将渡船从西洛水上游划到了部落下面的西洛水边，等西岐大军吃过饭后，将他们送到了西洛水对岸。等所有的西岐士卒都渡过了西洛水，雷震子与苏全忠带着西岐大军，来到了余光大军的寨前。雷震子准备派人叫阵的时候，余光大军的寨门开了，余光率领士卒出了寨子，余光大军的士卒一字排开，与雷震子所率领的西岐大军对阵而立。余光来到了雷震子面前，说："我是余化龙三子余光，来者何人？请报上名来！"

雷震子走上前去，说："我是西岐姜太公帐下大将雷震子。"

余光说："雷震子，赶快投降，饶你不死！"

雷震子说："余光，少说大话！"雷震子说着，就要迎战，副将苏全忠说："雷将军，杀鸡焉用牛刀？我去会会他。"

雷震子说："苏将军，余光乃余化龙三子，善于使用梅花镖，还是我来。"

苏全忠说："雷将军，我们一路所向披靡，请将军不要为我担心！"

雷震子说："苏将军，余光在这里安营扎寨，已经占据了地利，你要多加小心。"

苏全忠说："雷将军，你今日是怎么了？为什么长他人的志气，灭我军的威风？"

雷震子说："苏将军，等拔了余光这枚钉子，我们出了峡谷，很快就能与武王会合，有师叔姜子牙在，就不用我担心了。但是现在，还是小心为好，切莫大意。"

苏全忠心里想，雷将军今日为何这么小心谨慎？苏全忠不再接雷震子的话，直接冲到余光面前，挥刀就朝余光砍去。

余光躲开了苏全忠砍来的刀，说："你是何人？"

苏全忠说："我乃雷震子的副将苏全忠。"

余光说："我不与无名之辈打，你还是回去，让雷震子来。"

苏全忠举着刀，对余光说："余光，你不要小瞧人，我今日让你见识一下苏家刀法。"

苏全忠说着，挥刀朝余光砍去。余光躲过了这刀，与苏全忠周旋了十几个回合，故意露出破绽，苏全忠挥出一刀，扑了空。余光从身上取出梅花镖，手一扬，一梅花镖将苏全忠打伤在地。眼看余光就要扑到苏全忠跟前，雷震子急中生智，朝西岐大军下令："冲啊！"西岐大军跟着雷震子，一齐朝余光跟前冲来。余光放了苏全忠，对身后的商军下令："冲啊！"商军与西岐大军在余光寨前，展开了一场恶战。喊杀声、武器的撞击声，在余光寨前、河谷里，响成了一片，惊飞了林子里的鸟儿，吓跑了林子里的野兽。双方拼力搏杀，各有伤亡，都没有占到便宜，战到天黑，各自收兵。雷震子带着大军，退到余光寨上游的河边，安营扎寨，等着明天再战。

余光返回寨中，吃过饭后，歇息了一下。等到深夜，余光独自一人，出了寨子，来到雷震子营前，仔细观察了一番，避开巡逻兵，摸进雷震子的军营，进了士卒营帐，撒下了痘疹，就悄悄地离开了雷震子军营，回到了寨子。

第二天，雷震子命令士卒埋锅造饭，等饭后再去攻打余光寨的时候，才发现士卒全部得了病。雷震子大惊失色，不知道士卒得了什么病，只见士卒有气无力地躺在床上，没有精神。

雷震子找到少习部落的酋长，说："酋长，少习部落以前有人得过这种病吗？"

少习部落的酋长说："将军，从来没有这种事啊。"

雷震子说："酋长，我在营前高悬免战牌，你带人从营后，将西岐士卒转移回少习部落，行不？"

少习部落的酋长说："诺。"

余光带领人马来到雷震子安在河边的大营前，只见西岐大营门前高悬免战牌。余光派小校到西岐大营前挑战，西岐大营辕门紧闭，无人迎战。

小校回到余光跟前，说："将军，西岐大军高悬免战牌，无人迎战。"

余光说："西岐大军已经中了我的痘疹，现在一病不起了。"

小校说："将军，这是个好机会啊，我们正好杀进西岐大营，将西岐军一网打尽。"

余光说："从上古到现在，还从来没有人这么做过。我们要是趁人之危，取得胜利，说出去也不光彩。"

余光带领大军返回了寨子，对小校说："密切关注雷震子大军动向，稍有风吹草动，马上来报。"

小校说："诺！"

小校出了寨子，来到雷震子大营前，发现西岐大军正在渡过西洛水返回北岸。小校马上回到寨子，向余光报告说："将军，西岐大军正往北岸返回。"

余光说："没想到雷震子这么卑鄙，挂免战牌掩护大军偷偷渡西洛水撤退。雷震子违背交战规矩，休怪我无情无义了！"

余光出了寨子，来到西洛水边，摆上香案，放上供品，作起了法，口中念念有词："大鲵王，你们报仇雪恨的时候到了，你们还在等什么？你们再不出击，等西岐大军全部渡过了西洛水，你们就没有机会报仇了。"

大鲵王对少习部落本来就十分生气，自己的子民天天都被少习部落的子民捉走，自己一直没有机会为子民报仇。这次，有余光相助，还有神灵帮忙，大鲵王一声令下，所有的大鲵接到命令，各自从隐藏的洞穴里一起出发，它们奔着一个共同的目标，浩浩荡荡，朝西岐大军乘坐的渡船扑来。在所有大鲵的推动下，波涛汹涌的西洛水变得浪高水更急。

大鲵冲到了渡船前，向渡船撞击着，刚才还平稳的渡船，在大鲵的撞击下，左右摇摆，颠簸得十分厉害。掌舵的少习部落的子民从来没有遇见过这种情况，他们看着西洛水里成群结队的大鲵，吓得大惊失色。西岐士卒在船上站立不稳，随着船来回晃荡。渡船侧翻了，西岐士卒缺乏水上经验，被巨浪打进了水里，他们在水里挣扎的时候，赶上来的大鲵对准他们一阵撕咬，将他们拖到水底，一下子淹死了许多西岐士卒。雷震子带着残兵败将，仓皇渡过了西洛水，到少习部落安营扎寨。

西岐士卒中了毒，又淹死了这么多，现在西岐大营无兵把守。雷震子看着大营，心急火燎，对少习部落的酋长说："酋长，请你再帮我一个忙！"

少习部落的酋长说：“雷将军，不必客气!”

雷震子说：“酋长，余光使用毒计，使士卒中了毒，又暗中作法，鼓动大鲵撞翻渡船，我军溺水者不计其数。我军现在无人守卫大营，请你带领少习部落的子民，帮我守营。”

少习部落的酋长说：“雷将军，西岐的事就是少习部落的事，雷将军如今有难，少习部落一定相助。我一定带领少习部落的子民守好西岐大营，请雷将军放心。”

雷震子说：“多谢。”

少习部落的酋长说：“雷将军，不必多礼，这是少习部落应该做的。”

少习部落的酋长出了雷震子大帐，召集少习部落的子民，接过西岐士卒手中的武器，分成三队，轮流帮雷震子守护大营。

雷震子看着大营里中了毒的士卒，一筹莫展。雷震子心里想，师叔啊，师叔，余光如此狠毒，我辜负了您的期望，我该怎么办呢?

少习部落的酋长面对西岐大军这个样子，也是心事重重，少习部落的子民帮助了西岐，西岐要是失败了，少习部落就会有灭顶之灾。少习部落的酋长想到了这里，上了少习山，来到百神庙，祭奠百神之后，说：“诸位神仙，请帮帮雷震子，帮帮西岐大军，救救少习部落吧。”

百神对少习部落的酋长说：“少习部落的酋长，事情我们已经知道了，这件事不是我们不想帮，而是我们法力不够，修行还不够深，还不是余光的对手，但是，我们已经帮雷震子传递了消息，通知了姜太公。你不要着急，几天之后，姜太公就会派人前来帮助雷震子的。”

少习部落的酋长说：“诸位神仙，有你们这句话，我就放心了。”

西岐大军已经进入了商朝腹地，雷震子率领的西岐大军还没有跟上来。姜子牙梦见一百个白胡子老头给他托了个梦，姜子牙醒来掐指一算，对杨戬说：“贤侄，雷震子率领的西岐大军有难了，麻烦贤侄赶快去一趟。”

杨戬说：“师叔，雷震子他们有了什么难?”

姜子牙说：“贤侄，全军中毒，现在无力再战。”

杨戬说：“师叔，士卒中了何毒?”

姜子牙说：“我不知道呀。”

杨戬说："师叔，我马上就去。"

杨戬火速来到了雷震子军中，雷震子对杨戬说："杨戬，你来得正好，余光使出下三滥的手段，竟然向我军下毒，又趁我军渡西洛水，鼓动大鲵与我军作对，实在可气。"

杨戬说："雷震子，不要着急，师叔知道你们有难，专门派我来，请你带我先去看看士卒中了什么毒。"

雷震子说："师叔神机妙算！杨戬，请随我来。"

雷震子将杨戬带到士卒营帐，杨戬查看了士卒的伤势，一时拿不准士卒得了什么病，对雷震子说："我现在去火云洞，请求神农圣皇帮忙。"

雷震子说："有劳你了！"

杨戬来到了火云洞，见到了神农圣皇，神农圣皇说："杨戬，你不跟着姜子牙讨伐商纣王，到我这里有什么事？"

杨戬对神农圣皇说了雷震子士卒中毒的事，神农圣皇微微一笑，说："杨戬，算你来对了地方，此毒乃痘疹天花，我这里有一种草药，专治此病。"

杨戬从神农圣皇手里接过草药，说："神农圣皇，多谢！雷震子大军等着我前去营救，我就不在你这里耽搁了。"

神农圣皇说："杨戬，救人如救火，你快去吧。"

杨戬出了火云洞，拿着草药回到了雷震子大营，雷震子叫来少习部落的酋长，说："酋长，麻烦你派人将这些草药熬制一下。"

少习部落的酋长说："诺！"

少习部落的酋长找来了部落里的妇女，妇女熬好草药，抬到西岐大营，西岐士卒服过草药之后，全部康复。雷震子想起大鲵袭击西岐渡船的事，连忙将少习部落的酋长请进大帐，说："酋长，大鲵王的洞穴在何处？"

少习部落的酋长说："雷将军，你问这个干什么？"

雷震子说："酋长，上次余光鼓动大鲵与我军作对，此事必有蹊跷。"

少习部落的酋长说："雷将军，你有所不知，西洛水盛产大鲵，纣王让少习部落一年三百六十五天都要给朝歌进贡，大鲵王不知罪魁祸首是纣王，却把这笔账算在了少习部落头上。少习部落为了给纣王捉大鲵，已经死了不少人了。"

雷震子说："酋长，请带我去大鲵王洞穴看看。"

少习部落的酋长说："将军，请随我来。"

雷震子跟少习部落的酋长来到了大鲵王的洞穴，原来是一个又大又深的水潭。水潭与西洛水相连，处在西洛水北面一个河湾里，正对余光大寨。雷震子跟着少习部落的酋长看过之后，对少习部落的酋长说："余光把寨子修在那里，原来是早有预谋呀。"

少习部落的酋长说："雷将军，我们现在怎么办？"

雷震子说："酋长，摆香案，把大鲵王从洞穴里请出来，向大鲵王当面说出事情的真相，余光的诡计就失去作用。"

少习部落的酋长说："雷将军，好！我去准备祭品。"

少习部落的酋长带着猪头、牛头、羊头来到大鲵潭，雷震子焚香祈祷，潭里起了波澜，一只大鲵从潭里游到水面上，变成人形，对雷震子拱手施礼之后，说："将军，要想让我家大王出面，必须请太师姜太公来。"

雷震子说："为何？"

大鲵说："不是我们不给你面子，而是有些事你做不了主。"

雷震子说："好，就依你们。"

这时，姜太公出现在了潭边，雷震子赶紧向姜太公施礼，说："师叔，你怎么来了？"

姜太公说："杨戬走后，我掐指一算，还有一劫需要我来解。"

雷震子指着少习部落的酋长说："师叔，这次讨伐余光，多亏了少习部落相助。"

少习部落的酋长赶紧向姜太公施礼，说："久闻太公大名，幸会！幸会！"

姜太公说："酋长，多谢你们出手相助，等灭了纣王，我要对少习部落重重奖赏。"

少习部落的酋长说："多谢太公提携。"

姜太公拿起香，重新点燃，潭里翻起一丈多高的水柱，大鲵王在大鲵的簇拥下浮出了水面。大鲵王变成了人形，对姜太公施礼之后，说："不知太公远来，有失远迎，请太公恕罪。"

姜太公说："大鲵王，你的心思我已经懂了，等雷震子消灭了余光，我要在潭上修一座桥，将你的府邸遮起来，你可以在里面安心修行。等灭了纣王之后，少习部落的子民就不必再进贡大鲵，这样既减轻少习部落子民的负担，又减轻对你子民的伤害。”

大鲵王向姜太公施礼说：“我代表全体子民，祝你长命千岁。”

少习部落的酋长说：“太公，你是少习部落子民的恩人，少习部落子民永远忘不了你呀。”

少习部落的酋长向姜太公说完，对大鲵王说：“大鲵王，少习部落实属无奈，真正的罪魁祸首是纣王，不是少习部落。以前对不住你们的地方，请你们多多谅解呀！”

大鲵王说：“是我多有误解，事情真相已经明了，以后我们就做好邻居吧。”

姜太公说：“事情已经解决了，我还有事，我先走了。雷震子，这里就交给你了。”

雷震子说：“师叔，请放心好了。”

雷震子回到大营，一声令下，带着西岐大军来到西洛水边。

大鲵王在西洛水里喊：“开！”

西洛水当中突然出现了一条大路，大鲵王对雷震子说：“将军，请过西洛水！”

雷震子说：“大鲵王，多谢了！”

雷震子带着西岐军顺利渡过了西洛水，上了岸，来到了余光寨前。余光早已做好了准备，打开寨门，带着商军冲出了寨子。两军相遇，分外眼红，一场恶战已经无法避免。两军展开了混战，寨前刀光剑影，双方奋力向前，你不让我，我不让你，杀声震天。战斗持续了很久，以前敌我双方，有一方战败，战斗即结束，而今这场战斗，竟然演变为一场屠杀，双方都付出了惨重的代价，鲜血染红了寨前的整片土地，尸体几乎堆得与山寨一般平，鲜血汇成了一条小溪，流到西洛水里，清澈的西洛水水面霎时成了红色。战到最后，雷震子一棍子打死了余光。

雷震子说：“余光已经战死了，你们马上投降，我饶你们不死！”

余光的余部说：“我们与其当俘虏，做奴隶，还不如给余将军报仇，与你们同归于尽!”

雷震子说:“好，我成全你们!”

余光的余部一起冲了下来，与西岐大军继续战斗，最后全部战死了。

战后的沙场显得异常血腥，雷震子对余光将军产生了深深的敬意，遵照姜太公的意思，按照大鲵王的要求，在潭上面修了座石拱桥，为了纪念余光，将石桥命名为余光桥。雷震子在桥栏的左右两侧，各竖起五根石柱。左边的石柱上刻着人像，祭奠那些战死沙场的西岐将士。右边的石柱上没有人像，表示西岐军英勇杀敌，砍下了余光士卒的头颅，誓死要把商王朝推翻的决心。但是，雷震子与余光已经破坏了古老的交战规则，将战争变为了杀戮。

第 5 章

周武王推翻了商王朝的统治，建立了周朝。周武王把最好的土地封给自己的二儿子叔虞，将这块封地命名为唐国，唐国后来改名为晋国。①

鬻熊部落还很落后，周武王并没有因为楚人鬻熊帮西岐讨伐过商纣王而给鬻熊封国。周成王将楚蛮封赐给楚人鬻熊的后代熊绎。

秦人恶来为周文王提供了优良的马匹，帮着西岐打败了商纣王。西周建立后，周武王分封诸侯的时候，很想给秦人封地，王公大臣看不起秦人，纷纷反对说："大王，秦人飞廉只是商朝边陲一位守将，大王为什么要给飞廉封地呢？"

周武王说："飞廉的儿子恶来曾经帮助过孤，孤不能负了飞廉的一片好意。"

大夫说："大王，恶来给西岐提供了马匹，但飞廉没有亲自参战，他的地位和功劳够不上获得封地的资格，要是大王给了他封地，就会寒了与大王一起出生入死的将士的心，请大王以大局为重。"

周武王想想大夫的话，觉得说得有理，就没有给秦人飞廉封地。

飞廉对儿子恶来说："孩子，秦人在为父手里已经得不到封地了，你一定要加倍努力，寻找机会，不要放弃。"

恶来说："父帅，要是孩儿得不到封地该怎么办呢？"

飞廉说："孩子，就让你的儿子接着努力。一代不行，就两代，两代不行，就三代，直到秦人得到封地为止。"

---

① 本书所用"国家"一词指先秦时期周天子所封诸侯国，与"现代国家"涵义不同。

恶来说："父帅，孩儿绝对不会辜负您的期望。"

飞廉说："孩子，这不是我的期望，这是我们秦人先祖的重托！"

恶来说："父帅，孩儿谨记在心！"

飞廉临死的时候，对儿子恶来说："孩子，为父今生没有实现愿望，等为父死了，请用白布盖在为父的脸上。"

恶来问："父帅曾多次抵御了西戎的进攻，是有名的将军，父帅这辈子，做事光明磊落，父帅劳苦功高，为何死后，要用白布盖在脸上？"

飞廉说："孩子，为父辜负了祖先的期望，没有为秦人获得封地，没有脸见地下的列祖列宗。"

恶来说："父帅，原来如此！孩儿明白了。"

飞廉死后，恶来遵照父亲嘱托，用白布盖在父亲的脸上，将父亲葬到祖先的坟地。恶来跪在父亲的坟前，默默哀悼，说："父帅，我绝不辜负你的期望，请父帅在九泉之下，安息吧。"

恶来严于律己，发愤图强，但一直没有等到机会，也没有得到封地。秦人的养马技术代代相传。传说周孝王时期，非子成为秦人中最有名的养马人。周王室一直购买西戎的马匹，花费了许多财物，还不尽如人意。

周孝王对大臣说："马匹是军事资源，必须依靠自己养马，才不会受制于西戎，才有用不完的马匹。孤准备开辟牧场，你们知道哪里有最好的养马人吗？"

大夫说："大王，秦人非子，善于养马。"

周孝王说："好，就让秦人非子到牧场为王室养马。"

非子接到周孝王的命令，心里暗暗地高兴，很快就来到了牧场，兢兢业业为周王室养马。过了三年，牧场里的马，数量翻了又翻。周孝王来到牧场，看着一匹匹骏马，十分高兴，把非子叫到身边，说："你为王室牧养了优质的马匹，也为王室购买马匹节约了财富，你是王室的功臣，有什么要求，请你说出来。"

非子说："我的先祖一直为关中看守西大门，秦人已经与那块土地有了深厚的感情，我恳请大王将那块土地封给秦人，让秦人继续给大干看好大周的西大门吧。"

周孝王说："好，秦人非子养马有功，要是孤吝啬封赏，就会冷了为王室尽心尽责之人的心，孤就将秦地封予你。"

非子说："多谢大王！"

秦庄公在位时，周王室有了马匹，不再从西戎购买，西戎十分震怒，出兵到了西陲，被秦人打败了。秦人把俘获的俘虏和马匹献给了周王室，周宣王封秦庄公为西陲大夫。

秦庄公去世以后，秦襄公继承了爵位。

周幽王攻打褒国的时候，褒国国君投降。

周幽王说："褒国有位美女，国色天香，是不是？"

褒国国君说："大王，这位美女倾城倾国，但出身微贱，听说是一位宫女与狐狸大仙生的，有方士说，她嫁给谁，就会给谁带来厄运，甚至亡国。大王，三思啊！"

周幽王说："你是不是舍不得把她给孤，故意编故事吓唬孤呢？"

褒国国君说："大王要是不信，到时有了什么事情，请大王不要怨我没有给您讲清楚。"

周幽王说："你给还是不给？"

褒国国君说："大王，您把她带走吧。"

褒国国君对手下说："把褒姒带出来，献给大王。"

褒姒被带到了周幽王面前，周幽王看后魂不守舍，心里不住地说："尤物！世上无双！别说带来厄运，就是亡国也没有什么可惜的，孤有此女陪伴，此生足矣。"

周幽王对褒国国君说："难得你一片心意，把此女献给孤，孤就不杀你了。"

褒国国君说："大王，您不是答应过我，我献出此女，就不灭褒国了？"

周幽王说："孤留你性命，已是对你宽大了，你不要得寸进尺。"

褒国国君说："大王，既然如此，请让我与褒姒说最后一句话吧。"

周幽王说："快讲！"

褒国国君悄悄地对褒姒说："周王现在就要灭了褒国，请你到了周王身边，千万不要忘了褒国呀。"

褒姒说："我知道怎么做，请放心。"

褒姒离开褒国，到了镐京，周幽王对褒姒再好，褒姒从来都不笑。

周幽王说："美人啊，在宫里，孤最喜欢的女人就是你呀，你天天有美食，天天有漂亮的衣服，夜夜有孤的陪伴，孤后宫佳丽三千，这份待遇她们盼都盼不来，你还有什么不知足的？"

褒姒说："大王说的这些，我在褒国的时候，就已经有了。这些都很平常，大王有什么值得向我夸耀的？"

周幽王说："美人呀，孤怎么做，才能讨得你的欢心？"

褒姒说："大王，要是点了烽火，会怎么样呢？"

周幽王说："美人啊，烽火是国家重器，孤轻易不敢点啊。"

褒姒说："大王口口声声说对我好，原来都是虚情假意，是骗我的鬼话。"

周幽王说："美人啊，为了你，孤有何不敢？"

褒姒说："大王，还有什么顾忌？点啊。"

周幽王说："美人，孤下令点燃烽火。"

周幽王对随从说："点燃烽火。"

随从说："诺！"

烽火点燃了，诸侯带兵来到镐京，却没有见到来犯之敌，心里想，大王这样戏弄人，大周迟早会灭亡。褒姒看着诸侯狼狈不堪的样子，顿时哈哈大笑，说："大王，好玩，好玩，再来，再来！"

周幽王高兴地说："只要美人高兴就好。"

隔了几天，褒姒又不高兴了，周幽王又下令点燃烽火，诸侯又狼狈不堪地带兵来到镐京城下。诸侯心里想，大王啊大王，大周灭亡的日子快要到了。褒姒又一阵哈哈大笑。

褒姒见周幽王真的喜欢自己，于是说："大王，我的儿子伯服应该当太子。"

周幽王说："好，孤依你。"

周幽王废除了王后申氏和太子宜臼，册封褒姒的儿子为太子。

褒姒说："大王，王后父亲申侯在朝廷很有势力，大王不杀了他，他迟早是祸根。"

周幽王说："好，孤现在就派兵攻打申国。"

申侯知道周幽王派兵来攻，联合犬戎先下手为强。周幽王再点燃烽火的时候，诸侯都不相信周幽王了，没有一个诸侯派兵来救援。

周幽王站在城上，看着城下的犬戎，着急地说："这该怎么办啊？"

犬戎说："周王，快快投降，把褒姒交出来，饶你一命！"

褒姒说："大王——"褒姒哽咽了，眼泪不住地往下流。

周幽王说："美人，不哭，孤宁为玉碎，不为瓦全！"

犬戎说："好一个英雄救美，我们成全你！"

犬戎攻破了镐京，抓住了周幽王，俘虏了褒姒。周幽王说："你们可以拿走我的江山，请你们不要伤害我的美人。"

犬戎说："江山、美人我都要了，就是不能要你！"

犬戎手起刀落，砍下了周幽王的人头。

周幽王的儿子太子宜臼继承了王位，称为周平王。由于都城镐京被犬戎攻破，城池被毁了，王宫被烧了，东西被抢了，子民死的死，逃的逃，还有一部分子民被掳去成了奴隶，昔日繁华的王城，现在已经残破得不成样子，更让周平王害怕的还是犬戎随时都会对镐京发起新一轮袭击，周平王准备迁都洛邑。

大夫说："大王，迁都是大事，再慎重考虑一下吧。"

周平王说："你们不要再劝了，孤在镐京一天都待不下去了。"

大夫说："大王，您可以下令，给诸侯分派任务，让他们派人重建王城，把他们的子民迁入镐京。"

周平王说："你们不要再说了，孤还是到了洛邑再做打算吧。"

大夫见周平王心意已决，再劝也不起作用，只好说："大王，从镐京去洛邑，路途遥远，为了防止出现意外事故，先昭告诸侯，让诸侯派兵护送，较为妥当。"

周平王说："好！"

秦襄公准备出兵护送周平王迁都的时候，秦人说："秦人对周王室鞠躬尽瘁，周王室却对秦人十分吝啬，每次都把最好的封赏给了他的族人，周王室从心里就看不起秦人，秦人何必帮他呢？"

秦襄公说："周王室已经没有以前强大了，大的诸侯国已经不把周王室放在眼里，周王室现在有了事情，大诸侯必然看周王室的笑话，不肯全力相帮。秦人尽心尽责帮助周王，大王就会满足秦人的心愿，封秦为诸侯国，以激励更多的人为周王室效命。"

秦人说："诺！"

秦襄公把所有的士卒都带到了王宫外面，大臣兴冲冲地进了王宫，对周平王说："大王，秦人前来护卫。"

周平王说："秦人封地小，能有多少军队？"

大夫说："大王，振兴王室，还要依靠秦人，秦人对天子忠心耿耿，不打折扣，坚决按照天子的诏令办事。"

太监把秦襄公叫进了王宫，秦襄公见了周平王，行礼之后，说："天子是君，古往今来，做臣子的必须为天子分忧。臣作为天子的臣子，日日夜夜不敢忘记作为臣子的本分。臣虽然不才，宁愿舍弃生命，也要护送天子平安地到达洛邑。"

周平王说："世风日下，如今像你这样忠心耿耿的臣子已经不多了，等孤平安到了洛邑，一定重重有赏。"

秦襄公说："大王，王室给臣的封赏已经很多了，臣虽然能力有限，也要尽力为天子分忧。"

周平王说："秦襄公，孤明白你的心思，如今必须重用像你这样重情重义的人，你放心好了。"

秦襄公说："臣拜谢！"

秦襄公带领兵马，紧紧地护卫在周平王四周，白天赶路，晚上值守，随时等候周平王调遣。周平王坐在马车上，看着秦襄公不辞辛劳的样子，十分感动。周平王的队伍从镐京出发，走了十几日，终于安全地到了洛邑。

周平王进了洛邑，对秦襄公说："犬戎不讲道义，侵夺我大周的土地，秦人如果能够攻击驱逐犬戎，即可领有这些土地。"

秦襄公说："诺！"

秦襄公完成了护送周平王的任务，成了诸侯，带着军队回到了封地，进了家庙，上香、叩拜之后，对列祖列宗说："列祖列宗在上，受不肖子孙一拜。先祖飞廉留下遗愿，壮志未酬。先祖非子，为周王室养马，获得了封地。秦人知道这块封地来之不易，一直奋发图强，不敢懈怠。幽王烽火戏诸侯，为了讨好褒姒落得个身败名裂。秦人审时度势，护周有功，被周天子封为诸侯。如今秦人走到了现在这一步，是多么的不容易！

第6章

公元前635年，秦晋联军浩浩荡荡向下都国进发。下都国国君得到消息，把大臣召集起来，商议说："诸位爱卿，下都国没有招惹秦晋两国，秦晋两国为什么要打下都国？"

下都国大夫说："大王[①]，晋国灭了上都国，楚国派使者到晋国索要上都国侵占的商山之地，商山之地是楚国的发祥地，晋王没有答应，秦晋两国联合出兵对付下都国，就是给楚王看。"

下都国国君说："下都国夹在秦晋两国中间，就是提着脑袋过日子，这种日子，真的不好过呀。"

下都国大夫说："大王，多余的话现在不要说了，赶紧派使者向楚王求援吧。"

下都国国君说："爱卿说得对，一着急，就把求援的事情给忘了。诸位爱卿，谁愿意去楚国求援呢。"

下都国大夫说："大王，还是我去吧。"

下都国国君说："好，关键时刻看人品，麻烦你去楚国一趟吧。"

下都国使者马不停蹄，来到了楚国国都，觐见了楚王，说明了来意。楚王说："回去转告下都国国君，严守城池，楚国援军随后就到。"

下都国使者得到了楚王的准信，马上离开楚国，给下都国国君回信去了。

楚王把大臣召集起来，说："秦晋联军攻打下都国都城商密，商密现在告急，楚国不能见死不救。派谁驰援下都国比较合适呢？"

---

① 本书不对先秦时期诸侯王爵位作区分，在人物对话中统称"王"。

大夫说："大王，秦晋两国离下鄀国遥远，他们攻打下鄀国，只想拿下鄀国出口气，晋国希图以此巩固霸主之位。秦晋两国就是灭了下鄀国，下鄀国这块土地秦晋两国也无法占有。大王不必派大军前往，只需就近调集人马，就可以解下鄀国之围。"

楚王说："爱卿说得有道理，谁去解下鄀国之围好呢？"

大夫说："大王，申县和息县离商密都很近，派县尹斗克、屈两人最合适。"

楚王说："好，爱卿，就按照你说的去办吧。"

秦晋联军将要到达下鄀国的都城商密，秦军元帅对晋军元帅说："秦晋联军远道奔袭，下鄀国必定会提前得到消息，做好防守准备，也一定会请求楚军驰援。要是强攻下鄀国都城，下鄀国依靠城池固守待援，秦晋联军要想很快攻破下鄀国都城，恐怕不是一件容易的事。要是楚军赶来，秦晋联军破不了城，就会夹在下鄀国与楚军中间，到时腹背受敌，对秦晋联军极为不利呀。"

晋国元帅对秦国元帅说："秦晋联军现在是一根绳上的两只蚂蚱，元帅有何高见，但说无妨。"

秦国元帅说："秦晋两国是诸侯中的两个大国，下鄀国听说秦晋联军来攻，必然人心惶惶。不如抓住下鄀国国君的心理，你我二人，当着下鄀国国君的面，上演一场歃血为盟的大戏，我保证下鄀国国君会向秦晋联军投降。"

晋国元帅说："晋军现在听从你的调遣。"

秦国元帅说："你带领晋军，绕过商密，装扮成楚军，我与您在商密城下假装秦楚歃血为盟，元帅以为如何？"

晋军元帅说："此计甚妙。"

晋军元帅按照秦军元帅的计谋带着晋军去了。秦军元帅带着秦军开进到下鄀国都城商密，秦军元帅对下鄀国国君说："快开城门，饶你不死。"

下鄀国国君站在城头，指着秦军元帅说："秦军休要猖狂，楚国大军马上就到，你们现在离开下鄀国，寡人可以既往不咎，放秦军一条生路。"

秦军元帅说："下鄀国国君，秦国已经与楚国结盟，你还蒙在鼓里。"

下鄀国国君说："下鄀国是楚国的属国，这么大的事情，楚国怎么会不通知本王？你不要在这里胡言乱语，挑拨下鄀国与楚国的关系。”

秦军元帅说：“好吧，我让你亲眼见见什么是秦楚联盟，等你见了之后，我看你还有什么话说。”

下鄀国国君看着秦军身后的“楚军”，大喜过望，笑着说：“秦军休要张狂，援军已经到了秦军身后，秦军现在插翅难逃了。”

秦军元帅转身来到“楚军”面前，“楚军”元帅命人拿来公鸡，摆上酒，割了公鸡头，把鸡血滴到酒杯里，秦军元帅与“楚军”元帅端起酒杯，一饮而尽。站在城上的下鄀国国君，看得真真切切，原来“楚国”竟然背着下鄀国与秦国结盟，“楚国”早早地出卖了下鄀国。既然“楚国”已经与秦国结盟，秦国就是下鄀国的盟友，下鄀国要是把秦军拒之门外，就失去了道义，到时楚王怪罪下来，下鄀国也承受不起。下鄀国国君想到这里，对守城门的士卒喊：“快开城门，欢迎‘秦楚’盟军进城。”

秦晋联军见下鄀国国君上了当，连忙率军进了城。下鄀国国君从城上来到秦晋联军面前，晋军元帅说：“下鄀国国君，你中计了！还不快快投降？”

下鄀国国君说：“秦晋两国，都是久负盛名的大国，为什么对付小国家，不能按照古制交战的方法，与下鄀国在战场上硬拼硬，真真正正地干一仗呢？”

秦军元帅说：“下鄀国国君，拘泥古法交战，是只有小国家还抱着的幻想，大国早已与时俱进，不择手段，以胜败论英雄了。”

晋军元帅笑着说：“小国都是死脑筋，大国才有大智慧、大格局。多余的话不要再说了，再说我们就恼了，赶紧投降吧。”

下鄀国国君知道上了当，现在已经没有回天之力了，只好乖乖地做了秦晋联军的俘虏，对守城的士卒说：“放下武器，全军投降。”

下鄀国国君发了话，下鄀国士卒只好放下了武器。

秦晋联军不费一兵一卒，顺利攻下了下鄀国。秦军埋伏在下鄀国城门四周，晋军换上了下鄀国士卒的衣服守在城头，晋军元帅押着下鄀国国君站在城门上。申县县尹斗克和息县县尹屈率领所部人马，匆匆来到下鄀国都城城下，晋军元帅对下鄀国国君说：“快让他们进城！”

下鄀国国君在晋军元帅逼迫下，只好说：“快开城门，欢迎斗克、屈二位大人进城。”

下都国国君站在城上，向他们喊话，楚将斗克、屈率领所部人马放心地进了城，他们就被秦军包围了起来。

晋军居高临下，站在城上，所有的弓箭手都对准了斗克、屈所部的楚军，晋军元帅说：“放下武器，饶你们不死。”

斗克、屈只好对所部人马说：“放下武器，投降。”

斗克、屈成了秦晋联军的俘虏。

秦晋联军已经达到了教训楚国的目的，秦晋联军给养有限，加上长途奔袭，要是楚国派来大军，秦晋联军恐怕就不是楚国的对手。秦晋联军洗劫了商密，带着金银财宝，匆匆退出下都国都城商密。

秦军把俘虏斗克、屈带回了秦国。楚王气得暴跳如雷，对大臣说：“岂有此理！秦晋联军竟然采用下三滥的手法，欺骗下都国国君，难道是大国应该使用的手段吗？”

大臣说：“大王息怒，早先两军对阵，等列好阵势，击鼓三遍，才发起攻击。现在没有人遵守交战规矩，一遍鼓声，就发起了进攻。打仗现在以杀了多少敌人，缴获了多少物资，抢了多少东西，得到了多少土地为目的，已经曲解了战争的目的。所有的诸侯国只要能够达到自己的目的，还有谁在意采用什么手段？”

楚王说：“晋国口口声声说楚人是南蛮子，没有教养，原来晋国做了坏事，还要往脸上抹粉，晋国简直是欺世盗名。”

大夫说：“大王，发牢骚不解决问题，只能让诸侯小看楚国，使那些与楚国结盟的诸侯背叛楚国，与晋国结盟。大王，赶紧派大军去追剿秦晋联军，告诉所有的诸侯，楚国不可欺！犯楚国者，楚国必然以牙还牙。”

楚王说：“对，不要放跑了秦晋联军这伙强盗。”

楚王听从了大臣的建议，马上带着大军追到了商密。下都国国君埋怨地说：“楚王，为何只派了那点兵来呀？”

楚王说：“这事怨不得寡人，要怨就怨你自己好了，谁要你不辨真伪，轻易上了秦军的当，开了城门，引狼入室呢？”

下都国国君自知理亏，没有再说。

楚王问："秦晋联军呢？"

下鄀国国君说："楚王，秦晋联军已经从下鄀国撤走了。"

楚王问："秦晋联军撤到哪里去了？"

下鄀国国君说："秦晋联军回各自国家去了。"

楚王说："追！"

部将说："大王，秦晋联军已经走了，现在追秦晋联军有什么用呢？"

楚王说："你们懂什么？既然来了，不得不追。追则昭告诸侯，不论是谁，只要欺负楚国的盟国，楚国绝对不会放任不管，而是派兵直接追剿，不留情面。楚国经过这么多年发展，武器精良，人口繁盛，正好借此机会，向诸侯国表明楚国将要称霸的雄心，对那些别有用心的诸侯，也是一种威慑。"

部将说："大王高瞻远瞩，臣等自愧不如。"

楚王带领大军离开下鄀国国都，气势汹汹，一直追到了下鄀国的边界，也没有追上秦晋联军。楚王用马鞭指着秦晋联军撤退的方向，说："秦晋联军听说楚军来，跑得比兔子还快，秦晋两国根本就不是楚国的对手，楚国有什么可以担心的？"

楚军齐呼："大王威武！"

楚王轻蔑地望着东方，下令楚军回师。

秦晋联军攻打下鄀国，从下鄀国得到许多好处。

下鄀国贵族虽然有钱，但是自从来到商密，处处受大国的气，受大国的欺负。下鄀国贵族手中的财富已经几乎被秦、楚两国掠夺一空。下鄀国由于地理位置十分重要，楚国可以把下鄀国当成出兵中原的跳板。秦国要是占领了下鄀国，就可以卡住楚国北上中原的出路。所以，下鄀国是秦、晋、楚争夺的焦点。秦、楚两国，现在都盯住了下鄀国。下鄀国夹在秦、楚两国中间，就像墙头上的草一样，左右摇摆。

秦军来了，下鄀国国君说："寡人投降，下鄀国与秦国结盟。"

秦军说："下鄀国国君，警告你一次，下不为例！"

下鄀国国君说："好，寡人不会背叛秦国！"

秦军走了，楚军来了，下鄀国国君说："寡人投降，下鄀国与楚国结盟!”

楚军说:“下鄀国国君,出尔反尔,谁信呢?”

下鄀国国君说:“寡人不会背叛楚国。”

楚军说:“下鄀国国君,我信你!”

下鄀国出尔反尔,彻底激怒了秦国。秦国多次派兵来攻打下鄀国。楚国不想让下鄀国落入秦国手中,楚国南方有广阔的地域,需要大量的人力前去开发。人力资源,是一个国家重要的资源。有了人,就不愁没有兵。有了兵,还愁没有地盘吗?

秦军刚走,楚军就到了。下鄀国国君说:“楚王,下鄀国不与秦国结盟,秦国就要灭了下鄀国,下鄀国是小国,不这样做,又能怎么做呢?”

楚王说:“下鄀国国君,下鄀国这次无论如何,也不能在这个地方待了,寡人给下鄀国找个好地方,让你舒舒服服地在那里继续当王吧。”

下鄀国国君说:“楚王,只要让我继续当王,保持王的待遇,不论你将下鄀国子民带到哪里,我都心甘情愿。”

楚王说:“下鄀国子民到了那里,都有楚国保护,再也没有人欺负下鄀国了。”

下鄀国国君说:“楚王,有楚国保护,我可以高枕无忧了。”

下鄀国大夫悄悄地对下鄀国国君说:“大王,楚王把下鄀国迁到那里,下鄀国灭国的日子就不远啦。”

下鄀国国君说:“弱肉强食,像下鄀国这样的小国,能存在到现在,已经是奇迹了,寡人还有什么不满足的。”

下鄀国大夫说:“大王,下鄀国受封的时候,楚国还没有受封。”

下鄀国国君说:“现在说这些有什么用?还是下鄀国仗着有钱,过于安逸,固守祖上基业,缺乏开拓,受秦国、楚国欺负,才落魄到了现在这个地步。”

楚王把下鄀国迁到了楚国腹地,楚国子民与下鄀国子民相互交融,改变了下鄀国的生活习惯和文化传统,将下鄀国子民改造成了楚国子民的样子。下鄀国子民慢慢地忘了下鄀国,把自己当成了楚国的一部分,下鄀国就这样无形地灭亡了。但是下鄀国子民善于经商,不论走到何处,都会赢得商机。

第7章

晋国内乱，公子重耳在外流浪多年，秦穆公不仅把女儿嫁给公子重耳，还派兵护送公子重耳回到晋国，当上了晋王，是为晋文公。晋文公在外流浪多年，积累了丰富的社会经验，很快就把晋国贵族团结起来。他励精图治，晋国很快就发展了起来。晋文公野心勃勃，把目光也盯向了其他诸侯国。

晋国内乱的时候，楚国出兵北上，准备当诸侯的新霸主。楚国的争霸行为受到宋国的反制，楚国很不甘心，出兵讨伐宋国。晋文公在宋国流浪的时候，宋国待晋文公不薄，楚国攻打宋国，宋国就向晋国求援。晋文公流浪到楚国的时候，楚国也曾经有恩于晋文公。宋国向晋国求救，将晋文公置于两难之地。

晋文公坐在朝堂上，望着南方摇头叹息。

大夫问："大王，有什么不开心的事，说出来，臣帮大王分忧。"

晋文公说："楚国又开始不安分了。"

大夫说："楚国向北扩张，一心想要称霸中原，一些诸侯国为了自保，就看楚国的脸色行事，现在只有宋国不服气，一直与楚国作对。楚国为了教训宋国，派出了子玉率军攻打宋国。而楚军攻打宋国已经有一个多月了，还没有攻破宋国。子玉现在是骑虎难下，现在退兵怕诸侯笑话，进攻又攻不下来，只能不惜一切代价，继续攻击宋国。这正是晋国出兵的好机会。"

晋文公说："楚国攻打宋国，寡人不能坐视不管啊。"

大夫说："大王，晋国地广人多，人才济济，诸侯都在看着大王呀！大王千万不能错过这次称霸的机会呀。"

晋文公说："楚王对寡人有恩，寡人怎么能与楚国兵戎相见，做出对不起楚王的事情呢?”

上大夫说:“大王,此一时,彼一时,晋国与楚国开战的时候,晋军就依大王当初对楚王的承诺,退避三舍,这样就可以做到仁至义尽,晋军绝不能做让大王为难的事。”

晋文公说:“父亲当初听信谗言,要对寡人下手,寡人不得不离开晋国,四处漂泊,看尽了诸侯的冷眼,吃了不少苦,受了许多罪。后来,寡人流落到了楚国,没有想到,楚王竟然用接待国君的最高礼节来接待寡人。在酒宴上,楚王问寡人,如果有一天寡人当上了国君,寡人应该如何报答他呢?寡人对楚王说,大王有的是美女、珍宝、丝绸、珍禽、羽毛、象牙、兽皮,楚国什么东西都不缺,晋国有什么好东西献给大王呢?楚王说,我对你这么好,你应该对我有所表示,是不是?寡人说,大王,要是我能当上国君,晋国与楚国世代和睦共处,永远都是朋友,好不好?楚王说,舌头与牙齿都有打架的时候,晋国与楚国怎么会不为了争霸而发动战争呢?寡人说,大王,如果晋国与楚国发生战争,我命令晋国的军队先退避三舍(一舍等于三十里),要是得不到大王的原谅,晋国与楚国再交战,大王,你看这样做,好不好?楚王说,好,仗义!果然没有看走眼,公子是重情重义之人啊。现在想起这件事,寡人心里还是好感动啊。”

晋文公动情地在大臣面前讲起了曾经漂泊在外的往事之后,大夫说:“大王,要是楚国把宋国灭了,晋国就失去了出兵的理由,也就失去了争霸的机会,中原的诸侯就会转而对付楚国。”

晋文公心里想出兵,但是嘴上说:“寡人宁愿不去争霸,也不能背上背信弃义的骂名啊。”

大夫说:“大王乃仁义之君,令人敬仰啊。但是,大王在流亡的时候,宋王对大王不薄啊,大王不能知恩不报呀。”

晋文公说:“寡人怎么能忘记宋国对寡人的好呢?但是,宋国不求晋国出兵,寡人怎么好意思出兵去攻打楚军呢?暂且不要着急,还是再等一等,看看宋国要不要晋国出兵。”

晋文公的心思大臣都知道,晋文公一直把齐桓公当成楷模,一心想做诸侯的霸主。官员的心思晋文公也懂,官员靠着打仗,可以多抓俘虏充当奴隶，充当家兵；可以缴获敌人的东西，再邀功请赏，分到土地，扩充家族的实力，与其他贵族竞争，获取更大的权力。晋文公虽然能够成为霸主，要是得罪了贵族势力，自己在晋国的权威就会受到挑战，也会引起晋国再次动荡。

宋国使者来晋国求救，晋国大夫看见宋国使者，顿时高兴坏了。晋国由于政局动荡，已经很少发动战争了，官员一直没有得到升迁的机会，这次作战，对每一位官员来说，都是太重要了。

晋国大夫兴奋地对宋国使者说："宋王为什么现在才派你来呀？"

宋国使者说："五国联军把城围得如铁桶一般，我无法出来呀。"

晋国大夫问："你怎么出来的？"

宋国使者说："我坐着吊篮下了城，装成楚军，从楚军大营里安全走了出来。"

晋国大夫带着宋国使者觐见了晋文公，宋国使者说："晋王，楚国子玉率领楚、陈、蔡、郑、许五国兵马，攻打宋国。宋国危在旦夕，宋王请晋王出兵相救啊。"

晋文公说："宋国使者，不是寡人不帮宋国，而是寡人与楚王有言在先啊。"

大夫说："大王，楚国有恃无恐，欺负中原诸侯。中原诸侯望眼欲穿，盼着大王救诸侯于水火，大王这个时候不出兵，难道是要等到楚国灭了宋国，楚王称霸的时候吗？"

宋国使者说："晋王，你难道忘了宋王是怎么待你的吗？"

晋文公说："好吧，上天有好生之德，晋国不能见死不救。请宋王先派使者前去秦国、齐国，用钱财贿赂秦王、齐王，让秦王、齐王答应不要与楚国联手，也不要与晋国为敌，不要干涉晋国攻打卫国、曹国就可以了。等晋军灭了卫国、曹国，晋国会拿卫国、曹国的土地补偿宋国。"

宋国使者说："晋王，多谢出手相救。"

晋王说："这次对楚国开战，谁统率兵马呢？"

元帅先轸说："大王，末将愿意出战。"

晋王说："好啊，元帅出战，寡人就放心了。"

公元前632年，晋文公亲率三军，渡过黄河，浩浩荡荡，朝宋国开进。

晋文公对先轸说："我曾经对楚王承诺过，不如暂时避开楚军，攻打中原北部的卫国，吸引楚军，要是楚军来救卫国，宋国之围自然就得到了解决。晋军帮助宋国解围之事就完成了，晋军也可以回国了。"

先轸说："大王，请问晋军从卫国什么地方发起攻击呢？"

晋文公说："元帅，这口恶气憋在寡人心里已经很久了，不是寡人没有气量，实在是可恶至极呀。"

先轸说："大王如今大权在握，您还有什么办不成的事呢？"

晋文公一声令下，先轸带领晋军，出其不意，来到了五鹿。五鹿的农民看见晋军中央战车上站着的那个人，一下子就认了出来，这不是向他们讨要吃食的那个乞丐吗？怎么过了这么多年，竟然成了晋国的国君了呢？

晋文公下令："不要放五鹿人跑了，抓活的。"

晋军很快俘虏了五鹿人，晋军士卒指着他们的鼻子，说："你们不会忘了你们当初对晋王做的事吧？晋王流亡到你们这里，饥肠辘辘，向你们要食物，你们把泥巴端给晋王。晋王说自己是晋国的公子，等以后发迹了，一定会好好报答你们。你们不信便罢了，反而讥笑晋王，说晋王现在已经落魄到了这个地步，还白日做梦，蒙骗你们。你们嘲笑就嘲笑吧，为什么要拿着棍棒将晋王他们全部赶走了。你们知道吗？跟随晋王有个叫介之推的人，十分仗义，为了给晋王填饱肚子，竟然割了大腿上的肉，炖了给晋王吃。后来，晋王在秦国帮助下，回了晋国，当了国君，在论功行赏的时候，忘了介之推。晋王想起来的时候，介之推已经回了老家。晋王派人去请，介之推不愿意做官，躲在了山上。晋王派人烧山，逼介之推出来，大火烧了三天三夜，把介之推母子二人烧死了。晋王为了纪念介之推，命令晋国每年到了那一天，不准烧火做饭。同样是人，你们为什么不学学人家介之推呢？"

五鹿人说："请你们告诉晋王，我们错了，给我们一个改错的机会吧。"

晋军士卒说："晚啦！你们等着去晋国当奴隶吧。"

五鹿人说："我们是平民，为什么要到晋国当奴隶？"

晋军士卒说："你们战败了，这就是你们的下场啊。"

五鹿人看着晋军士卒，欲哭无泪。

晋军士卒说："你们的财产、妻子、儿女，现在每一样都是晋国贵族的，你们已经妻离子散了。"

五鹿人现在后悔已经没有用了，谁叫他们当初对晋文公那样呢？

晋军拿下了五鹿，楚军元帅子玉不为所动，继续围攻宋国。晋文公见晋军占领了五鹿，没有达到帮宋国解围的目的，楚军元帅子玉不把晋王放在眼里，晋文公的面子挂不住了，命令晋军准备攻打卫国都城。卫王知道卫国不是晋军的对手，连忙派出使者来到楚军大营，见到了楚军元帅子玉。

楚军元帅子玉对卫国使者说："晋军攻打卫国，就是要让楚军从宋国撤军。卫国再坚持一段时间，等楚军打败了宋国，马上来帮助卫国，打击晋军。你回去告诉卫王，不要中了晋军奸计，一定要扛住呀。"

卫国使者说："等楚国打败了宋国，卫国早就被晋国灭了。"

楚军元帅子玉说："不要长晋军志气，灭楚军的威风。回去告诉卫王，不要灰心丧气，耐心等着楚军来救援。"

卫国使者出了楚军大营，仰天长叹："子玉为了保全面子，现在见死不救，卫国就要被晋国灭了。"

卫国使者还没有走到卫国，就传来了卫国被晋国灭亡了的消息。

晋军俘虏了卫王，还是没有吸引来楚军，帮助宋国解围。晋文公的面子已经彻底挂不住了，待在军中一声不吭，窝着一肚子火。子玉呀子玉，楚王对我有情，我一直不想跟楚军开战，你以为我怕楚军吗？你怎么不明白我的良苦用心呢？只要你从宋国撤军，我就离开中原，你有了面子，我不是也有了面子吗？你干吗做事非要这么固执，把我们两个往一起逼呀！你一个臣子，才带了那么一点军队，就想跟我拼吗？你的如意算盘已经打错了。这次不给你点颜色看看，我还是晋王吗？

先轸说："大王，楚军见死不救，没有救卫国，大军下一步该怎么做呢？"

晋文公说："子玉已经明白了晋军的意图，晋军只有继续移师向东，再攻打曹国，看楚军如何应对。"

先轸说："诺！"

晋军将要攻打曹国的时候，曹国大臣对曹王说："大工，派使者向楚国求援吧。"

曹王说："楚国都没有出兵救卫国，怎么会救曹国呢？靠谁都不如靠自己，请不要对楚国抱任何幻想了。"

大臣说："纳贡的时候，楚国想起了曹国。曹国遇上了事情，楚国就靠不住了。"

曹王说："有什么办法呢？还是面对现实吧。楚军在宋国面前已经失去了颜面，子玉现在从宋国退兵，以后在楚国就没有了颜面。"

晋军打败了卫国，士气高涨，没有把曹国放在眼里。晋军来到曹国都城城下，晋王站在城下高喊："曹王，赶快投降，放你一条生路。"

曹王说："晋王，不必啰嗦，有本事就来攻呀！"

晋王说："曹王，寡人让你欲哭无泪。"

曹王说："晋王，谁怕谁呢？"

晋王对晋军说："先冲进曹国都城者，不论财物、人畜，抢到的东西归个人所有。"

晋军士卒心里乐开了花，晋军士卒一个个摩拳擦掌，等着元帅下令。

曹王对守城的军民说："晋王简直是可恶至极，他把卫国的子民用绳子拴着关进了大营，等战事结束了，将这群子民带回晋国，变成奴隶。"

曹国军民说："大王，我们宁愿战死，也不到晋国当奴隶。"

曹王说："对，我等与曹国共存亡。"

晋王一声令下，晋军蜂拥而上。晋军打得异常艰苦，晋王在晋军后面督战，晋军士卒想起晋王的许诺，信心倍增，前面的人倒下了，后面的人接着冲了上来。曹王站在城头，看着这群不怕死的家伙，心生一计，对城上的士卒说："打开城门！"

士卒说："大王，你是不是糊涂了？"

曹王说："把晋军放进城里，再关上城门。"

士卒说："诺！"

晋军挤在城下，望着城上，正无计可施的时候，曹国城门突然一下子开了，晋军高兴极了。曹国城门竟然这么不禁打，轻轻松松就攻进了城。前面的晋军撒开两脚朝里面冲，后面的晋军使劲朝里面挤，曹国都城的瓮城里很快就挤满了晋军。

曹王一声令下："关门！"

守在城上的曹军士卒马上放下城门，冲进城里的晋军一下子慌了，曹军玩什么花招？城门附近的晋军士卒来到城门前，几千斤重的城门，他们怎么也抬不起来。隔在城门外面的晋军，用刀砍着城门，对里面的晋军喊："快开城门，放我们进去。有了好处，你们不能独占啊。"就在晋军不知道怎么办的时候，曹王乐了。

士卒问："大王，你笑什么？"

曹王说："我笑这群笨蛋就要上西天了。你们还不赶快用石头砸呀！"

曹国军民拿起城上的石头，朝城下的晋军砸去。晋军鬼哭狼嚎，抱头鼠窜，无法躲避，全部被曹国军民给砸死了。

曹国军民看着晋军的尸体，别提有多么解恨了。

曹王说："来一个，砸一个；来一对，砸一双！"

曹国军民说："大王，这个办法好啊，我们就这么办吧。"

晋军死伤惨重，晋王见曹国城池坚固，曹国君臣上下一心，晋军一时攻破不了，眼珠子一转，计上心来，对城上的曹王说："曹王，赶快把晋军士卒的尸体从城里送出来，我派人把晋军士卒的尸体送回晋国，好生安葬。你要是不答应，我就派人挖曹王的祖坟。"

大臣说："晋王在外流亡多年，为了得到国君之位不择手段，晋王这样做，就是让曹国开了城门，晋军正好乘虚而入。"

曹王说："晋王都是当国君的人了，怎么会说话不算话？"

大臣说："大王，晋王这个人根本就不可靠啊。"

曹王说："国君的格局你们都不懂，寡人愿意赌一把。"

大臣说："大王，现在当诸侯国君主的人，除了你，已经没有人讲规矩了。要是你那么做了，曹国就灭亡了，曹国的子民就跟着你遭殃了。"

曹王说："你们格局太小了，请不要轻易怀疑一个国君的人格，好不好？"

大臣说："大王，现在所有的诸侯国君做事只追求成功，不讲手段。"

曹王说："你们这群臣子，不要再说了，还是按照晋王说的办吧。"

曹王已经作出了决定，再劝也没有作用了。

大臣为曹国即将灭亡而痛哭流涕。

子民为自己即将到晋国当奴隶而痛哭。

曹王对晋王说："晋王，请你不要挖曹王的祖坟，曹国把晋军的尸体送出来就是了。"

晋文公说："曹王，寡人用人格担保，只要把晋军的尸体送出来，晋军就不挖曹王的祖坟了。"

曹王说："晋王，你会不会趁着曹国开城门送尸体，偷袭曹国？"

晋文公说："曹王，你我都是诸侯国君，寡人怎么会做出这种不仁不义的事呢？"

曹王说："晋王，你发誓，我才信你。"

晋文公说："曹王，寡人怎会轻易发誓？寡人用人格担保成不成？"

曹王说："好吧。"

曹王安排曹国部分士卒到了瓮城，将晋军士卒的尸体抬起来，一具一具地装进了棺材。全部装完后，曹国士卒开了城门，将装有晋军士卒尸体的棺材慢慢地往外运。

晋文公对先轸说："元帅，快带领士卒冲杀呀！"

先轸说："诺！"然后对晋军士卒说："冲啊！"

晋军士卒跟在先轸身后，向曹国城门猛冲猛打。曹军没有防备，来不及关城门，先轸带着晋军冲进了城里。晋军进了城，四处抢劫。

曹国都城里，鸡飞狗跳，哭声一片。

曹王站在城上，指着晋文公说："晋王，你怎么不讲信用？"

晋文公说："曹王，寡人只讲结果，你已经输了，马上投降吧。"

大臣对曹王说："大王，你不仅害了自己，还害了我们呀。"

曹王说："早知道是现在这个结局，当初就应该听你们的话。"

大臣对曹王说："大王，现在说这些还有什么用吗？"

曹王说："寡人万死难辞其咎。"

曹王说着，下了城，光着膀子，牵着羊，推着大棺材，在大臣陪同下，向晋文公投降。

晋文公轻蔑地看着曹王，激怒了曹国大臣，曹国大臣说："你全无信义算什么国君?”

晋文公说:“国君玩的是江湖，臣子要的是功名，国君与臣子层次不一样，知道不?”

曹国大臣说:“曹王相信晋王是君子，没有听臣子劝，才到了这个地步。我们没有想到，晋王为了达到目的，已经堕落到了无赖的地步啊。”

晋文公说:“当世，只有傻瓜才讲道义，你们蠢不蠢呀?”

曹王低头不语，但是早就悔得肠子都青了。

先轸说:“大王，将曹王他们如何处理?”

晋文公说:“押回大营关起来，等候发落。”

先轸说:“诺!”

先轸将卫王、曹王以及卫国、曹国俘虏来的子民，与五鹿人关在了一起，等着与楚军元帅子玉决战之后，将他们带回晋国，论功行赏，分给参战的家族。

第8章

楚军元帅子玉在攻打宋国时，楚国遭遇了巨大的政治、军事危机。子玉在宋国为了捞回面子，任凭楚国的盟国一个接一个地被晋军所灭，都没有从宋国撤军救援楚国的盟国。

晋军现在的实力越来越强了，那些与楚国结盟的诸侯，现在都在暗暗观望，要是晋军打到城下，他们绝对不会学卫国、曹国的样子与晋军负隅顽抗，他们会在第一时间与晋国结盟，成为晋国的盟国。

先轸说："大王，为什么一直绕圈子，不直接与楚军开战？"

晋文公说："寡人这样做既是为了威慑楚军，击垮楚国的同盟，也是为了证明给诸侯看，晋国不想跟楚国开战，是为了兑现当初晋王对楚王的诺言。"

先轸说："大王技高一筹，在下佩服！"

晋文公说："这么好的事情，不能忘了齐国和秦国，一来让他们参战，分些战利品；二来让他们看看晋军的实力，让他们今后在寡人面前说话、办事，懂得收敛。"

先轸说："大王，好主意。"

晋国派出了两位使者，一位使者到了东面的齐国，齐王问："晋王派你来有什么事？"

晋国使者说："齐王，晋王想请你与他一道打击楚军。"

齐王问："晋军打击楚军已经绰绰有余了，齐国就不需要参与了。"

晋国使者说："齐王，晋王主要是想让你到战场上捡楚军丢弃的东西，再让齐国在诸侯面前露露脸，以胜利者的姿态凯旋。"

齐王说："好啊，晋王盛情难却，齐国答应出兵。"

晋国使者说："齐王英明！"

出使齐国的使者告别了齐王，赶紧回晋军大营，给晋王汇报来了。

出使秦国的使者到了秦国，见了秦王，说："秦王，你对晋王的好，晋王没有办法报答。晋王现在中原攻打楚国的盟国，已经取得了绝对胜利。晋王准备继续攻击楚军，想请秦国做个见证，再从楚军手里拿点好处，不知道秦王有没有雅兴？"

秦王说："晋王娶了寡人的女儿，便是寡人的女婿。晋王与楚军作战，寡人不去帮忙，情理上说不通啊，寡人当然要去。"

晋国使者说："秦王英明！"

楚军陷入了秦、晋、齐三国联军半包围之中。

先轸说："大王，为什么不把楚军完全包围起来？"

晋文公说："寡人给楚军最后一次逃跑的机会。"

先轸说："大王，子玉宁可战死，也不会撤退。"

晋文公说："子玉明知打不过，为什么还要送死呢？要是寡人，寡人早撤退了。"

楚军元帅子玉对现在的战局很不乐观，晋军很难对付，现在加上秦齐联军，子玉更没有把握了。子玉只好硬着头皮派人回到楚国，向楚王求援。

子玉的使者对楚王说："大王，晋国联合秦国、齐国，对子玉大军形成半包围态势，为了打击秦晋齐三国联军，请大王派兵支援子玉将军。"

楚王说："晋王在外面逃亡了十九年，什么危险没有经历过，什么样的人情世故不知道？楚国不能和晋王打仗的。晋王一再避免与楚军正面发生冲突，子玉为什么就没有发现呢？更何况现在还有秦、齐帮忙，就目前形势来看，对楚军十分不利，你还是劝说子玉将军放弃宋国，撤回楚国吧。"

使者说："大王，事情已经到了这个地步，你让子玉将军怎么回来？宋国就要被子玉将军攻克了，子玉大军在宋国伤亡惨重，要是不及时补充兵员，靠着陈、蔡、郑、许的军队，想要打败秦晋齐联军，胜算不大呀。"

楚王说："子玉不能为了自己的面子，牺牲士卒呀！让子玉从宋国撤回来，寡人不追究责任，行不行呢？"

使者说："大王，子玉将军宁愿战死，也不会接受别人的羞辱。"

楚王说："你知道吗？现在楚国有多少人在反对子玉，子玉大军连宋国都打不下来，怎么能打败晋军？有的人还说，子玉刚愎自用，就不是帅才，让子玉统率楚军，就是让楚军去送死，真的是丢楚国的脸啊。还有的人说，要是大王再给子玉派兵，就是肉包子打狗，有去无回啊。你知道寡人在楚国有多么被动吗？"

使者说："大王，子玉将军对你忠心耿耿，没有二心，你应该明白。"

楚王说："子玉攻打宋国这么长时间，寡人什么也没有说啊，还是劝子玉撤回楚国吧，这是万全之策呀。"

使者说："楚王，子玉将军这么做，还不是为了楚国在诸侯面前的颜面，完全是为了楚国的利益呀。你这次无论如何，也要派兵支持子玉将军，否则，我还有什么脸面去见子玉将军。我不如就死在你的面前。"

使者掏出短剑，就要自刎，楚王连忙说："寡人派兵还不行吗？"

使者说："大王英明。我替子玉将军谢谢你。"

楚军元帅子玉久攻宋国不下，晋军攻破了卫国、曹国，气势正旺，加上秦国、齐国参战，楚王对子玉打败秦晋齐联军根本就不抱有希望。然而，子玉毕竟是楚国的元帅，这么多年来，为楚国出生入死，立下了汗马功劳，自己不能不顾子玉的情面，如果不出兵支持一下元帅子玉，于情于理，都无法交代。

楚军元帅子玉的使者放下短剑，说："大王，什么时候发兵？"

楚王说："今日即可发兵。"

使者暗自高兴，说："大王，派多少兵？"

楚王说："三十乘，已经不少了。"

使者说："大王，子玉将军面对的是秦晋齐三国联军。"

楚王说："派给子玉元帅的可是精锐部队呀！"

使者说："大王，太少了，你能不能增派些？"

楚王说："寡人要为楚国子民着想，不能增派了。"

楚王不再增兵，使者只好离开，带着兵车三十乘到元帅子玉的大营。子玉心里很不是滋味，自己拼死拼活，还不是为了楚国。

子玉的部将说："元帅，现在撤离战场，还来得及啊。"

子玉说："你们不要说了，我已经没有退路了，这次必须孤注一掷，哪怕拼个鱼死网破，也要与晋军决一死战。"

子玉不得不撤离宋国，回到了楚国家族封地，对族人说："晋军已经把我逼上了绝路，我已经没有选择的余地了。楚王只给了我三十乘兵车，为了家族的荣誉，打败晋军只能依靠你们！"

子玉的族人齐呼："打败晋军，振兴家族！"

子玉家族贡献了全部的武装，让子玉带到战场，子玉带楚军继续北上，找晋军决战。

公元前632年，晋楚两国在城濮拉开了大战的大幕。

大战之前，楚军元帅子玉让宛春来到晋军大营，晋文公问元帅先轸："子玉的使者来了，寡人该怎么说呢？"

先轸把自己的意思给晋文公一说，晋文公说："甚妙！"

晋文公派人把卫王、曹王请来，对卫王、曹王说："卫王、曹王，二位受惊了。要不是楚国攻打宋国，晋军也不会出兵攻打卫国、曹国，等晋军打败了楚军，就帮二位复国。不知二位意下如何？"

卫王、曹王赶忙施礼说："晋王，早知今日，应该早早地跟着您呀。晋王重情重义，是卫王、曹王的再生父母呀。"

晋文公说："卫王、曹王，言重了，都是周天子的臣子，为天子服务，应该互帮互助，团结友爱，不分彼此。"

卫王、曹王说："晋王真乃霸主风范，秦、齐、楚都望尘莫及呀。"

晋文公说："卫王、曹王，二位暂且下去休息，等寡人办完要事，再请二位饮酒。"

卫王、曹王说："晋王，我们告退。"

晋文公说："二位慢走！"

卫王、曹王心里美滋滋的，没想到晋王这么仗义，自己失去的家园马上要恢复了，自己就要像以前一样继续当诸侯国国君了。卫王、曹王离开晋文公大帐的时候，脚步显得异常轻快。

两人出了大帐，相视一笑，卫王向曹王拱手施礼说："曹王，您好！"

曹王向卫王拱手施礼说："卫王，您好！"

卫王和曹王已经忘了他们现在还是晋王大营里的俘虏，当诸侯王的感觉已经回到了他们身上。他们告辞后，对各自的大臣说："告诉你们一个好消息。"

大臣说："大王，国家已经灭亡了，还有什么好消息呢？"

曹王、卫王说："晋王已经答应帮我们复国啦。"

大臣说："大王，真的假的？"

曹王、卫王说："晋王当着卫王（曹王）的面，亲口对我们二位说的。"

大臣说："晋王这个骗子，这辈子我们都不会相信他了。"

曹王、卫王说："我说你们这种人啊，一朝被蛇咬，怎么十年怕井绳呢？"

大臣说："大王，这个教训太深刻了，曹国和卫国从今往后就不存在了。"

曹王和卫王在与大臣辩论复国这件事的时候，晋文公已经派人叫子玉的使者上场了，晋文公说："将子玉使者宛春叫来。"

晋文公手下叫来了宛春，宛春对晋文公施礼，晋文公说："大战将至，你到晋军这里来，有什么事呢？"

宛春说："晋王，我军元帅子玉让我对您说，要是大王您放了曹王、卫王，楚军就从宋国撤军。不知大王答应否？"

晋文公说："当初晋军攻打卫国、曹国的时候，子玉为什么不说？现在子玉跟我讲条件，已经晚啦。"

宛春说："晋王，您既然不同意子玉的建议，我现在就回去告诉子玉元帅。"

晋文公说："晚啦，这次你就留下来，在晋军大营里等着楚军战败的消息吧。"

宛春说："晋王，两军交战，不斩来使。"

晋文公说："从现在开始，这个规矩寡人给改了。"

宛春说："晋王，你不怕诸侯评论你吗？"

晋文公说："怕的话寡人就不是王了，史官能写，寡人就不会改吗？王的名声，岂是史官能撼动的?”

宛春觉得晋文公不可理喻，就不想跟晋文公说了。

晋文公说：“宛春，再让你见识一下寡人的手段。”

晋文公对宛春说完，又对手下说：“请卫王、曹王来。”

晋王的手下说：“诺!”

晋文公的手下请来了卫王、曹王，卫王、曹王见过晋文公，说：“晋王，您请我们来，是为了什么事?”

晋文公说：“卫王、曹王，楚军元帅子玉现在让寡人放你们回去，子玉就从宋国撤军。现在当着楚军使者的面，寡人想问问你们，你们现在愿意跟楚军使者回去呢，还是待在寡人的大营?”

卫王、曹王说：“晋王，楚军见死不救，我们跟着楚军有什么用? 我们现在已经与楚国断绝了关系，投奔到你的帐下，我们为什么要跟着楚军使者回去呢?”

晋文公说：“楚军使者知道了不算，请你们写份证明材料，寡人派人交给楚军，显得庄重正式一些，你们说这样行吗?”

卫王、曹王说：“晋王，这样做最好了，你替我们想得真周到。”

晋文公让手下拿来笔墨，卫王、曹王接过笔墨，一挥而就，将写好的东西递给了晋文公，晋文公看过之后，说：“好，不愧是当过诸侯王的人。”

曹王、卫王心里嘀咕说：“我们本来就是诸侯王，为什么说是当过诸侯王的人呢? 难道晋王又把我们耍了?”

宛春看着卫王、曹王，心里五味杂陈，不知道说什么好。

晋文公派人把卫王、曹王写的绝交信送给了楚军元帅子玉，子玉拿起卫王、曹王写的绝交信，恼怒地说：“卫王、曹王这两棵墙头草，一点骨气也没有，气死我啦!”

子玉看着晋军使者问：“宛春回来了吗?”

晋军使者说：“已经被晋王留在了大营。”

子玉说：“这个晋王，做事越来越没有章法啦，这次我必须好好地教训教训他，给晋王长长记性。”

子玉把三军召集起来，对三军说：“楚国的将士们，光荣是属于你们的！此战之后，就再也没有晋军了，整个中原都是楚国的！到时论功行赏，我不会亏待了你们。”

楚军齐呼：“元帅威武！”

子玉说：“出发！”

子玉带领楚军，很快就追上了晋军。

晋文公对晋军将士说：“向后撤退，不准前进！违令者斩！”

部将说：“大王，您是君，楚军元帅子玉是臣，大王让晋军向后撤退，这件事说到诸侯面前，晋国多没面子啊。”

狐偃说：“你们知道什么呀？大王曾经受过楚王恩惠，向楚王做过保证，大王做了晋国的国君，必须履行承诺。”

部将说：“大王信守诺言，是我们的楷模啊。”

先轸说：“大王这样做，一则是为了信守诺言；二则是向齐、秦联军靠拢，集中兵力；三则是为了迷惑子玉，让子玉认为晋军害怕楚军，准备撤退。”

部将说：“大王高明！”

晋文公说：“诸位爱卿，多余的话，寡人就不说了，赶紧率领各部人马，牵制住子玉的人马，继续诱敌深入。”

晋军跟着晋文公，一口气退了九十里，晋王下令说：“停止后退，准备迎敌！”

晋军停了下来，摆好了阵势，等着楚军。

子玉见状，心想：晋军见了楚军，逃得比兔子还快，这次一定让晋军好好尝尝楚军的厉害。于是下令说：“将士们，不能让晋军跑了，追呀！”

子玉率领楚军跟在晋军后面，紧追不舍，一口气追了晋军九十里，没想到，晋军已经摆开了阵势。子玉心里说：好啊，这下我看你们往哪里跑！

晋文公站在晋军中军的战车上，看着匆匆赶来的楚军，对先轸说：“楚军上当了。”

先轸说：“大王高明。”

二十多万晋楚军队，上千辆战车，数万匹战马，聚集在城濮，气势浩荡，十分壮观。

晋文公说："元帅，接下来就看你的了。"

先轸说："诺！"

先轸举起令旗，朝下军统帅胥臣挥了挥，胥臣马上对所部人马下令："将士们，把虎皮蒙在马身上，全速冲击楚军的右翼陈、蔡联军！"

胥臣带领所部人马，飞快地冲到了陈、蔡联军阵前。

陈国、蔡国是楚国的附属国，陈、蔡联军哪里见过这种阵势，他们看着胥臣人马，顿时惊叫着说："不得了啦，老虎来啦！赶紧跑呀！"陈、蔡联军不顾一切地扭头就跑。胥臣带着晋军猛追，陈、蔡联军死伤无数。

陈、蔡联军的指挥官突然发现晋军在马背上披了老虎皮，知道自己上当了，连忙对士卒喊："晋军在马背上披了老虎皮，你们不要害怕！不要跑了！"

陈、蔡联军指挥官说什么，士卒也不相信，士卒继续逃跑，楚军的右翼就这样被晋军轻易打败了。

先轸将令旗一挥，晋军右翼上军狐毛下令："士卒原地待命，将、佐二面旗帜马上向后退。"

楚军元帅子玉命令左翼楚军将领司马子西说："子西将军，不要让晋军上军跑了，快去追杀！"

左翼楚军在司马子西的带领下，不顾一切地朝晋军上军追去，两翼的楚军没有及时跟上，失去了保护，暴露在了晋军上军和中军面前。

晋军元帅先轸抓住机会，把令旗一挥，晋军上军和中军马上从北部和东侧夹击子西的楚军。

晋军下军栾枝为了迷惑楚军元帅子玉，对士卒下令说："将树枝绑在战车上！"

士卒连忙在战车上绑上树枝，栾枝下令说："出发！"

栾枝士卒的战车跟在栾枝身后，在被晋军上军、中军包围的子西阵中来回奔跑。霎时，滚滚尘烟，遮天蔽日，挡住了子玉的视线。晋军上军、中军联手，对子西穷追猛打，子西两面受敌。子西带着楚军，顽强抵抗，等着子玉救援。

但是，子玉对楚军右军将军说："子西将军已经打败了晋军上军、中军，消灭晋军的时机到了，右军追击晋军！”

楚军右军将军说：“诺！”

楚军右军全力追击晋军上军，侧翼又暴露在了先轸、郤溱的中军和狐毛、狐偃的上军面前。

先轸果断下令说：“两面夹攻，攻打楚军右军，不得有误！”

晋军全面出击，楚军右军两翼遭到晋军狠狠的攻击，楚军拼命反击，等着子玉来帮忙。

子玉站在中军阵中，只见阵前尘烟滚滚，喊杀声不绝于耳。子玉没有楚军的右军和子西的左军的战况，子玉派出斥候，前去打探楚军的右军、子西的左军的战况。

楚军斥候返回来报告：“元帅，子西左翼军已经败了。”

过了一会儿，另一队楚军斥候报告说：“元帅，右军已经败了。”

楚军中军部将说：“元帅，赶快出兵救援子西将军和右军吧。”

子玉说：“我们败了，不能再做无谓的牺牲了，赶紧撤吧，再不撤就全军覆没了。”

子玉带楚军中军撤出了战场，仓皇而逃。

先轸说：“大王，晋军全力追击吧！”

晋文公说：“算啦，子玉已经走了，晋军已经胜利，目的已经达到了，不要过分杀戮，放楚军一条生路，按照交战规则，撤出战斗吧。”

先轸对晋军三军下令：“三军停止追击！违令者斩！”

晋军部将不高兴了，说：“这么好的机会，为什么要放虎归山呢？”

先轸说：“这是大王的命令，我也无能为力。”

晋军停止了追击，占领了楚军遗弃的大营。楚军顾不上带走的粮食，晋军吃了三天。晋军到了郑国的衡雍，在践土修建了周天子的行宫，召集宋、齐、鲁、郑、陈等诸侯，把周天子请到践土。周天子进了行宫，坐在了宝殿上，向太监说：“宣晋王等诸侯觐见！”

太监出了宫，对站在宫门外的晋文公等诸侯传召：“宣晋王等诸侯觐见！”

晋文公等诸侯上了大殿，对周天子行礼之后，晋文公说：“承蒙天子厚爱，这次在城濮打败了楚军，晋军缴获无数，从所缴获的物资中，特别精选了最好的礼物，献给至高无上的天子。驷马战车一百辆、楚兵一千多名，恭请天子笑纳!”

王子虎代表周天子说：“晋王忠心可嘉，赏赐晋王黄金装饰的大车一辆，红色的弓一副，红色的箭百支，黑色的弓十副，黑色的箭千支，黑色的黍子与香草熬制的酒一桶，喝酒的玉勺一对，虎贲三百名，钦此!”

晋文公对王子虎说：“天子赏赐我的礼物太贵重了，我心中有愧，不能接受。”

周天子说：“晋王功高盖世，维护了中原秩序。区区薄礼，晋王就不要推辞了。”

晋文公施礼说：“天子，您已经给我加封了爵位，我已经很满足了，天子的礼物实在是太贵重了，我真的无法接受。”

周天子说：“你就不要再推辞了。”

晋文公行礼，说：“诺!”

晋文公接受了周天子的礼物。

周天子说：“孤承认晋王为诸侯霸主!”

晋文公说：“各位诸侯，我们要精诚团结，互帮互助，共同扶助王室，服从天子诏命。”

晋文公在“尊王”的旗号下，登上了霸主的宝座。

晋文公回到晋国后，想起自己放跑了楚军元帅子玉的事，十分后悔。子玉虽然战败了，但他是一位难得的帅才，要是自己当初听先轸的话，全歼子玉的中军，俘虏了子玉，就给晋国消除了一大祸患。现在子玉已经返回了楚国，再想这些已经没有什么用了。晋文公想到这里，闷闷不乐。先轸见了晋文公，不解地问：“大王，晋军战胜了楚军，大王为什么不高兴呢?”

晋文公说：“子玉是个帅才，没有被晋军所杀，以后就是晋国的死对头啊。”

先轸说：“大王，您多虑了。按照楚国的法令：‘覆军杀将。’”

晋文公说：“子玉虽然战败了，但是子玉临危不惧，当机立断，在战场上撤出了中军，为楚国保存了最精锐的部队，仍然是一位难得的帅才。寡人要是楚王，一定安抚子玉，继续任用子玉为楚军统帅。”

先轸说：“大王，这次战争中，楚国伤亡很大，楚王要是不杀了子玉，就没有办法向其他人交代。”

晋文公说：“楚王为什么不找别的理由？为什么非要杀子玉呢？”

先轸说：“大王，子玉家族势力很大，压制楚国其他家族已经很久了，这些家族为了翻身，不得不说子玉的坏话，只有子玉死了，这些家族才有出头之日。”

晋文公说：“但愿如此吧。”

过了一段时间，先轸知道子玉已经死了，兴奋地对晋文公说：“楚王给子玉下了自裁的命令后，很快就后悔了，马上传令赦免子玉。楚王赦免子玉的命令传到子玉那里的时候，子玉已经自杀了。楚王知道以后，后悔不已，厚葬了子玉。”

晋文公说：“子玉死了，寡人就放心了。但是，子玉是个帅才，他死了，是一件多么令人痛心的事啊。”

先轸说：“大王爱才之心，臣十分敬佩！”

晋文公在城濮之战后，成了春秋时期的霸主。楚国失去了诸侯的信任，北进受挫，无力问鼎中原，只好把目标放在了桐柏山、大别山以南地区。但是，楚国没有忘记城濮之战的耻辱，一直在寻找机会与晋国决战，夺回先祖曾经生活的地方——商於之地。

第9章

秦国擅于笼络人才，尤其是那些在其他诸侯国不得志的人才，到了秦国，往往能才尽其用，名扬天下。秦国到了秦穆公时期，更是知人善任。秦穆公重用了别的诸侯国来的贤臣百里奚和蹇叔。

百里奚原本姓姬，虞国人，家境贫寒，饱读诗书，胸怀治国谋略。妻子杜氏经常对百里奚说："好男儿志在四方。"百里奚临行前，杜氏杀掉家中唯一下蛋的母鸡，为百里奚饯行。百里奚去了齐国，身无分文，投报无门，遇到了蹇叔。蹇叔是宋国的义士，让百里奚住在家中。百里奚发现蹇叔家境也很贫寒，听说周天子喜欢会养牛的人，准备投奔周天子。蹇叔劝说百里奚不要去。百里奚又想投奔齐国公子无知，蹇叔说齐国公子无知弑齐王而自立。百里奚求取功名心切，蹇叔便向朋友虞国宰相引荐百里奚，陪同百里奚见了虞公后，说这个人听不进去谏言，劝百里奚早日离开虞公。百里奚好不容易过上了好日子，不愿意离开虞公。晋王假借攻打虢国之名借道虞国，百里奚苦苦谏言虞公，虞公没有采纳百里奚的建议。虞国被晋国灭亡后，百里奚成了晋国的俘虏。晋王想招揽百里奚为己所用，遭到百里奚拒绝，于是将百里奚作为公主的陪嫁，送给秦穆公。在路上，百里奚趁机逃到了楚国。秦穆公知道百里奚是个人才，用五张羊皮从楚王手里换回了百里奚，任命七十多岁的百里奚为秦相，人们称百里奚为"五羖大夫"。百里奚对秦王说，蹇叔比自己强，秦穆公召来蹇叔，任命为右相（百里奚为左相）。百里奚提出文明教化子民的思想，使秦国子民知礼术，讲节气。

在百里奚和蹇叔的精心辅佐下，秦国逐渐强盛，巴人臣服秦国，戎狄亲附秦国。秦穆公不甘心偏据一方，一心想朝东方发展。虽然秦国在一段时间内，与晋国保持了良好的关系，但是在城濮之战后，晋文公当上了霸主，秦穆公心里很不是滋味。要不是有秦国帮扶，晋文公怎么会有今天呢？

公元前630年，晋文公与秦穆公组成秦晋联军，共同讨伐郑国。郑王审时度势，派烛之武秘密参见了秦穆公。秦穆公问："大战就要开始了，你现在说什么都没有用了，你还是劝郑王早早地投降，寡人和晋王会考虑战后给他的位置的。"

烛之武说："秦王，城濮之战，晋王当了霸主，秦王捞到了什么好处？"

秦穆公说："晋国是秦国的盟国，请你不要在这里挑拨晋国和秦国的关系。"

烛之武说："秦王，晋国真的是你们的盟国吗？秦王把晋王送回晋国当了大王，晋王答应给您土地，但是晋王早上渡过黄河，晚上就对秦国防备，那土地，晋王是不是已经给了秦王？"

秦穆公说："那是秦晋之间的事务，请你不要再说了。"

烛之武说："秦王，郑国离晋国近，离秦国远，秦国要是灭了郑国，晋国能愿意吗？要是晋国灭了郑国，晋国就会腾出手来对付秦国，秦王还是好好考虑考虑一下吧。"

秦穆公说："寡人已经与晋王联合出兵，现在反悔不好吧？"

烛之武说："秦王，晋王在城濮之战中对子玉使用的手段，难道您忘了？只要对自己有利，谁还在意手段呢？"

秦穆公说："让寡人想想。"

烛之武说："秦王，我说的一切都是为了你啊，秦王要是留下郑国，让郑国作为秦国在东方的盟友，秦王有朝一日向东发展，与晋王争霸，不是有了帮手吗？"

秦穆公说："理倒是这个理，只是寡人下不了决心啊。"

烛之武说："秦王雄才大略，如今有郑国相助，他日就能超越晋王，在诸侯中称霸。这么好的机会，秦王怎么能放弃呢？"

秦穆公说："好，请郑王来，秦国与郑国结为盟国。"

郑王秘密进了秦穆公大营，对秦穆公说："秦王，寡人有眼不识泰山，这么多年跟着楚国跑，真是罪该万死啊。"

秦穆公说："郑王，说这些干啥？如今秦郑两国结为盟国，秦郑就是一家人了。"

郑国说："秦王说得好。"

秦穆公说："郑王，秦郑现在是盟国，寡人不帮你，就说不过去了。"

郑王说："秦王，太谢谢你了。"

秦穆公对杞子、逢孙、杨孙说："三位大臣，你们帮助郑王守卫郑国，不得懈怠。"

杞子、逢孙、杨孙说："诺!"

杞子、逢孙、杨孙跟着郑王回到了郑国，秦穆公不辞而别，率兵回秦国了。晋国上下对秦穆公这种做法很不满意，元帅先轸对晋文公说："大王，秦王与郑王结盟，根本就没有把大王放在眼里，晋国应该教训一下秦国，否则大王以后还怎么号令诸侯呢？"

晋文公说："这个仇晋国迟早要报，但现在还不是时候，秦穆公是寡人的岳丈大人，对寡人有恩，寡人现在还不能跟秦国翻脸。你们现在派人，将秦军这次撤回的路线严密监视起来，他日秦国再从那里路过，晋国必须让秦军有来无回。"

元帅先轸说："诺!"

几年以后，在郑国的秦国大臣杞子送回密报，说："大王，郑国都城北城门上的钥匙现在掌握在我们手里，大王派军队偷袭郑国，有我们在郑国做内应，郑国怎么能不亡啊!"

秦穆公对大臣说："寡人把他们放到郑国，寡人的这步棋终于发挥了作用。"

大臣说："大王，还是你教导有方，他们不论身在何处，心里还是想着秦国啊。"

秦穆公喜出望外："秦国征服郑国的夙愿就要达成了。"

百里奚说："大王，我军长途奔袭，容易暴露目标，胜算不大，恐怕要遭遇不测。"

秦穆公说："这么好的机会，秦国不能错过。"

蹇叔说："大王，三思啊。"

百里奚哭着说："大王，秦晋友好，秦国才能更好地发展呀。"

秦穆公把衣袖一甩，下了大殿，到朝堂后面去了。

百里奚对着朝堂，痛哭流涕，说："秦国的列祖列宗，你们劝劝大王啊。"

太监对百里奚说："大王已经被你气走了，你在这里说这些有什么用呢？回家去吧。"

百里奚哭哭啼啼地出了大殿，在回家的路上，哭着说："大王，你这么做，就会断送了秦国这么多年发展的大好前景呀！大王啊大王，你为什么听不进我的话了呢？"

秦穆公背着蹇叔，把百里孟明、西乞术、白乙丙这三位将军请进了大殿，说："三位将军，今天请你们来，有重要的事与你们商议。"

百里孟明他们说："大王，有什么吩咐，你就讲吧，我们坚决执行就是了。"

秦穆公把秦大臣杞子送回的密报又给百里孟明他们说了一遍，百里孟明他们说："大王，好啊，征服了郑国，秦国就可以在中原称霸了呀，这么好的事情，秦国为什么不干呢？"

秦穆公说："三位将军听令！"

百里孟明他们说："诺！"

秦穆公说："我命令你们率领三万秦军，明日出发，直奔郑国，不得有误！"

百里孟明他们说："诺！"

百里孟明他们出了大殿，马上回到军中，为出征积极准备。

百里奚对百里孟明说："儿啊，秦国刚刚出现了好局面，不能为了讨伐郑国而被破坏了，这次出征，必败无疑，你应该好好劝劝秦王啊。"

百里孟明说："父亲，晋文公刚刚去世，这是秦国讨伐郑国的好机会，不能错过啊。"

百里奚说："秦国与晋国亲如一家，你们这次出兵郑国，就会破坏了秦国与晋国的关系，秦国的大好局面就要被毁了。"

百里孟明说："父亲，你老了，可以歇一歇，秦国的事，你不用考虑了。"

百里奚说："儿啊，我不为秦国考虑，也要为三军将士考虑，你这次去了，就回不来了。”

百里孟明说：“父亲，为国就义，死得其所。”

百里奚劝不住儿子，二人不欢而散。

秦军出发的这天，蹇叔闻讯从家里拄着拐杖，急急忙忙地来到城外，看着浩浩荡荡的秦军，衣着整齐，装备精良，蹇叔在秦军中找啊找，终于找到了儿子西乞术、白乙丙。

西乞术说：“父亲，你怎么来了？”

蹇叔说：“儿啊，这是我们最后一面啊，我怎么能不来呢？”

白乙丙说：“父亲，你怎么能对我说这样的话？儿子没有对不起你的地方啊。”

蹇叔说：“儿啊，崤山有两座山岗，一座埋着后杲氏的骸骨，一座是周文王躲避风雨的地方。你们的尸骨，我大概也要到那里去收。”

西乞术说：“父亲，你不要危言耸听，秦军战无不胜，一定会凯旋。”

蹇叔说：“儿啊，崤山是咽喉要道，人称一线天，又称活棺材。我只能看你们出，不能看你们回啊。儿啊，你们死了，谁为我送终呢？”

秦穆公生气地说：“蹇叔，你哭什么哭？不要扰乱军心了。”

蹇叔说：“大王，请你收回命令吧。”

秦穆公说：“蹇叔，你是不是老糊涂了？我当王的，怎么能说话不算数呢？要不是看在你是老臣的分上，我早就对你不客气了。”

蹇叔说：“大王，要是你收回成命，你杀了我，我都高兴啊。”

秦穆公说：“把他拉下去，不要动摇军心了。”

秦穆公手下把蹇叔强行拉走，蹇叔回头对秦穆公说：“大王啊，为了三军将士，你就听我一回劝吧。秦国好不容易发展到目前这个水平，不能断送在你手里呀。”

秦穆公更加来气了，说：“寡人的江山，寡人不心疼？需要你操心吗？”

蹇叔被拖走了。

秦军目标坚定，继续向东，进入了晋军防区，大模大样，好像走在秦国的土地上，根本就没有把晋军当回事。监视秦军的晋军气坏了，秦军吃了豹子胆，还是神志错乱，简直是目中无人，拿晋军当空气，这次不狠狠地揍秦军一顿，秦军尾巴就要翘上天。

晋国守军报告了晋襄公，晋襄公不敢大意，秦军这么大胆，会不会有别的意图？晋襄公犯了迷糊，马上召集大臣朝议，晋襄公说：“秦军从我们这里大摇大摆前去攻打郑国，秦军这种做法不同于以前，在玩什么花招呢？”

先轸说：“大王，先王刚刚去世，秦军乘人之危，根本就没有把晋国放在眼里。”

晋襄公说：“好啊，秦王看不起寡人，晋军现在就教训秦军。”

先轸说：“大王，秦军现在士气正旺，还不是收拾秦军的最好机会，等秦军从郑国返回来，晋军以逸待劳，狠狠地揍秦军一顿吧。”

晋襄公说：“好，就这么办。”

秦军到了洛邑，洛邑是天子的地盘，携带武器的诸侯军队未经允许进入洛邑，按照周王室律法，就是谋反罪。诸侯军队要是从洛邑过，必须穿成平民的样子，士卒把皮甲卷起来，把头盔藏起来。但是，这支秦军什么也不懂，一窝蜂地跳下了战车，脱下了头盔，大摇大摆地走着，后又跳上战车，继续前行。秦军跳上战车的这种做法，根本就不符合在天子地面上的礼节。

年幼的王孙满，趴在门缝朝外看，看着秦军稀奇古怪的样子，对爷爷周天子说：“爷爷，秦军就要失败了呀。”

周天子说：“孩子，你为什么这样说呢？”

王孙满说：“爷爷，轻佻的军队没有脑子，无礼的军队疏于防备，一旦遭遇危险，像这样的军队，怎么能不失败呢？”

周天子说：“孩子，你观察得细致，说得好啊。王室后继有人，孤就放心了。”

秦军过了洛邑，到了滑国的时候，郑国的商人弦高正要去洛邑做买卖，遇见了秦军。秦军这么远跑到这里，是要干什么呢？弦高百思不得其解。

弦高问路人：“朋友，你知道秦军干啥去？”

路人说：“秦军攻打郑国啊。”

弦高说：“真的假的？”

路人说：“你不信算了，权当我没有说。”

弦高说：“对不起啊，我太激动了。”

路人说："你是郑国商人？"

弦高说："是啊，是啊。"

路人说："你只要做好生意就行了，秦国攻打郑国跟你有什么关系？"

弦高说："郑国强大，出门做生意就没有人欺负我了。要是郑国灭亡了，我就无家可归了。"

路人说："如今像你这样的商人可不多呀！"

弦高说："谢谢夸奖！"说着，赶着牛群，带着牛皮，挡住了秦军的去路。

秦军元帅孟明说："卖牛的，你找死啊。"

弦高说："将军，我是郑王的使者啊。"

孟明说："郑王派你来干啥？"

弦高说："将军，郑王早就知道秦军要来，已经在城里给秦军准备好了食物，做好了警戒，先派我给秦军送来四张熟牛皮和十二头牛，郑王在城里等着秦军呢。"

孟明心里嘀咕，秦军行动诡秘，郑王怎么会知道秦军来袭呢？但是嘴上却说："请你回去转告郑王，郑王的美意，秦军心领了。"

弦高说："将军，我一定把你的话给郑王带到。"

弦高离开了秦军，连夜赶回了郑国，把秦军偷袭郑国的事告诉了郑王。

郑国大夫说："弦高，这么重要的消息，你是怎么知道的？"

弦高说："我正巧路过，被我遇到了。"

郑国大夫说："弦高，你要实话实说，不许撒谎。"

弦高说："要不是为了郑国子民，我还懒得回来给你说呢。"

郑国大夫说："弦高，你们商人眼里除了钱，还有什么？"

弦高说："别人是别人，我是我，请你不要侮辱我的人格！告辞！"

郑国大夫说："弦高，事情没有证实之前，你半步也不得离开郑国。"

弦高说："我要是当官的，你还会怀疑我吗？早知道你怀疑我，我就不来报告了。我的牛还在城外，我要继续去洛阳做生意了。"

郑国大夫说："弦高，你以为你是谁？有钱就这么任性吗？我们不吃你这一套。大王，请把弦高关起来，明天再慢慢地审问吧。"

郑王说："慢！弦高放着生意不做，从洛邑返回来，把这么重要的消息告诉了我们，弦高的人品在你之上，弦高的话不容怀疑。”

郑国大夫说：“大王，我们现在怎么办呢？”

郑王说：“谁掌握着郑国都城北门的钥匙呢？”

郑国大夫说：“秦国大臣杞子啊。”

郑王说：“马上派人去杞子的住处查一查，不就水落石出了吗？”

郑国大夫说：“诺！”

郑王派人悄悄地到了秦人杞子的住处，来人看着杞子他们的举动，大吃一惊，赶紧来到郑王面前，对郑王说：“大王，大事不好了，杞子及其部下已经收拾好了行装，磨好了兵器，喂饱了马匹，做好了准备。”

郑国大夫说：“大王，我现在带人将杞子他们抓起来。”

郑王说：“慢！”

郑国大夫说：“大王，咋办？”

郑王说：“把武子叫来。”

郑国大夫说：“大王，赶他们走，何必让武子出面。”

郑王说：“杞子是秦国使节，郑国驱赶他们，也必须以礼相待。”

弦高说：“大王，这事要是放到我，我早就把他们杀了。”

郑王说：“我们只能委曲求全，否则，秦国就有了出兵的理由。”

武子说：“父王有什么事情？请吩咐！”

郑王说：“我儿，请你婉言劝杞子他们离开吧。”

武子说：“父王，为什么呀？”

郑王说：“他们要给秦军做内应，灭了郑国呀。”

武子说：“父王，我带人杀了他们，一了百了。”

郑王说：“儿啊，为父是怎样教导你的，你忘了吗？”

武子说：“父王，儿知道了。”

武子带人来到杞子他们的住处，杞子他们很意外，杞子若无其事地说：“武子，深夜来访，有何见教？”

武子说：“事到临头，你还不明白吗？”

杞子说：“请明示！”

武子说：“郑国待你们如何？”

杞子说："好啊。"

武子说："你在郑国住了多久？"

杞子说："已经很长时间了。"

武子说："你们在郑国，郑国信任你们，把郑国都城北门的钥匙交到你们手里，你们不知恩图报也就罢了，为什么还要与秦国暗通消息，帮助秦国偷袭郑国呢？"

杞子说："一定是有人陷害，挑拨我们的关系，请武子明察啊。"

武子说："你们的事情已经败露了，你们就不要狡辩了。你们现在带上行李，马上离开郑国，郑国不喜欢吃里扒外的家伙。"

杞子低头不语。

武子说："大人，把郑国都城北门的钥匙交出来吧。"

杞子把郑国都城北门的钥匙递给了武子，武子说："你们请吧！"

杞子满面羞惭，带着行李，出了郑国，站在郑国边境上望了望，秦国是回不去了，晋国也不能去，该上哪里去呢？杞子再三思索，去了齐国。

第 10 章

秦军偷袭郑国的事情已经败露，秦军元帅孟明对秦军说：“将士们，郑国已经做好了准备，灭掉郑国已经没有希望了，我们还是回秦国去吧!”

副将白乙丙说：“看来还是被我父亲说中了。”

孟明说：“秦军还是撤吧。”

白乙丙说：“秦军带的粮食已经不多了。”

孟明说：“秦军只好到滑国去抢了。”

白乙丙说：“好吧，只能如此了。”

孟明率领秦军一举灭掉了毫无防备的滑国，秦军进了滑国。肆无忌惮，抢了玉帛、宝器和粮草。秦军欢欢喜喜，将抢来的财物装上了大车，急急忙忙，跑了三百里，没有遇见晋军。眼看着就要到秦国边境了，秦军长长地舒了口气，放慢了步伐，慢慢地走着。

崤山主峰高一千七百多米，山势起伏，壑峪纵横，山险路窄，站在沟里朝天上一望，只能看见一线天。真是一夫当关，万夫莫开。这里是秦国通向东面的要道。但是，这里与晋国河西之地相连，要是晋国占了山两边，这里就是一口活棺材。要是秦国拿下了河西之地，守住这里，就能将东方诸侯拒之门外。自从秦国开始东扩，秦国就已经深深地认识到了这里是多么的重要。秦国想方设法与晋国结为儿女亲家，就是为了防止晋国从这里突袭秦军。

秦军从东面返回的消息很快就被晋军知道了，晋军元帅先轸对晋襄公说：“大王，消灭秦军的时机到了。”

晋国大臣栾枝说：“大王，不可。”

晋襄公说：“为什么呢?”

栾枝说："大王，秦王对晋国有恩，晋国不能恩将仇报。"

先轸说："大王，秦国趁着先王刚刚去世，就去攻打郑国，可见秦国是多么无情无义。既然秦国不义，这次就不能放走秦军，要是放秦军走了，就会给后代留下祸患，到时后悔都来不及了。"

晋襄公说："晋军该怎么打击秦军呢？"

先轸说："大王，秦军回师必走崤山，晋军就在崤山设伏，必定将秦军一网打尽。"

晋襄公说："好，就依你！"

先轸发布命令，号令三军，又迅速征调了姜戎的军队。

晋襄公把白色的孝服染成黑色，梁弘为晋王驾驭兵车，莱驹担任副将，来到了崤山。四月十三日这天，崤山风景如画，晋军从崤山绝壁往下看，只见秦军元帅孟明统率秦军，带着从滑国抢来的东西，慢慢地走进了峡谷。晋军穿着黑衣服，静静地埋伏在山顶的草丛里。

秦军毫无察觉，带着抢到的东西，继续在蜿蜒的峡谷里走着。大部分秦军将士，看着这些东西，想着班师后秦王的赏赐，在心里笑了。

秦军副将白乙丙说："元帅，晋军会不会在这里设伏？"

秦军元帅孟明说："大王对晋王有恩，晋王不会忘了对大王的承诺。"

白乙丙说："晋文公已经薨了，晋王跟大王没有多深的交情呀。"

孟明说："晋王没有作战经验，秦军快要回国了，就是晋王想打秦军，也已经错失了最好的机会了。"

白乙丙说："但愿如此吧。"

孟明与白乙丙的话传到了晋襄公耳朵里，晋襄公对元帅先轸说："开始吧！"

晋军元帅先轸下令："击鼓！"

晋军拿起身边的石头，向三万秦军砸去。晋军的石块像雹子似的，铺天盖地，从上面倾泻下来，秦军在谷底无处可藏。

先轸带着晋军从山上冲下来，俘虏了剩余的秦军，来到了秦军三帅百里孟明、西乞术、白乙丙面前。先轸说："放下武器，乖乖投降！"

秦军元帅百里孟明，副将西乞术、白乙丙只好放下了武器，晋军一拥而上，绑了他们，将他们带到曲沃，暂时囚禁了起来。百里孟明、西乞术、白乙丙想起他们父亲的话，现在十分后悔，秦军全军覆没，这个后果太严重了，怎么向秦王交代呢？这三万秦军，可是秦国的精锐啊。如今多少家庭支离破碎，妻子失去了丈夫，孩子没有了父亲，这是多么惨痛的损失呀。三个人待在监狱里，望着窗外，痛苦得快要死了。

晋文公的夫人文嬴，也就是秦穆公的女儿，知道晋军袭击了秦军，俘虏了秦军三位大将，两手乱颤，心里想着，秦晋不是儿女亲家吗？说翻脸就翻脸了，为什么这么快啊？文嬴出了王宫，见了晋襄公。

晋襄公心里已经明白文嬴来的意思了，随口说："母后，你有事吗？"

文嬴说："大王，这三个人破坏了秦晋之好，要是把他们放回秦国，秦王就是吃了他们的肉都不解恨，您何必屈尊处罚他们呢？让他们回到秦国去接受秦王的处罚，满足秦王的心愿，不是更好吗？"

晋襄公说："母后，秦国无视晋国，趁着父王刚刚去世，就出兵对付郑国。他们三人罪有应得，必须在晋国接受惩罚。"

文嬴求情说："大王，他们既是晋国的罪人，又是秦国的罪人，他们害死了三万秦军，秦国的子民更恨他们，他们回到秦国，秦国的子民能把他们骂死，就是秦王不杀他们，子民不杀他们，他们也没有脸活在人世。杀他们，何必劳你动手呢？"

晋襄公说："母后说得对啊，就让秦国的子民把他们骂死吧。"

晋襄公答应文嬴，让孟明三人回秦国。

文嬴见孟明三人出了监狱，对他们说："你们快些离开晋国，要是晋王变卦，你们就回不去了。"

孟明三人对文嬴磕头说："多谢夫人出手相救。"

文嬴说："你们是秦国的财富，关系着秦国的未来，我是秦王的女儿，帮助你们是我义不容辞的责任。我们闲话少说，你们赶紧走吧。"

孟明三人对文嬴千恩万谢之后，马上朝秦国奔去。他们边跑边回头望，晋王要是反悔了，他们就跑不了啦。他们不敢歇息，一路狂奔。

跑了一阵子，孟明说："我实在跑不动了，我们歇一歇吧。"

西乞术说："再翻几座山，就到黄河边了。再坚持一下吧。"

白乙丙说："过了黄河，就到了秦国地界，我们就安全了，我们扶你走吧。"

孟明说："还是我自己走吧。"

孟明他们继续赶路。

第二天，上早朝的时候，先轸问晋襄公："大王，孟明他们三人现在关在哪里？"

晋襄公说："爱卿，母亲苦苦哀求，寡人想起秦国对先王的恩德，已经放他们回秦国了。"

先轸生气地说："大王啊大王，你怎么那样糊涂啊，晋军花了那么大的力气，才把孟明他们三人活捉，你怎么就轻易地放了他们，为什么不跟大臣商量呢？你知道吗？他们三人的父亲都是秦国的相国啊，他们是秦国的大将，秦国失去了他们，就像断了三根柱子，你把他们三人放回了秦国，他们必定发奋图强，伺机复仇，晋国灭亡的日子不远了。"

晋襄公说："爱卿，晋国不是有你吗？寡人还有什么可怕的？"

先轸说："大王，人无远虑，必有近忧啊。秦王狼子野心，暗暗发展，在百里奚和蹇叔的辅佐下，秦国如今的实力已不容小觑，你把百里奚和蹇叔的儿子放回去了，就是帮助敌人。"

先轸说完，离开了朝堂。

大夫说："大王，先轸有什么了不起的？竟然扬长离开朝堂，你应该责问他。"

晋襄公说："先轸说得没错，寡人不应该放了孟明他们。"

大夫说："大王，即便你错了，先轸也不至于那么对待你呀，他做得太过分了。"

晋襄公说："先轸从大局出发，情有可原，寡人不计较。现在最重要的是，谁去把孟明他们给我追回来？"

阳处父说："大王，我愿意去。"

晋襄公说："爱卿啊，抓住孟明他们，寡人为你庆功。"

阳处父说："诺！"

阳处父离开王宫，带人赶着战车，朝孟明他们追来。跟随阳处父的人说："大人，孟明他们走了那么久，恐怕追不上了。"

阳处父说："废话少说，追不上也得追！"

阳处父带着人，追了很久，终于追到黄河边，随从说："大人，你看，孟明他们已经上了渡船离开了河岸。"

阳处父心生一计，解下拉车的马，对孟明他们喊："将军，等等我，我有话对你们说。"

孟明说："大人，有话我们下次再说啊。"

阳处父说："将军，你们为什么不辞而别呢？我家大王听说你们走了，马上让我来给你们送马匹，你们带上马再继续走啊。"

孟明说："大人，我们回去接受秦王处置，要是我们能够侥幸活下来，三年后，我们一定来感谢晋王。"

阳处父说："将军，你们不带上马，我回去没法给晋王交差啊。"

西乞术说："晋王的好意我们心领啦，你回去告诉晋王，我们这辈子都不会忘的。"

阳处父的随从说："大人，何必跟他们废话，赶紧放箭吧。"

阳处父说："箭已经射不到他们了。"

随从说："找船追他们吧。"

阳处父说："来不及了。"

阳处父站在黄河边，看着孟明他们开船逃走了，只好回来向晋王汇报。

秦军偷袭郑国没有成功，反而在回来的路上被晋军全部消灭了。秦穆公知道后，又气又急。秦穆公看着晋国的方向，难掩悲愤，后来听说孟明他们从晋国逃了回来，马上转悲为喜。三军易得，一将难求。怨不得孟明他们，全怪自己没有听百里奚、蹇叔的话，千错万错，都是自己的错啊。

这时，负责刑罚的官员对秦穆公说："大王，孟明他们就要回来了，按照秦律，丧军辱师者，其罪当诛。"

秦穆公说："爱卿啊，这是寡人的错误啊，跟孟明他们三人有什么关系呢？孟明他们是秦国的财富，他们能平安回到秦国，是秦国子民的福气啊，这么好的人才，寡人怎么能杀了他们让晋国高兴呢？快些跟着我，去城外迎接他们吧。"

秦穆公对太监说："快给寡人换衣服，寡人要去迎接他们，不能让英雄寒心啊。"

太监给秦穆公换了衣服，秦穆公躬身出了王宫，一路小跑，出了都城，到了郊外，来到河边。看着跪在岸上的孟明他们，秦王哭着说："寡人不顾百里奚、蹇叔的劝阻，让你们受了委屈，这是寡人一个人的罪过啊。你们为了秦国，执行寡人的命令，何罪之有？要是按照秦律杀了你们，寡人不是昏聩之主了吗？秦军虽然失败了，但你们还是秦国的勇士啊，不让百里孟明当秦国元帅，寡人不是糊涂吗？"

秦穆公说着，来到孟明他们三个跟前，扶起他们说："回来了就好，你们回来了我就高兴啊，有你们三人执掌秦国军队，我睡觉也安心啊。"

孟明他们说："大王的知遇之恩，我们今生难忘。我们一定奋发图强，为秦国建功立业。"

秦穆公说："多余的话不说了，你们受惊了，一路辛苦，先回家好好休息吧。"

秦穆公用自己的马车，将孟明他们三人送回了家里，又给他们送去了好酒美食。孟明他们的感激之情，如滔滔黄河，永远没有止境。

崤之战后，秦穆公对晋国有了更加清醒的认识，要想打败晋国，仅仅靠秦国是不行的。联合谁好呢？秦穆公想起了楚国，楚国与晋国打了几次，虽然楚国吃了败仗，但是楚国元气还在，联合楚国，怂恿楚国攻打晋国，这不是很好的策略吗？秦穆公派出使者，来到楚国，使者对楚王说："楚王，秦王愿意与楚国结盟，共同对抗晋国。秦国为了表达自己的诚意，这次特意让我将斗克、屈二位将军带了回来。"

楚王说："好吧，既然秦王这么仗义，楚国就与秦国结为盟友，共同对付晋国这个忘恩负义的敌人吧。"

晋国虽然在崤之战中取得了胜利，但是晋国得罪了秦国，不得不在西线提防秦国，又需要在南线抵御楚国。秦国后来在与晋国的作战中，屡战屡败，没有讨到便宜，只得暂时放弃了问鼎中原，专注于向西发展。秦国与楚国结盟后，将楚国推到与晋国争霸中原的前线，晋楚之争，持续不断。秦国达到了自己预期的目的，站在西边看热闹。

第 11 章

楚庄王重用贤臣，平息了陈国之乱，又向东灭了许多小诸侯国，使吴国、越国成了楚国的附庸，楚国国势日益强大。楚国加快了北进的步伐。楚国与晋国反复争夺郑国，两国已经为了郑国打了十几年。这一年，正好是公元前 597 年，晋国与楚国爆发了泌之战。

楚军围住郑国，打了十七天，楚庄王对郑王说："快快投降，楚国可以饶了郑国。"

郑王说："楚王，晋国是郑国的盟友，晋国不会坐视不管的。"

楚庄王说："晋国没有什么了不起的，不攻破郑国，楚军是不会罢休的。"

郑王说："废话少说，要打就打！"

楚庄王说："郑王，你等着！"便命令楚军："攻破郑国，寡人有赏！"

楚军发起新的攻势，很快就攻破了郑国一处城角。

突然，郑国城里传来了子民的哭声，楚庄王隐隐约约听见子民说："房塌啦，死人啦，快来救人呀！"

楚庄王听见了子民的哭声，心里很不好受，下令说："停止攻击！"

部将说："大王，已经攻破郑国城角了，郑国马上就要被攻下来了，大王为什么不让攻城了？"

楚庄王说："寡人听见城里有子民哭，于心不忍呀。"

部将说："大王，打仗总会伤及子民的。"

楚庄王说："服从命令，撤军吧。"

郑王看见楚军撤退了，对郑国士卒说："晋军到了，楚军害怕了，继续战斗呀！"

楚庄王愤怒地说："寡人怜悯子民才下令撤军，郑王怎么能误解寡人的一片好心呢？停止撤退，狠狠地攻击郑国！"

楚军转身围着郑国继续攻击，郑国顽强抵抗，楚军攻打了三个月，终于攻破了郑国。

郑国赶紧派人带着郑国的奇珍异宝，见了楚庄王，说："楚王，郑国愿意与楚国结为盟国，请楚王体谅一下郑王的难处吧。"

楚庄王说："好吧，寡人答应郑王的请求，请郑王出来与寡人签署结盟文书吧。"

郑王战战兢兢地来到楚庄王面前，说："楚王，对不住了。"

楚庄王说："郑王，过去的事，不要再提了。"

郑王说："楚王大仁大义，寡人佩服。从今日起，郑国愿与楚国结为盟国。"

楚庄王说："郑王，楚国与郑国结盟之后，郑国不要出尔反尔，必须履行盟国的职责！"

郑王说："楚王，请放心，郑国一定跟着楚国走。"

楚国与郑国结盟后，楚军离开了郑国。

晋王朝议的时候，荀林父说："大王，楚军攻打郑国已经很久了，郑国是晋国的盟国，要是晋国再不出兵，到时就没有诸侯愿意与晋国结盟了。"

晋王说："何人带兵出战？"

荀林父说："大王，臣前去帮郑国解围。"

晋王说："准奏！"

晋军统帅荀林父带着四万晋军，来到黄河北岸。

晋军斥候来报："元帅，楚军已经撤离了郑国！"

荀林父说："好，再探！"

晋军斥候离开大帐以后，荀林父对部将说："我军四万人与楚军左广、右广军队对阵，我军还不是楚军的对手，何况郑国已经投降了楚国，我们现在去郑国，已经没有什么意思了，还是返回晋国吧。"

晋军佐将先谷说："元帅，楚军有什么了不起，有什么可怕的？楚军是晋军的手下败将。你们怕楚军，我不怕楚军，我坚决不回晋国。"

荀林父说："战局已经发生了变化，我及时调整作战方案，有什么错？"

先谷说："元帅，我来了，就不想回去了。"

荀林父说："我是元帅，你们必须服从我的命令。"

先谷说："元帅，你不要用官位来压我，我的军队我做主。"

荀林父说："你要是吃了亏，影响的是整个晋国。"

晋军佐将先谷说："元帅，我不管，反正我不回晋国，我要找楚军开战。"

佐将先谷带所部人马离开了晋军大营，渡过了黄河，朝郑国前进。晋军元帅荀林父放心不下先谷，命令部队渡过黄河。晋军来到黄河南岸，与楚军对峙了起来。

郑国夹在晋国与楚国中间，采取"居大国之间而从于强令"的策略，心里盼着这两只老虎狠狠地打一场，反正自己只要跟着胜利的一方就是了。郑国被楚国打败了，现在已经与楚国结了盟，晋军马上就要到达郑国了，要是不向晋军诉说一下自己的苦衷，到时晋军打败了楚军，自己没法给晋军解释呀。与其坐山观虎斗，还不如悄悄地派出使者，到晋军大营，摸一摸晋军的真实想法，再把自己的难言之隐早早地告诉晋军，到时要是晋军胜利了，晋军就不会难为自己了。郑王想到这里，马上向晋军大营派出了使者。

郑国使者来到晋军大营，晋军统帅荀林父说："郑国已经跟楚国结盟了，你现在到晋军大营里来干什么？"

使者说："将军，你错怪郑王了。"

荀林父说："郑王带来了什么话？你请讲！"

使者说："将军，郑国一直都是晋国的盟友，只不过这次楚国攻破了郑国，郑王才逼不得已同意郑国与楚国结盟。郑王心里还是想着晋国，所以派我来告知将军，楚军其实是草包，这次攻破郑国，纯属意外。楚军这次从郑国抢了不少东西，行动必定迟缓，骄傲轻敌，晋军很快就能追上楚军。晋军全力以赴，狠狠地教训楚军一顿，必定大获全胜。"

晋军下军佐栾书说："楚军左、右两广，是楚军的精锐部队，使者用心险恶，是不是想看晋军的笑话呀？"

晋军元帅荀林父一时又没有了主意。

楚庄王派出使者，来到晋军大营，对晋军元帅荀林父说："楚军只想教训郑国，没有别的意思。楚军与晋军打了多年，不是晋军的对手，请晋军不要为难楚军，让楚军平安撤回楚国吧。”

上将军士会看出了蹊跷，对楚军使者说：“楚国已经与郑国结盟，这里已经没有晋军的事了，晋军在这个时候插手郑国的事已经没有意思了。楚军左、右两广，大名鼎鼎，晋军自知不是楚军的对手，马上就要撤退了。”

晋军佐将先谷说：“郑国是晋国的盟友，楚国不给晋国面子，晋军怎么能放楚军走呢？既然晋军来了，不跟楚军好好地打一仗，这件事说出去，还以为晋军怕楚军。”

晋军现在分成了主战派与主和派，楚军使者看得清清楚楚。楚军使者回到楚军大营，把晋军的情况报告了楚庄王。楚庄王听了使者的汇报，对部将说：“大战将至，晋军现在分歧很大，正是楚军报仇雪恨的好时机。这次，楚军一定不能放跑了晋军。”

楚王部将说：“大王，你说咋办，我们打就是了。”

楚庄王说：“乐伯、许伯、聂叔听令！”

楚国大夫乐伯、许伯、聂叔说：“诺！”

楚庄王说：“我命令你们三人，单车向晋军挑战！”

乐伯、许伯、聂叔说：“诺！”

乐伯、许伯、聂叔出了大营，乘着一辆战车，朝晋军大营而来。

许伯拿着弓箭，站在战车的中间，说：“大王的意图非常明确，就是让我们从容接近晋军大营，激怒晋军，这是我们的职责。”

站在战车左边的车左乐伯说：“大王让我们前去挑战楚军，车左要从左边猛射敌营，同时代替驭手执马缰绳，让驭手下车，从容调换马鞍，显示我们的傲骨和对敌人的蔑视。”

聂叔手里拿着长矛，站在战车的右边，是车右，他说：“车右必须进入敌营，抓一个俘虏，不慌不忙地割下俘虏的耳朵，带回军营。”

乐伯、许伯、聂叔来到晋军大营，晋军看着他们三人，疑惑不解，这三个人来大营干什么？送信还是挑战？晋军士卒正不知道该怎么办的时候，他们冲进了晋军大营，抓了一个俘虏，慢悠悠地出了晋军大营，从小路往楚军大营赶。

守在辕门的晋军大喊："将军，快来啊，楚军三个人进了大营，抓走了一个人！"

晋军大怒，一小队晋军冲出大营，摆出追击队形，试图包抄这辆狂妄自大的战车，晋军在后面喊："你们跑不了啦，赶快停车投降！"

乐伯只剩下一支箭了，晋军越来越近了。

突然，树林里跑出一只鹿，乐伯把鹿射死了。聂叔从车上跑下来，用长矛扛起了鹿，迎面来到晋军的追兵面前，对晋军追兵的首领说："这么好的鹿，送给你们尝尝鲜吧。"

乐伯说："晋军都是仁义之师，我们向晋军致敬！"

许伯说："晋军不欺负单个战车，做事有理有节，大家有目共睹。"

晋军追兵首领说："弟兄们，这三个人已经把话说到这个地步，我们就放了他们吧。"

乐伯他们三个说："晋军仁义，今日见到，名不虚传！"

晋军从聂叔手里接过鹿，返回了大营。

乐伯、许伯、聂叔回到楚军大营，楚庄王说："你们已经出色地完成了任务，是楚国的勇士。你们下去歇息吧。"

乐伯、许伯、聂叔说："诺！"

乐伯、许伯、聂叔单车闯进晋军大营，晋军将领魏锜、赵旃对统帅荀林父说："楚军欺负晋军，晋军必须对楚军加以膺惩，否则晋军多没面子。"

魏锜、赵旃一直有情绪，他们想升官，晋王没有答应他们的请求，他们对晋王心怀怨恨。他们知道晋军这次不是楚军的对手，故意在晋营里煽风点火，鼓动晋军与楚军作战。

荀林父说："楚王故意让晋军出战，晋军无论如何也不能上楚王的当。"

魏锜说："元帅，既然晋军不跟楚军打，那晋国与楚国结盟好了。"

荀林父说："晋国与楚国结盟，当然是好事情啊，但是谁愿意当使者呢？"

魏锜、赵旃说："元帅，主意既然是我们提出来的，那就让我们两个去好了。"

荀林父说："好，就辛苦你们二位了。"

魏锜、赵旃本来就没安好心，他们出了晋军大营，走小路来到楚军大营前，趁着天黑，偷偷地钻进了楚军大营，在楚军大营里杀人放火，搅得楚军大营不得安宁。天亮的时候，楚军发现是晋军捣乱，楚庄王大怒，亲自带人来追赵旃。赵旃眼看着逃不掉了，从车上扑了下来，钻进附近的松树林里。楚军下了车，进到松树林进行搜捕。赵旃把自己的护甲挂在了树上，才从另外的方向逃走了。

魏锜、赵旃一夜没有回来，晋军元帅担心二人出了事情，派智罃前去接应。智罃的战车，体积大，防御力强，带起了滚滚尘烟，楚王看见前面尘土飞扬，对楚军说："晋军发起了进攻，将士们，冲啊！"

楚军的左广率三十乘战车，跟在楚王的战车后面，全速前进，很快就冲到了智罃面前。楚王见是智罃一人，说："抓活的！"

智罃说："大王息怒，晋军元帅昨晚派了两个人到楚营与楚国结盟，到现在还没有回来，元帅派我来接应他们。"

楚王说："好啊，原来那两个人是你们派来的。"

楚军活捉了智罃。

楚军令尹孙叔敖担心楚庄王兵力少，怕出现意外，带着三万楚军精兵冲进了晋军大营。而晋军元帅还在大营里等着魏锜、赵旃到楚军大营结盟的消息，对楚军没有防备。现在楚军攻进了大营，晋军元帅手足无措，对晋军说："全军撤退！"

晋军逃到了黄河边，看见河里的渡船，不管三七二十一，纷纷跳进了河里，游到渡船边，抓住了船舷，争着上船。晋军乱成了一窝蜂，已经失去了控制，三十几只渡船很快就被晋军弄沉了。

晋军元帅荀林父对河里的晋军说："赶快放手，要是再抓船，本帅就不客气了。"

晋军士卒争着逃命，根本就没有把荀林父的命令当回事，继续抓住渡船，渡船眼看就要倾覆。荀林父对晋军喊："再不松手，本帅就要砍你们的手指头！"

河里的晋军为了活命，把荀林父的话当成了耳旁风，荀林父拿起宝剑，手起剑落。

河里抓着渡船的士卒，痛得松了手，被汹涌的河水吞没了。

楚庄王站在黄河边，看着河里晋军的尸体，动了恻隐之心，对楚军说：“将士们，放晋军过黄河去吧。”

楚王部将说：“大王，我们要给死去的楚军士卒报仇，这次不能放过晋军。”

楚庄王说：“将士们，城濮之战中，晋王没有对子玉斩尽杀绝，给子玉留了一条生路，保存了楚军实力，这才过去了几十年，你们怎么能忘了？何况战争的目的不是杀人，而是屈人之兵，让对方臣服。现在晋军已经失败了，楚军的目的已经达到，就此罢手吧。”

楚军停止了攻击。晋军用一夜时间，慢慢地渡过了黄河。

当初楚庄王养过一只鸟，养了三年，这只鸟一直没有叫过。大臣问：“大王，这只鸟为什么不叫呢？”楚庄王说：“你们懂得什么，这只鸟不鸣则已，一鸣惊人。”

泌之战使楚庄王成为霸主。楚庄王趁机把晋国的商於之地夺了回来，并亲自来到商山脚下，祭拜了楚国王室的列祖列宗。楚庄王说：“列祖列宗在上，楚人的发祥地现在重新回到了楚人手里，请你们都安息吧。”楚国为了巩固对商於之地的统治，派使者从商於之地翻过秦岭，出了蓝田，到了秦国。

楚国使者拜见了秦王，秦王说：“祝贺楚王。”

楚国使者说：“秦王，楚王特别重视楚国与秦国的关系，楚国现在有了商於之地，楚国与秦国联系起来就方便多了。”

秦王说：“当今能与晋国抗衡的只有楚国，秦国也十分重视与楚国的关系。”

楚国使者说：“秦王，秦国与楚国结盟吧。”

秦王说：“秦国早已是楚国的盟国了。”

楚国使者说：“秦王，在诸侯中发表一下声明，告诉他们秦楚结盟的事吧。”

秦王说：“楚国使者，请你回去告诉楚王，体谅秦国的难处，要是秦国告诉诸侯秦楚结盟之事，晋国就会渡过黄河，从河西之地进攻秦国。秦楚结盟，只要秦国知道，楚国知道，不是很好的事情吗？”

楚国使者说：“秦王，秦国的难处我一定告诉楚王。”

楚国使者回到了楚国，把秦王的话告诉了楚王。楚王说：“秦王的智慧远在晋王之上，楚国要加强与秦国的联系。”

第 12 章

晋国想要征服楚国，必须与秦国结盟。晋国与秦国在令狐（今山西临猗）会盟。秦国没有忘记崤之战的耻辱，秦王派使者到了白狄，白狄王问："秦国使者，秦王有什么事？"

秦国使者说："大王，晋军多次攻打白狄，秦王看不下去，愿意帮助大王，攻打晋国，为白狄讨回公道。"

白狄王说："秦国不是跟晋国结为盟国了吗？"

秦国使者说："大王，秦王对晋国那么好，晋国竟然派军偷袭秦军，秦国忘不了崤之战的耻辱啊。晋国既是秦国的敌人，也是白狄的敌人。"

白狄王说："好，有秦国相助，我愿意攻打晋国。"

白狄在秦国暗中帮助下，进攻晋军，被晋军打得落花流水，溃不成军。

晋王质问白狄王说："谁指使你们来的？"

白狄王说："无人指使！"

晋王说："晋国已经把白狄打怕了，如果没有人指使，白狄就是吃了豹子胆，也不敢轻易与晋国开战。秦国给了你多少好处？只要你实话实说，寡人就饶了你。"

白狄王见事情已经败露，遮掩不了，只好实话实说："秦王给了白狄一千担粮食、三十乘兵车，还有弓和箭。"

晋王说："小恩小惠就把你收买了，给我继续打！"

白狄王说："晋王，为什么说话不算数？"

晋王说："对待你这种小人，不用讲什么信义！"

白狄王带着残军，费了九牛二虎之力，终于逃脱了晋军的追捕。

秦国当面一套，背后一套，晋王对秦国十分生气。晋王派大臣吕相把秦国人骂了一顿后，鼓动齐、宋、卫、鲁、郑、曹、滕、邾等诸侯国大举伐秦。晋军全军出动，在元帅栾书、新军元帅韩厥以及郤克族人指挥下，渡过黄河，到了麻隧，与秦军激战，秦军大败。晋军趁机渡过泾河，追到秦国腹地，威胁秦国都城雍城。秦国两员大将成了俘虏，秦军主力损失惨重。秦军经历了这次惨败后，几十年不敢渡河与晋军作战。晋军则腾出手脚，全力以赴，对付楚国。

朝议的时候，郑国大夫说："大王，晋国打败了秦国，现在已经没有后顾之忧，他日必定与楚国开战。郑国现在是楚国的盟国，到时郑国就要遭殃了。"

郑王说："郑国夹在晋国与楚国之间，现在晋国厉害，郑国就与晋国结盟吧。"

大夫说："大王，这样做不妥吧？"

郑王说："没什么不妥。"

大夫说："大王要与晋国结盟，我愿意做使者。"

郑王说："好。"

郑王派往晋国的使者准备离开郑国的时候，楚国使者来到郑国，郑王问："楚国使者，楚王有什么事吗？"

楚国使者说："郑王，楚国与郑国是盟国，楚王特意让我前来转告郑王，楚国把叶县附近的庄稼分给郑国一些，表达楚国对郑国的心意。"

郑王说："楚国使者，楚王有情有义，郑国愿做楚国最忠诚的盟友。"

楚国使者说："郑王，楚王听说郑国准备与晋国结盟，可有此事？"

郑王说："绝无此事！"

楚国使者说："请郑王再把楚国与郑国结盟的事情对外宣布一下。"

郑王说："好。"

郑王再次宣布郑国与楚国结盟之后，楚国使者出色地完成了任务，离开了郑国。

晋王在朝议的时候对大臣说："郑王这个人怎么能两头讨好，背叛晋国呢？寡人十分生气，不教训一下郑国，难解寡人心头之恨。这次攻打郑国，寡人亲自出征，请各位与寡人一起出发！”

晋国大夫说：“诺！”

晋王亲自带着晋军四个军，渡过黄河，陈兵郑国边境。

楚王在朝议的时候对大臣说：“晋国出兵讨伐郑国，就是跟楚国过不去，楚国绝对不会容许晋国欺负郑国，这次，寡人亲自率领楚军精锐部队，帮助郑国解围。”

大臣说：“诺！”

晋楚鄢陵之战拉开了帷幕。楚军长途奔袭，士卒疲惫。楚王听说晋王还在召集军队，于是抢先逼近晋军大营，摆开了阵势，楚军战车与轻甲兵在晋军营前列阵。

晋军将领范文子的儿子说：“将军，置之死地而后生。我们把水井和锅灶填了，在军营里摆开阵势，拆掉营门，出其不意，冲向楚军，何愁楚军不破！”

范文子说：“军国大事，岂能儿戏！”

晋军新军佐将郤至说：“各位将军，你们不要忘了，晋军有三大耻辱：韩原之战，晋王被秦王俘虏；其之战，元帅先轸命丧狄人之手；邲之战，晋军被楚军打得溃不成军，在黄河里淹死无数。这次，晋军没有别的选择，只能背水一战。”

晋军诸将听了郤至的话，为自己的懦弱感到羞愧。

郤至说：“楚军并不是铁板一块，楚军将帅关系不和，郑国军容不整，楚军在军中喧哗，说明楚军没有纪律。只要晋军齐心协力，团结一致，一定会一雪邲之战的耻辱，帮大王夺回诸侯霸主之位。”

晋军诸将听了郤至的话，觉得很有道理，对打败楚军有了信心，准备与楚军决一死战。郤至接着说：“将士们，光荣是属于晋军的，胜利是属于晋国的，无畏者无敌，你们还等什么呢？”

晋王说：“将士们，郤至说得好，机不可失，时不再来。今天一定要让楚军尝尝晋军的铁拳，狠狠地教训楚军，使楚军再也不敢北上。你们有没有信心？”

晋军将士紧握拳头，对晋王说：“大王，你就下命令吧！”

晋军大营里没有动静，楚王登上高高的巢车，看向晋军大营，只见晋军在营里跑来跑去，便问站在车前的亲信说："晋军在大营里乱跑，是什么意思？"

亲信说："大王，晋军在召集士卒呢。"

楚王说："晋军拆营干啥？"

亲信说："大王，晋军挪地方，准备与楚军开战！"

楚王说："晋军填井平灶，是干什么？"

亲信说："大王，晋军决心与楚军决一死战。"

楚王的将士急了，说："大王，楚军在晋军大营前已经等了多时，大王站在上面看有什么意思？楚军打还是不打，大王给句话呀。"

楚王说："将士们，楚军跑了那么远的路，寡人还不是心疼你们，让你们再歇一会儿再战啊。"

将士们说："大王啊，再不打，楚军的士气就没有了。"

楚王正在与将士说话，晋军的战鼓如山崩地裂一般，吓得鸟儿一起飞上了天空。晋军一拥而上，晋军的战车好像插上了强劲的翅膀，一下子飞进了楚军当中，晋军左、右军紧紧地跟着中军，向楚军发起全线进攻。楚军没有防备，被晋军打得措手不及，十分狼狈。

晋王的战车在出晋军大营的时候，由于着急，晋王又注视着前方的楚军，战车一下子冲进泥潭里，晋王不小心，一头栽进了泥潭。楚王看见晋王栽进泥潭，高兴地说："楚军威武，将士们，栽进泥潭里的那个人就是晋王，活捉晋王，重重有赏！"说罢，带领部下，朝晋王扑来。

晋军元帅栾书吓坏了，心想要是晋王被楚军俘虏了，后果不堪设想。栾书站在战车上，伸出手，连忙对晋王说："大王，请到我的车上来。"

栾书的儿子是晋王的护卫，对栾书说："父亲，你是三军统帅，所有的将士现在都在听你指挥，保护大王是我的职责，你指挥好三军就行了。"

栾书丢下晋王，带着三军继续朝楚军冲去。

栾书的儿子下了战车，来到泥潭边，拉起了泥潭里的晋王。楚王已经扑到了晋王面前，举起长矛刺向了晋王。就在这千钧一发之际，晋军将领魏锜一箭射中了楚王的左眼，楚王的车右赶紧把盾立在了车上，护住了楚王。魏锜对着楚王射第二箭的时候，楚王对车右喊："神箭手在哪里？快过来帮寡人呀！"

车右大声喊："神箭手，你在哪里？大王让你快过来呀！"

神箭手将魏锜射下了战车。

楚王的左眼受了伤，痛得难受，还要继续战斗。郑军跟在楚军右军后面，遭到了晋军左军与部分中军的打压。郑军招架不住，趁机慢慢地向后溜。

楚军就要败了，郑国士兵跑到了晋军那里，对晋军说："楚军的右军很弱，只要晋军集中兵力，狠狠地打击楚军的右军，楚军就会失败。"

楚军左右两军在晋军狠狠的打击之下，跟不上楚军中军，慢慢地落在了楚军中军的后面。楚王的眼睛虽然痛得难受，但是楚王继续擂鼓鼓舞士气，坚持战斗。楚军士气大振，朝晋军万箭齐发。

晋军举起皮盾，冒着楚军的箭雨，继续冲锋陷阵。楚军终于抵挡不住，被迫向后撤退。晋军把楚王逼到了颍水边，河水很急，楚王望着河水，自己已经无路可走，回头看着河水，心里暗暗地说："天是不是要亡我呢？"

楚军神箭手对着晋军一通猛射，晋军纷纷倒下去。楚军大力士冲进晋军阵中，抓起一个晋军士兵，砸坏了晋军的车轼。再把一个晋军士兵扔进了阵中，砸倒了一大片晋军。又抓起晋军的战车，扔向了晋军，吓得晋军纷纷后退。

大力士继续朝晋军冲，喊着："晋军休走！拿命来！"

逃得慢的晋军士兵，被大力士抓起扔到了逃跑的晋军队伍中，惊得晋军逃得更快了。

楚军中军护卫着楚王，跟在大力士的后面，奋力反击，很快扭转了战局。天色渐晚，双方胜负未分。

晋王说："楚王，明日再战！"

楚王说："晋王，不见不散。"

晋军与楚军撤离了战场，安营扎寨。

晋军填了井，平了灶，没有地方做饭，只能吃干粮。楚军吃饱喝足之后，士卒们都休息了，楚军元帅子反问手下："有酒吗？"

手下说："元帅，有。"

子反说："喝一杯，解解乏就行了。"

手下把酒递给子反，子反端起酒杯一饮而尽，手下又递来一杯，子反接着又喝了，手下又递来一杯，子反又喝了。不知道喝了多少杯，子反醉了。

天还没亮，楚王左眼疼痛难忍，在大帐中翻来覆去睡不着觉，便起身，看看楚军大营，又朝晋军大营方向看了看。楚王来到子反帐中，问小校："元帅呢？"

小校说："大王，元帅喝多了，还没有醒来。"

楚王说："寡人左眼瞎了，只能依靠子反指挥战斗，子反在这个关键时刻竟然喝多了酒，他辜负了寡人的栽培。"

楚王离开子反大帐，对部将说："晋国诡计多端，一直操纵吴国在楚国后方捣乱，寡人准备让子反指挥战斗，谁知子反竟然喝醉了，寡人考虑再三，决定撤军！"

部将说："诺！"

楚军趁着夜色，悄悄地撤走了。

天亮了，晋军吃了干粮，来到楚军营前，晋王派小校到楚营前挑战。小校来到楚营前，大喊："楚军，时候到了，为什么还不出战？"小校连喊三声，楚军大营无人应声。小校的喊声惊醒了沉睡中的子反，子反连忙起床，发现楚军都走了。子反徘徊了一阵，十分懊悔，自己本是楚国最有权势的人，为什么经不起诱惑，多喝那几杯酒，现在倒好，富贵没有了，荣华也没有了，自己成了全天下的笑话。与其被晋军活捉受辱，不如自刎向楚王谢罪。

楚军没有应声，小校大着胆子带人进了楚军大营，发现楚军已经撤走了。小校来到晋王面前，说："大王，楚军已经撤退了。"

晋王说："防止楚军使诈，再探！"

小校带着晋军在楚军大营里转了一圈，发现了楚军元帅子反的尸体，小校砍下楚军元帅子反的人头，来到晋王面前，说："大王，楚军已经全部撤离，楚军元帅子反自杀，大王，子反的人头在此。"

晋王问："子反为什么自杀？"

小校说："大王，子反满身酒气，应该是误了军机。"

晋王说："楚王聪明一世，糊涂一时，怎么能让这样的人当元帅呢？这样的人当元帅，楚军不败，怎么能说得过去呢？"晋王对小校说："让所有晋军都看看子反的人头，喝酒贻误军机者，就是这个下场。"

小校带着子反的人头，在晋军面前做了警示教育。

晋王带着晋军进了楚军大营，吃了楚军没有带走的粮食之后班师。

鄢陵之战以后，晋厉公强化了王权，灭掉了三郤，后因向栾书下手，被栾书、中行偃联手杀了。栾书、中行偃靠着家族势力，在晋国为所欲为，说一不二，晋国王室敢怒不敢言。栾书、中行偃挖空心思，给晋王起了"厉"的谥号，意思是"杀戮无辜"，并让史官写进典籍里，企图使晋厉公臭名昭著。

第 13 章

楚国大臣巫臣在楚国时，为了夏姬，与楚国司马子反争风吃醋。巫臣为了独占夏姬，把夏姬带到了晋国。夏姬是郑国公主，也是一位大美人。夏姬先是嫁给了陈灵公，陈灵公死后，夏姬又嫁了两个男人。两个男人死了以后，夏姬到了楚国，子反与巫臣都被夏姬迷住了，两人同时爱上了夏姬。巫臣为了独占夏姬，背着子反把夏姬从楚国带到了晋国。子反知道了，大发雷霆，灭了巫臣的家族，分了巫臣家族的土地。

巫臣为了报复子反，决定借用晋国的力量，报仇雪恨。

巫臣来到晋国王宫外面，对太监说："我是楚国原来的大夫巫臣，我要见晋王。"

太监说："请在这里等候片刻，我去通报。"

太监进了王宫，对晋景公说："大王，楚国原大夫巫臣求见。"

晋景公说："这等小人，寡人不见。"

晋国大臣说："大王，宁可得罪君子，也不要得罪小人。巫臣从楚国来，知道楚国许多机密。巫臣急于报私仇，绝对会出卖楚国，这不正是晋国需要巫臣做的吗？"

晋景公说："爱卿所言极是。"

太监出了宫，将巫臣带到了晋景公面前。巫臣向晋景公行礼后，说："晋王大智大慧，今日得见，果然名不虚传。"

晋景公说："巫臣，你真是情种，你的故事让我既感动，又感到悲哀。"

巫臣说："晋王，我要报仇。"

晋景公说："好啊，是不是让晋国直接出兵攻打楚国？"

巫臣说："晋王，晋国出兵多么费钱，不如扶助吴国，牵制楚国。"

晋景公说："巫臣，吴国现在是楚国的附庸，吴王会听你的吗？"

巫臣说："晋王，当今诸侯都想称霸，吴王怎么会屈居楚王之下呢？"

晋景公说："好玩，好玩，继续，继续。"

巫臣说："晋王，我愿意出使吴国，将吴国培养成晋国的盟国、楚国最强大的敌人，晋王就在晋国等着我的好消息吧。"

晋景公说："好，你要寡人如何帮助你？"

巫臣说："晋王，请给我三十乘兵车。"

晋景公说："好啊。"

巫臣带着夏姬，到了吴国。

吴王说："你是情种，你的事情我已经知道了，你来吴国，有什么事？"

巫臣说："我来帮助吴王摆脱楚国的控制，让吴王成为真正的王呀。"

吴王说："你怎么做呢？"

巫臣说："吴王，当今已经是车战、步战的陆战之法时代，吴国没有先进的作战理念，怎么能打败楚军呢？"

吴王说："巫臣，你说的正是寡人想的，只是吴国没有这方面的人才呀。"

巫臣说："吴王，我就是这方面的专家呀。"

吴王说："巫臣，训练吴军的事情，寡人就放心地交给你了。"

巫臣说："诺!"

巫臣教吴国军士使用战车、弓箭，向吴军传授先进的作战理念，吴王心想：光有勇气，没有先进的战法，要想打败楚军，简直是痴心妄想。今后要想打败楚国，必须从楚国找到与楚国有着深仇大恨的人，吴国依靠这些人，使他们的聪明才智得到发挥，何愁楚国不亡？吴王与晋国人士频繁接触，按照晋国的意图，不断地蚕食楚国。楚国为了对付吴国，已经顾不上北上中原了。

晋景公去世后，晋国先后经历了晋厉公和晋悼公两位诸侯国君的统治。晋悼公重用大臣智罃、魏绛等人，采纳大臣智罃的建议，三驾疲楚，使得楚国无力与晋国争霸。

伍子胥的父亲伍奢是楚国太子建的老师。费无极从秦国为太子建迎娶回来了秦国公主，却又劝太子建的父亲楚平王娶秦国公主。费无极蛊惑楚王说太子建要谋反，楚平王下令将太子建的老师伍奢抓了起来，太子建逃跑。费无极不放心伍奢的两个儿子，要把他们一起杀掉。老大伍尚跟着使者前去领死，伍子胥逃至宋国投奔太子建，因宋国内乱，二人又逃往郑国。

郑国收留了伍子胥和太子建。太子建又跑到了晋国，晋顷公劝说太子建充当晋国的内应，与晋国联手灭掉郑国。太子建返回郑国，就积极准备，事情败露后，太子建被郑国处死。伍子胥在郑国待不下去了，带着太子建的儿子逃往吴国。

伍子胥逃至昭关，被一条大江拦住了去路。突然，芦苇荡里，一位渔夫划着船来到伍子胥面前，伍子胥上了船。过了江，伍子胥摘下宝剑，说："这把宝剑值一百金。我现在送给你。"

渔夫说："依照楚国的法度，擒得伍子胥之人赏赐小米五万石，封给楚国最高的爵位，如果我将你献给楚王，我得到的岂止是值百金的剑！"渔夫不肯收下宝剑。

伍子胥还未到吴国就生了病，甚至途中向平民乞食。到了吴国，吴王僚执政，公子光做了将军。伍子胥借公子光的门路求见吴王。

楚国与吴国离得很近的两个城池，子民都以养蚕为业。楚国与吴国子民出城采桑叶的时候，常常遇到。这天，楚国一个采桑女与吴国一个采桑女看见了一棵桑树，楚国的采桑女说："这棵桑树是我先看见的，应该归我。"

吴国采桑女说："你胡说，明明是我先看见的。"

两个采桑女为了这棵桑树竟然大打出手。楚国采桑女没有占到便宜，吃亏最大，衣服破了，脸也被挖破了。楚国采桑女回到城里，对官吏说："你们只知道收税，不保护子民，子民要你们有什么用啊？"

官吏说："你何出此言？"

楚国采桑女说："吴国原先是楚国的附庸，吴国人遇见了楚国人都要礼让三分。而今，我采桑叶的时候，那棵桑树明明是我先看到的，吴国女人跟我争，还出手打了我，说吴国比楚国强大，桑树就是她的。"

官吏说："你不要生气了，我马上把这个情况报告给大王，让大王帮你讨回公道。"

楚国采桑女出了官衙，官吏不敢马虎，害怕再生事端，把这件事报告了楚王。楚王听了此事，在朝堂上说：“简直是无法无天了。”

楚国大臣问：“什么事惹大王不高兴了?”

楚王说：“吴国采桑女竟然对楚国采桑女大打出手，还大放厥词，简直是目中无人、嚣张至极，是可忍，孰不可忍!”

楚国大臣说：“大王，为了这点小事出兵，不值得啊。”

楚王说：“寡人早已对吴国忍不下去了，正好借着这个机会，出兵吴国，还能得到子民的支持。”

楚国大臣说：“大王高明!”

楚王说：“明日出兵伐吴!”

楚国大臣说：“诺!”

楚王出兵攻打吴国的消息传到了吴国。吴王把大臣召集起来，说：“楚王将边民采桑互殴的事情升级为战事，楚王灭吴国之心不死啊。”

公子光说：“大王，我愿意帮你出这口恶气，这次好好地教训楚军。”

吴王说：“好，正合我意。”

公子光带领吴军朝楚国而来。

吴军学习了先进的作战理念，又有伍子胥、孙武帮忙，战斗力今非昔比。吴军到了楚国边城钟离，楚军出城与吴军对阵。公子光不等楚军摆好阵势，马上举起令旗，向前一挥，吴军朝楚军扑去。楚军还没有准备好，吴军已经打到了楚军中间。楚军乱作一团，弃城而逃。吴军乘胜追击，又攻破了楚国的居巢。吴军连续攻占了楚国两座城池，公子光见好就收，胜利而归。

伍子胥对吴王僚说：“大王，您再派公子光攻打楚国，楚国一定能被吴国灭了。”

公子光对吴王说：“伍子胥的父亲、哥哥被楚王杀了，伍子胥想借大王的手给自己家族报私仇，吴国攻打楚国未必就能胜利，大王，还是三思啊。”

吴王僚没有听取伍子胥的建议，暂时放弃了进攻楚国。

伍子胥得不到吴王僚的支持，知道公子光的心思，就将刺客专诸推荐给了公子光。伍子胥退出朝廷，与太子建的儿子到农田里种庄稼去了。

吴王僚趁楚平王死了，派两位公子率兵袭击楚国。楚国派兵切断吴兵的后路，吴兵不能返回。吴国国内空虚，公子光让专诸刺死吴王僚，自立为王，他就是吴王阖闾。吴王阖闾继位后，召伍子胥赐官行人，与伍子胥共同谋划吴国政事。

攻打楚国的吴国两位公子，听说阖闾自立为王，就投降了楚国，楚国把舒地给了他们。大约过了三年，吴王阖闾与伍子胥、伯嚭兴兵攻打楚国，夺取了楚国的舒地，捉住了两位公子。吴军本想进攻楚国都城郢都，被将军孙武劝止。公元前 509 年，楚昭王派囊瓦率兵攻打吴国。吴国派伍子胥领兵迎战，吴军在豫章大败楚军，夺取了楚国的居巢。

吴王阖闾对伍子胥、孙武说："现在攻打郢都，是不是时候？"

伍子胥、孙武说："囊瓦贪财，唐国、蔡国都怨恨他。大王一定要大举进攻，务必先得到唐国、蔡国的帮助才行。"

阖闾听从伍子胥、孙武的建议，调动全部兵力与唐国、蔡国共同攻打楚国，与楚国军队在汉水两岸列兵对阵。吴王的弟弟夫概，率兵请求跟随出征。吴王不听，就用自己的部下五千人袭击楚国将军子常，子常大败而逃奔郑国。于是吴王乘胜前进，与楚军五次交战后，攻至楚国都城郢都。楚昭王出逃，吴王阖闾攻入郢都。伍子胥寻找昭王未得，就掘开楚平王的坟墓，挖出尸体，抽打了三百鞭才罢休。

楚国大臣申包胥逃到山中，派人对伍子胥说："您报仇的手段太过分了！污辱死人，这难道不是违背天理吗？"

申包胥逃到秦国，蓬头垢面，顾不上梳洗，见了秦哀公，说："秦王，请派兵救救楚国吧。"

秦哀公慢悠悠地说："你下去梳洗一下，先好好地休息休息，吃点东西，喝点酒，放松一下。这里是秦国，你不要那么紧张啊。"

申包胥说："秦王，楚王被吴军赶出了都城，没有地方休息，我作为楚王的臣子，怎么能够在秦国安心呢？"

秦哀公说："申包胥，那是楚国的事情，跟秦国有什么关系？吃饭的时间到了，寡人要吃饭了。"

申包胥哭着说："秦王啊，你不能见死不救啊。"

秦哀公说：“秦国与吴国无冤无仇，秦国为什么要帮着楚国攻打吴国呢？”

申包胥说：“秦王，秦国和楚国是盟友，还是亲戚啊。楚国有难，秦国应该帮忙啊。”

秦哀公说：“楚国要用上秦国的时候，才想起了秦国，楚国以前干什么去了？”

申包胥说：“秦王，秦国在崤之战中败给了晋国。这么多年，楚国与晋国作战，消耗了晋国的国力，秦国才能安然无恙啊。晋国为了打击楚国，培养了吴国。要是吴国灭了楚国，再与晋国联起手来进攻秦国，秦国就大难临头了。秦王，你好好地想想吧。”

秦哀公走后，申包胥站在秦王殿上，痛哭了七天七夜，哀声不绝，感动了秦哀公。秦哀公对大臣说：“楚王有申包胥这样的臣子，是楚王的大幸啊。”

秦国大臣说：“大王，你要出兵救楚国？”

秦哀公说：“楚国是秦国的盟友，秦国应该出手啊。”

秦国大臣说：“大王，想想我们先祖当初帮助晋国的事吧，晋国后来是怎么报答我们秦国的？在崤之战中，我们秦军几乎全军覆没啊。我们不能白白地帮楚军，得向楚王要块地方啊。”

秦哀公说：“这不是趁火打劫吗？”

秦国大臣说：“大王，这是惯例，不要白不要。”

秦哀公说：“你们都是专家，在这方面比寡人强。秦国要楚国什么地方好呢？”

秦国大臣说：“大王，楚国的商於之地与秦国接壤，秦国如果能够得到商於之地，也就多了一条出路。”

秦哀公说：“还是你们想得远，寡人有你们，就像楚王有申包胥一样啊。好，就这么办吧。”

秦哀公带着众臣上了朝，申包胥还在哭。

申包胥说：“秦王，你要是不答应我的请求，我哪怕哭死在这里，都心甘情愿。”

秦哀公说：“先生，寡人答应你的请求。”

申包胥擦着眼泪，说："多谢！"

秦哀公说："先生，但是有个条件。"

申包胥说："秦王请讲！"

秦哀公说："楚国将商於之地送给秦国。"

申包胥说："秦王，商於之地给了秦国，日后就成了秦国进攻楚国的跳板，秦国能不能要别的地方？"

秦哀公说："先生，除了商於之地，秦国什么也不要。"

申包胥说："秦王，再商量商量？"

秦哀公说："你有没有搞错，是楚国求秦国，不是秦国求楚国。"

申包胥说："既然没有商量的余地，我答应秦王吧。"

秦哀公说："好，寡人派五百乘兵车，派大臣子满、子虎去救楚国。"

申包胥在秦廷哭了七天七夜，感动了秦哀公。秦哀公亲自作了一首诗，取名为《秦风·无衣》。

吴王在楚国寻找楚昭王的时候，吴王的弟弟返回吴国，自立为王。吴王得知了其弟自立为王的消息，于是放弃寻找楚昭王，转而与其弟决战。

楚昭王回到都城，都城已经残破不堪。秦国派出使者讨要商於之地，楚国大臣说："大王，商於之地是楚国的西大门，秦国得了商於之地，对楚国极为不利呀。"

楚昭王说："秦国帮楚国复了国，楚国要是反悔了，到时吴国再打过来，楚国再搬救兵的时候，还有谁愿意帮楚国呢？

楚国大臣听了楚昭王的话，顿时无言以对。

楚国为了履行诺言，就把商於之地给了秦国。

夫差继位打败了越国，越王勾践投降，伍子胥认为应一举消灭越国，但是夫差为伯嚭所谗，接受了越王投降，派伍子胥出使齐国。伍子胥看到吴国灭亡的日子不远了，就将儿子托付给了齐国鲍牧。伍子胥从齐国回来，伯嚭诬陷伍子胥有谋反之心。夫差让伍子胥用剑自尽。伍子胥让家人在他死后挖下眼睛，挂在吴国东城门上，他要亲眼看着越国的军队灭掉吴国。越王勾践灭了吴国，夫差用白布蒙住自己的双眼，用剑自杀。

第 14 章

晋国的贵族拥有封地和家族军队，明争暗斗，为谋取私利，渐渐地在晋国做大做强。先有狐、赵、先、郤、胥等氏贵族在晋国崛起，后又有韩、魏、栾、范、智等氏贵族进一步控制了晋国，架空了晋王室。晋阳之战以后，韩、赵、魏三大家族瓜分了晋国，晋国分裂成了韩、赵、魏三个诸侯国。

为了压制秦国贵族，也为了富国强兵，秦孝公即位后重用客卿。商鞅登上了政治舞台。①

商鞅是卫国贵族，本名公孙鞅，亦称卫鞅，曾在魏国担任中庶子，辅佐相国公叔座②处理政事。到秦国后，因军功获封商於之地，被称为商鞅。③

公叔座病重时，魏惠王曾问公叔座："您的身体如果出现意外，魏国将要怎么办呢？"

公叔座说："大王，商鞅可以担任国相，帮大王治理国家。"

魏惠王看公叔座快要死了，说话语无伦次，没有相信他的话，而是怜惜地对他说："爱卿啊，好好养病，暂时不要操心国家大事了。"

公叔座见魏惠王没有听从之意，便叹了口气，对魏惠王说："大王，要是大王不用商鞅，就杀了他，省得商鞅跑到别的国家，得到别国的重用，成为魏国的敌人啊。"

魏惠王说："爱卿啊，你好好地保重身体吧。"

---

① 有关商鞅的历史记载，详见司马迁撰《史记》。

② 此人名有"公叔痤""公叔座"两种说法，本书采用中华书局版《史记》用法，称"公叔座"。

③ 为便于阅读，以下统称"商鞅"。

魏惠王说完，就离开了公叔座的家。

公叔座派人把商鞅叫来，商鞅见了公叔座，说：“有什么吩咐吗？”

公叔座说：“你赶快离开魏国吧。”

商鞅说：“大人，我在魏国待得好好的，没有干违法乱纪的事，我为什么要离开魏国呢？”

公叔座说：“商鞅啊，我建议大王让你接手我的职务，但是大王没有答应啊。”

商鞅说：“大人，大王总不会因为没有听取你的建议而杀了我呀。”

公叔座说：“商鞅啊，我又对大王说，要是大王不用商鞅，就把商鞅杀了吧。”

商鞅说：“大人的恩德商鞅知道了。”

公叔座说：“商鞅，你快离开魏国，省得有杀身之祸。”

商鞅说：“大人，既然魏王没有采纳你的建议任用我，又怎么会听从你的建议杀我呢？”

公叔座说：“商鞅啊，该说的话我已经说了，听不听在你呀。你是个人才，我真的不想看着你被杀了。”

商鞅出了公叔座家，心想：既然魏王不想重用自己，就说明魏王不相信自己有才，能治理国家。

秦孝公继位以后，反复思考，在这个多变的时代，要是安于现状，祖宗的基业就会被其他诸侯吞并。要想改变秦国，秦国就必须再次依靠像百里奚、蹇叔这样的外乡人。这些客卿在自己的国家得不到重用，为了显示自己的聪明才智，一定会尽心尽责。客卿功成名就了，秦国就有了希望。

秦孝公在秦国颁布了求贤令。求贤令规定：不论秦人与否，不论出身高低，只要有本事，愿意为秦国效力，秦国都会来者不拒，一律委以重任。

商鞅离开魏国，来到了秦国，四处打听后，终于得知了秦王最信任的大臣是景监。商鞅来到景监府前，抬头看了看，就往里面走。看门人问：“你是谁？”

商鞅说：“我是商鞅啊。”

看门人说：“谁让你进来的？”

商鞅说："景监大人啊。"

看门人说："有什么凭据吗？"

商鞅说："秦王的求贤令，算不算凭据呢？"

看门人说："大人请吧！"

商鞅没想到秦国求贤令深入人心，看门人对读书人都这么高看。商鞅信心满满，迈进了门，见到了景监。

景监说："你就是商鞅啊？"

商鞅说："大人，正是在下。"

景监说："你曾经在公叔座手下干事，听说公叔座向魏王推荐了你，魏王以为公叔座病了，胡说八道，没有重用你。公叔座又建议魏王杀了你，魏王同样没有听公叔座的话。可有此事？"

商鞅说："大人所言不差。"

景监说："你是卫国人，为什么不回卫国报效卫王呢？"

商鞅说："大人，卫王、魏王，他们不识我这个金镶玉，都不给我施展抱负的机会。秦王发出求贤令，我就上秦国来了。大人，我空有一身本事，但是没有人引荐，听说大人跟秦王好得跟一个人似的，我就上大人这里来了。只要大人能把我介绍给秦王，我一定能把秦王说动。到时秦王给我什么好处，我绝对忘不了大人的。"

景监说："好处不好处的我不稀罕。秦王对我那么好，我给秦王推荐人才，既是帮助秦王，也是帮助我自己。只要你能被秦王重用，既了了秦王的心事，也了了我的心愿。你知道吗？"

商鞅说："大人，我一定不会让秦王失望，也不会让你失望的。"

景监说："好，我现在带你去见秦王，剩下的事情，就全靠你了。"

商鞅说："多谢大人！"

景监带着商鞅来到秦王宫，让商鞅站在门外，景监进了宫，见到了秦孝公，对秦孝公说："大王，我给您推荐一个人才，保证让大王满意。"

秦孝公说："人在哪里？"

景监说："就在门外。"

秦孝公说："让他进来吧。"

太监说："商鞅觐见！"

商鞅进了宫，见了秦孝公。秦孝公说："景监对寡人说，你是个人才，你有什么本事就说出来，让寡人听听吧。"

商鞅第一次见秦孝公，摸不清秦孝公的意图，于是采用帝道之术游说秦孝公，商鞅说："大王，秦国想要富国强兵，就必须遵循古制，学习五帝三王的治理方式……"

秦孝公听了商鞅的话，心里很不舒服，这是什么人才？我怎能等得了几十年、上百年，才能与他们比肩？秦孝公听了一会儿，就厌烦地打起了瞌睡。其实秦孝公根本就没有睡着，而是用打瞌睡暗示商鞅，我不爱听，你不要耽误我的时间。

景监是聪明人，商鞅还在说着帝道之术，景监连忙暗示商鞅，压低声音说："不要说了，你走吧，你把大王说睡着了，把我害苦了，我以后在秦王面前说话，秦王就不信我了。你真是徒有虚名呀。"

商鞅和颜悦色地看着景监，不骄不躁地站起来，出了王宫。

商鞅走后，秦孝公马上睁开了眼，对景监说："你给我推荐的是什么人呀？白白地耽搁我的时间，还让我生了一肚子气。"

景监说："大王，商鞅真的是个人才，只是魏国、卫国都不重用他，他来到秦国，还是有顾虑的。"

秦孝公说："狂妄之徒，徒有虚名，寡人不用。"

景监说："大王，您没有看出来吧？您对商鞅那种态度，商鞅不骄不躁，好像胜券在握，一副胸有成竹的样子。商鞅在试探大王，请大王再给商鞅一次机会吧。"

秦孝公说："好吧，看在你的面子上，寡人再见他一次。你让他下次来时，准备充分，说话直奔主题，不要给寡人绕弯子，寡人急着找人才，没有时间跟他磨，知道不知道？"

景监说："我替商鞅谢谢大王。我回去见了商鞅，一定把大王的话给商鞅带到。"

秦孝公说："你不要谢寡人，只要你把人才推荐出来，寡人还要谢谢你。你推荐来的人，寡人还是相信的，你让他不要顾虑，说错了不要紧，要是说到了点子上，寡人一定重用他。”

景监说：“大王，我知道啦!”

景监回到家里，对商鞅说：“商鞅，这次你一定要好好准备，把握机会，争取把秦王说动。”

商鞅说：“大人，我知道了。”

景监说：“商鞅，不是所有的人我都给秦王引荐的，我知道你是人才，你不要再试探秦王渴求人才的诚意了。”

商鞅说：“大人，我自有分寸，我不会让大人失望的。”

景监说：“商鞅，有你这句话，我就放心了。”

过了五天，景监说：“商鞅，你准备好了吗?”

商鞅说：“大人，准备好了。”

景监说：“商鞅，你一定要吸取上次的教训，不要再让秦王失望了。”

商鞅说：“大人，知道了。”

景监说：“商鞅，我们去见秦王吧。”

商鞅说：“诺!”

景监第二次带着商鞅进了秦王宫，商鞅再次见了秦孝公。秦孝公看了看商鞅，商鞅还是跟第一次见秦孝公时一样，显得那么彬彬有礼，又十分自信。秦孝公说：“商鞅，你有什么高见，就请直言。”

商鞅想了想，就用王道之术对秦王说：“大王，秦国想要名扬天下，就必须发扬王道……”

秦孝公听着，心里想，怎么又是老一套啊?现在各诸侯都在不择手段，只讲结果，寡人要的是秦国快速崛起，商鞅，你不明白吗?要是你没有真本事，就赶紧走，不要打搅寡人休息了。秦孝公又故意打起了瞌睡，装着睡觉。

景监心里清楚，商鞅还是不放心，又在试探秦孝公，连忙给商鞅递眼色，商鞅又出了王宫。

秦孝公睁开了眼，对景监说：“商鞅给寡人谈王道，简直是老生常谈，没有真才实学，你让他走吧。”

景监说：“大王，商鞅真的是人才，他一时摸不清大王的意图，请大王再给他一次机会吧。”

秦孝公说：“你回去告诉商鞅，事不过三，他要是再说不到点子上，就不要再来见寡人了，寡人没有时间听他废话。”

景监说：“大王，我知道了。”

景监回到家，把商鞅叫来说：“商鞅，你再有本事，也不能这样一再挑战大王对你的信心呀。你要是再这样，我也没法再帮你了。”

商鞅说：“大人，我已经摸到了大王的心思，我这次必定说动大王，请你相信我。”

景监说：“商鞅，这是你最后的机会了，你千万要把握好啊。”

商鞅说：“大人，这次我有百分之百的把握，保证说动大王。”

景监第三次带着商鞅觐见秦孝公，秦孝公看着商鞅，明显地不耐烦了，要不是景监推荐，秦孝公早就翻脸了。秦孝公说：“商鞅，今天你要说主题，划重点，不要打边鼓，寡人没有心思听你兜圈子，寡人还要继续找贤人，你明白吗？”

商鞅说：“大王，你的心思我已经懂了，大王不想偏安一隅，而是想要争霸天下、统一天下呀。”

秦孝公说：“商鞅，你咋不早说呢？坐下来，寡人与你好好地谈谈吧。”

商鞅说：“大王，好啊。”

商鞅跪坐在秦孝公对面，把自己的想法慢慢地给秦孝公说着。秦孝公听了商鞅富国强兵的办法，越听越有兴趣，听得入了迷，不知不觉地挪坐到了商鞅跟前，与商鞅膝盖挨着膝盖。秦孝公越听越爱听，与商鞅谈了几天都不知疲倦。最后，秦孝公说：“商鞅，秦国就交给你了，你就在秦国好好干，寡人绝对不会亏待你。”

商鞅说：“有大王这句话，我就知足了。”

商鞅出了宫，回到了景监家，景监问：“商鞅，你这次为什么跟大王聊得那么火热呢？”

商鞅说：“大人，秦王想要夺取天下，对帝道、王道没有兴趣，我便以强国之术说与秦王。秦王真的是一位胸怀天下的王呀，我这次来秦国真的是来对了地方，你带我见秦王，我这辈子都不会忘记。”

景监说："商鞅，士为知己者死，我愿足矣!"

商鞅的强国之术，听得秦孝公热血沸腾，秦孝公决心变法。

秦孝公在变法前，召开朝会。

甘龙说："圣人教化百姓，但不去改变百姓。智者治理百姓，不改变旧有成法。"

杜挚说："遵循旧有的治理方法没有错。"

商鞅说："治理百姓的方法从来不只有一个，只要有利于秦国，不遵循旧有的方式也没有关系。商汤和周武王都没有遵循旧有法度而成为了王，夏桀和殷纣不改变落后的统治方法，夏和商灭亡了。反对旧法不是错的，遵循礼法不值得称道。"

秦孝公十分肯定商鞅的话，任命商鞅为左庶长，下令变法。

贵族见秦孝公支持变法，暂时无话可说。

商鞅紧锣密鼓，起草了新法。新法的主要内容有：将百姓每五家编为一伍，每十家编为一什，实行连坐法。发现犯罪有不告发者，腰斩。发现犯罪告发者，与斩获敌人首级赏赐相同。藏匿犯罪人员的人与投降敌人一样处以同等处罚。一户有两名成年男性但不分户的，加倍收取赋税。对有军功的人赏赐其爵位，打架的人将受到处罚。鼓励将耕种和织布作为本业，从事工商业不利而致贫困的人，没为官奴婢。宗室如果没有军功，取消贵族身份。明确尊卑等级秩序。

新法制定出来了，商鞅为了使子民相信新法，就在都城的南门立了一根三丈高的木头，商鞅对子民说："谁要是将这根木头从南门搬到北门，我赏他十金。"

围观的子民窃窃私语。

子民甲说："哪里有这么好的事？全是骗人的。千万别去搬，要是中了官府的圈套，到时被官府收拾，还不知道要受多大的罪。"

子民乙说："这么近的路，给十金，谁信呢?"

子民丙说："当官的没事干，拿子民开玩笑呀，真是可耻!"

子民乙说："散了吧，干活去。"

子民你看看我，我看看你，不知道商鞅葫芦里卖什么药，没有人去搬。

商鞅说："现在，谁将这根木头从南门搬到北门，我赏他五十金。"

有一个子民说："我愿意去搬。"

其他子民说："小心上当。"

这个子民对其他子民说："力气出了就出了，他不给钱也没有关系呀。"

商鞅说："好吧，你来。"

那个子民搬起木头就往北门走，其他子民跟在这个子民后面，一直跟到了北门，商鞅果然给了这个子民五十金。

这个子民看着五十金说："大人，太多了。"

商鞅说："这是你应该得到的，你拿着。"

这个子民从商鞅手里接过了五十金，其他子民眼气地说："早知道是这样，给十金的时候，我们就应该去搬。这么好的机会，让人家干了，太可惜了。"

商鞅说："等新法颁布后，平民也可以入朝为官。"

子民说："大人，真有此事？"

商鞅说："千真万确。"

子民说："大人，我们信你。"

新法颁布后，执行新法比制定新法更为重要，秦孝公任命商鞅为左庶长，全权负责新法落实，这对于商鞅来说，既是责任，也是挑战。执行新法，必然得罪权贵。既然新法是商鞅制定出来的，得罪人的事，必然由商鞅去干。

朝议的时候，商鞅说："大王，第一次变法已经取得了初步成效，为了巩固和扩大变法规模，秦国必须进行第二次变法。"

秦孝公说："爱卿，请讲！"

商鞅说："大王，这次变法主要内容是：禁止父子、兄弟同室而居。将小的城邑合并为县，废除周王室对秦国耕地的划分，统一度量工具。"

秦孝公说："诸位爱卿，你们以为如何？"

大臣知道秦孝公支持商鞅变法，自己再说什么也无济于事，只好说："大王，臣等无异议，谨遵大王安排！"

秦孝公为了向函谷关以东发展，命商鞅征调士卒，修筑宫阙，营造了新都，将都城迁至咸阳。

商鞅为了听子民对新法的真实看法，每天都派出新法监督员到城里打听消息。听到子民对新法十分不满，新法监督员就把子民的话，说给了商鞅听。

子民甲说："允许土地私有，有钱人就会把穷人的土地据为己有，穷人还怎么活呀？"

子民乙说："就是，就是，他哪里知道穷人的难处。还实行分户呢。"

子民丙说："是啊，穷得娶不起媳妇，不跟父母住在一起，让我们住在哪里？"

子民丁说："对啊，还让我们活不活呀？要是再逼我们，我们就逃吧。"

子民甲说："听说商鞅每天都派出新法监督员监视我们呢。"

子民乙说："商鞅累不累啊，绝对没有好下场。"

子民丙说："都少说几句吧。要是碰上新法监督员，我们就要遭殃了。祸从口出，还是散了吧。"

商鞅气得脸色苍白，对新法监督员说："不要再说了！这话是你们说的，还是子民说的？你们是不是对我有意见，想借题发挥？"

新法监督员说："大人，我们吃你的饭，怎么敢砸你的锅？我们是不想活了？"

商鞅指着新法监督员的鼻子，说："你们是干什么吃的？为什么不制止？"

新法监督员说："大人，子民人多，我们忙不过来呀。"

商鞅说："说新法坏话的那几个人，你们还认识不？"

新法监督员说："大人，我们认识。"

商鞅说："好，你们现在就带我找他们去。"

新法监督员说："诺！"

新法监督员把商鞅带到那些说新法坏话的子民家，商鞅说："把他们抓起来。"

子民说："大人，我犯了什么法？你们凭什么抓我？"

商鞅说："新法岂是子民可以议论的？"

子民说："大人，新法有弊端，我们说说，有什么不行的？"

商鞅说："不得妄议新法，你们子民，只能乖乖地执行。"

子民说："大人，以前秦国实行的法度，都允许子民议论，为什么到了你这里，就不行了？"

商鞅说："以前是以前，现在是现在。现在不让妄议新法，你们就不能议论，既然你们议论了，就要付出代价。"

子民说："大人，你想咋办？"

商鞅说："将你们迁徙到边城。"

子民说："大人，我们错了，我们再也不妄议新法了，你饶了我们这回吧。"

商鞅说："既然你们说了，就要付出代价，现在已经晚了。"

这些妄议新法的子民，当天就被赶出咸阳城，发配到了边城。他们一路走，一路哭。商鞅采用发配边城的办法，强行堵住了子民的嘴，子民再也不敢说了。子民到了大街上，相互遇见了，不是招手，就是摇头、点头，防止说错了话，被新法监督员钻了空子，抓住把柄，赶出了咸阳。

新法监督员这天有了重大发现。新法监督员既是汇报工作，又想看商鞅的笑话，看商鞅敢不敢动这个人。新法监督员对商鞅说："大人，我们在大街上，又听见太子说新法的坏话了。"

商鞅瞪了新法监督员一眼，太子嬴驷是秦国的储君，是秦王的接班人。商鞅很生气，说："太子犯法，同样要追究太子的责任。"

新法监督员说："大人，我们现在就把太子赶出咸阳，发配边城吧。"

商鞅摇了摇头，说："慢，让我想想。"

新法监督员说："大人，太子是秦国子民，太子妄议新法，也应该这样处理呀。大人不是经常教导我们，为了维护新法，不能惧怕权贵吗？"

商鞅说："太子多么尊贵呀，既然太子妄议新法，就处罚太子的老师吧。"

新法监督员说："大人，还是把太子的老师发配到边城吧？"

商鞅说："不，割掉太子老师的鼻子，让太子嬴驷的老师不敢出门见人，天天躲在家里，省得到处乱说，就可以省不少事情。"

商鞅带着新法监督员来到了太子嬴驷的老师那里，太子嬴驷的老师问：

“你们来干什么？”

商鞅说：“你教太子的话，不会忘了吧？”

太子嬴驷的老师说：“我教太子之乎者也，没有教别的呀。”

商鞅说：“太子何等聪明，竟然被你们教坏了，你借着教书，蛊惑太子妄议新法，你难道不知道？”

太子嬴驷的老师说：“嘴长在太子身上，太子要那么说，你有本事收拾太子去呀。”

商鞅说：“太子是何等尊贵。”

太子嬴驷的老师说：“商鞅，你不要忘了，我是太子的老师，等太子继承了王位，有你后悔的那一天！”

商鞅说：“那是以后的事，我先办了你！”

太子嬴驷的老师说：“你想咋办？”

商鞅说：“割掉你的鼻子。”

太子嬴驷的老师指着商鞅说：“商鞅，有朝一日，我要让太子车裂了你，才解我对你的仇恨！”

商鞅说：“闲话少说，行刑！”

新法监督员一拥而上，押住太子嬴驷的老师，割了他的鼻子，太子嬴驷的老师痛得哇哇叫。商鞅带着新法监督员，得意地走了。

太子嬴驷的老师指着商鞅的背影说：“不车裂了你，我枉为人！”

太子嬴驷知道商鞅割了老师的鼻子，见了秦孝公，说：“父王，商鞅太过分了，我说了新法几句不好听的话，商鞅就把我老师的鼻子割了，商鞅想要干什么？”

秦孝公说：“嬴驷，这件事是你的不对，你要不是太子，被割鼻子的人就是你了。”

太子嬴驷说：“父王，为什么要惯着商鞅这么去做呢？”

秦孝公说：“嬴驷，还不是为了你吗？秦国贵族太安逸了，秦国现在就需要像商鞅这样铁腕的人才，打破秦国传统，给秦国注入新的血液，保证秦国今后一帆风顺，扬帆远航。到时候寡人去世了，把秦国交给你，寡人就心安了。”

太子嬴驷说："父王，我要找商鞅讨要说法。"

秦孝公说："嬴驷，你怎么这样不懂事？商鞅不得罪人，寡人就必须得罪人。寡人要是把人都得罪了，就给你以后继承王位埋下了祸患。商鞅把人得罪了，以后要杀要剐，都不会危及你的王位，孰轻孰重，你还不明白寡人的良苦用心吗？寡人要的是秦国王位能够继续传承。孩子，等你平平安安继承了王位，你想怎么干，那是你的事情。请你现在少安毋躁，保持冷静。"

太子嬴驷离开了秦孝公，来到老师那里，对老师说："老师，对不起，是我把您害了。"

太子的老师说："太子，有你这句话，我当你的老师，已经知足了。"

太子嬴驷说："老师，您需要什么，就对我说。"

太子的老师说："太子，有你这份心，我现在感觉好多了。"

太子嬴驷说："老师，您安心养伤，我走了。"

太子的老师说："太子，慎言啊。"

太子嬴驷说："老师，您多保重，我知道了。"

老师看着太子嬴驷的背影，心里暗暗地说："商鞅，你得意不了多久了，你很快就要被我收拾了。"

商鞅收拾了太子嬴驷的老师，在咸阳震动很大，许多小官员私下里已经不走动了。要是喝酒喝多了，再说漏了嘴，商鞅对付他们，就没有割鼻子这么"客气"了。贵族对商鞅很生气，商鞅的许多做法，已经严重地触犯了贵族的利益，平民依靠军功，可以与贵族平起平坐，贵族打心底里不愿意。

大部分贵族碍于商鞅有秦王支持，知道秦王的良苦用心，他们谨言慎行，尽量不到是非之地，避免给自己给家人带来祸端，但还是有贵族脾气暴，爱出头，管不住自己的嘴，爱在贵族中显本事。这不，新法监督员今天出去转了一圈，又有了收获。新法监督员兴冲冲地回来对商鞅说："大人，公子虔妄议新法。"

商鞅说："走，割了他的鼻子。"

新法监督员说："大人，你没搞错吧？他可是公子虔！不是太子的老师呀！"

商鞅说："我割了太子老师的鼻子，大王都没有怪罪我，你们怕啥？"

新法监督员说："大人，你是不是被胜利冲昏了头脑？太子老师怎么能跟公子虔比呢？公子虔可是秦王的族人，他们是本家啊。"

商鞅说："我已经没有退路了，既然把太子嬴驷老师的鼻子割了，我已经把人得罪了，也不在乎公子虔了。"

商鞅又带人割了公子虔的鼻子。公子虔捂着鼻子来到太子那里，说："太子，身为贵族，我感到现在活得特别窝囊，我准备带着族人，杀了商鞅。"

太子嬴驷说："公子虔，你先忍一忍吧。"

公子虔说："太子，我要忍到什么时候？"

太子嬴驷说："公子虔，等我上位的那一天，你想怎么收拾商鞅，我都不反对。"

公子虔说："好吧，太子，我知道了。"

商鞅割了公子虔的鼻子，震动了秦国。秦国自上而下，在公开场合，或者有不可靠的人在场，大家相互见了面，都捂住鼻子，点头，摇头，使眼色。怕祸从口出，再也没有人敢说话了。新法在秦国落地生根，有了成效，秦王欢喜。许多官员见了商鞅，都要让三分。商鞅坐着好马车，住着好房子，出入有好的仪仗，护卫紧随商鞅，不离商鞅左右。

咸阳城里，关于商鞅的风言风语，已经刮了起来。贵族收买杀手，伺机对商鞅下手，但是商鞅每次出行，都带着许多护卫，他们一直没有找到下手的机会。贵族们都在等啊，等着太子上位，等着复仇。而商鞅，一心执行新法，对于身后的祸患从来就没有在意。商鞅身边有许多人都知道了商鞅有危险，他们都知道商鞅听不进别人的建议，一意孤行，他们听见或者看见了，就装着什么也不知道似的。但是，任何事情，总有人会憋不住的。这个人就是赵良，赵良忍不住了，终于对商鞅说了。

赵良对商鞅说："大人，你已经功成名就了，应该急流勇退，离开秦国，找一个去处，像许多先贤一样隐居起来，好好地过后半辈子。"

商鞅说："大王对我这么信任，正是我建功立业、扬名天下的时候，这么好的机遇，我们怎么能半途而废呢？"

赵良说："大人，你在秦国已经得罪了许多人，要是大王死了，你就失去了靠山，到时候就没有好结果了。你现在离开秦国，才正是时候。过分地贪恋富贵，只能为自己、为家人、为家族招惹祸端。”

商鞅说：“你不要说了，凭我现在的权力，秦国没有人敢动我。”

赵良说：“大人，你不坐车，不带护卫，出门试试，多少人都想杀了你呀。秦王老了，许多事情他自己不出面，让你得罪人，还不是为了太子上位啊。等太子上了位，你还有好日子吗？”

商鞅说：“你走吧，不要在我这里混吃混喝，嫉妒我现在的成就了。”

赵良说：“大人，你看看你四周，还有谁敢跟你推心置腹说这些话呢？他们害怕你的权势，巴结你，讨好你，恭维你，你要三思啊。”

商鞅说：“够了！你走吧。你再多说，我就对你不客气了。”

赵良收拾东西，离开了商鞅，在大街上遇到了朋友，朋友问：“赵良，你到哪里去？”

赵良说：“我要离开咸阳了。”

朋友说：“赵良，商鞅对你很好啊，你为什么要离开他呢？”

商鞅乘着车，在护卫严密保护下，从大街上驶来了。赵良看着车上的商鞅，连忙把朋友拉到街角，等商鞅的车子走远了，才压低声音说：“城门失火，殃及池鱼，你知道不知道？”

赵良告别了朋友，义无反顾地离开了咸阳。天下这么大，何必在秦国这棵树上吊死呢？赵良走着，心里还在想着商鞅，善始不能善终的人有很多，吴起、伍子胥等，就是鲜活的例子啊。商鞅来秦国的那一天，可能已经料想到了自己的结局。

第 15 章

商鞅为了取得更大的成绩，将新法执行到了极致，做事只讲结果，从来就不注意方式，哪怕骗，也要帮自己骗到手。商鞅为了利益，已经不顾一切。商鞅还有退路吗？商鞅心知肚明，他已经没法回头了。

秦国跟魏国开战了，魏国的统帅公子印是商鞅的好友，商鞅在魏国的时候，公子印念商鞅是个人才，经常请商鞅喝酒，与商鞅谈理想，谈抱负。商鞅离开魏国后，公子印还时常想起自己与商鞅在一起的快乐时光，公子印想起了自己与商鞅在一起时的多次谈话，让公子印记忆最深的就是那次在魏国郊外散步，那是一个明媚的春天，郊外杨柳青青，田野里庄稼长势喜人，他和商鞅边走边聊。

公子印说："商鞅，诸子百家中，你最赏识的是哪家？"

商鞅说："法家呀。"

公子印说："商鞅，儒家不好吗？"

商鞅说："当今的诸侯王，都想灭掉对手，他们嘴上喜欢儒家。法家通过律法和权谋实现目标。只要能建功立业，我不在意别人对我的看法。"

这次与自己作战的魏国统帅是公子印，商鞅大喜，因为商鞅了解公子印。要是这次顺利，自己就有获得封地的机会。

秦军开到魏军阵前，摆下了阵势，商鞅命令秦军停了下来。

秦军部将说："元帅，魏军就在眼前，为何命令秦军停下来？"

商鞅说："你们有所不知，魏军元帅是我的老朋友啊。"

秦军部将说："元帅，通敌可是死罪，元帅应该知道啊。"

商鞅说："你们想到哪里去了！我这一切，都是秦王给的，我怎么会背叛秦王呢?”

秦军部将说:“元帅，既然秦王对你这么好，你为何不下令进攻魏军呢?”

商鞅说:“各位将军，少安毋躁，对付魏军，我自有妙计。”

商鞅拿起笔，大笔一挥，写好一封信，对帐前小校说:“何人将这封信送给公子印呢?”

秦军小校说:“元帅，我愿意去。”

商鞅说:“你见到了公子印，就把这封信给他。”

秦军小校说:“将军，还有别的事吗?”

商鞅说:“没有了。”

秦军小校说:“诺!”

秦军小校出了秦军大营，来到魏军营前，守营的魏军问:“你只身前来，是不是找死啊。”

秦军小校说:“我来送信。”

魏军说:“你给谁送信?”

秦军小校说:“你家元帅。”

魏军说:“谁写的?”

秦军小校说:“我家元帅。”

魏军说:“你家元帅是谁?”

秦军小校说:“商鞅。”

魏军说:“就是从魏国跑到秦国去的那个商鞅吗?”

秦军小校说:“是啊。”

魏军说:“是不是割了你们太子老师鼻子的那个商鞅?”

秦军小校说:“是啊。”

魏军说:“这个人鬼点子多，手段也多，我们必须提防他。”

秦军小校说:“我家元帅跟你家元帅以前在魏国是朋友，你们不用害怕，他们利用这次作战，现在一起叙叙旧，没有别的意思。”

魏军心里想，交战当中，有什么好谈的?现在世道变了，越是朋友，越要提防。但是魏军嘴上说:“好吧，你进去吧。”

秦军小校到了魏军大营，公子印说:“你来干啥?”

秦军小校说："我给你送信。"

公子印说："信在哪里？"

秦军小校说："请看！"

秦军小校从怀里取出信，递给公子印。公子印接过信，打开一看，见是商鞅写的，公子印想起往事，心里不住地赞叹，商鞅果真是个人才，没想到这几年飞黄腾达得这么快。商鞅有了出息，还不忘老朋友啊。商鞅这样的人，自己当初没有看走眼。

公子印和气地说："你家元帅可好？"

秦军小校说："好着呢。"

公子印说："回去告诉你家元帅，替我向他问好。我一定按照和他的约定，按时去拜会他。你的任务完成了，可以回去了。"

秦军小校回到秦军大营，见到了商鞅，商鞅问："信送到了吗？"

秦军小校说："将军，魏军元帅让我代他向你问好。"

商鞅说："好，我知道啦，你下去吧。"

商鞅马上把部将召集到大帐，对部将说："你们马上回营，给我挑一百个甲士，马上带来，不得有误！"

秦军部将说："将军，挑甲士干啥？"

商鞅说："不该问的你们不要问，执行命令就是了。"

秦军部将说："诺！"

秦军部将出了大帐，心里想：元帅不出战，让我们找甲士，不知道元帅玩什么把戏？但是元帅的命令不能违背，部将不敢马虎，很快就在军中挑好了一百位甲士。这些甲士，一个个体壮如牛，力大无比，是秦军兵士中的佼佼者。

秦军部将把甲士带到大帐，对商鞅说："甲士我们带来了。"

商鞅说："好，这里没有你们什么事了，你们下去歇着吧。"

秦军部将说："用不用我们帮忙？"

商鞅说："你们在这里反而会坏我的大事，不用了。"

秦军部将出了大帐，回自己的营中了。

商鞅对一百位甲士说："你们埋伏在大帐四周，等我命令！"

甲士马上埋伏在商鞅大帐周围。时间在甲士一分一秒的等待中，不知不觉就过去了，甲士见魏军元帅公子印向秦军大营走来，心里偷偷地乐了，对付这个人，用这么多甲士，简直是小题大做了。但甲士转念一想，既然元帅让这么多甲士来，一定有元帅的道理。元帅这几年，干什么都是顺风顺水。跟着元帅，取得军功，也是一件高兴的事呀。

公子印像见老朋友似的，笑眯眯地进了秦军大帐，呀！商鞅不是说好了，他人现在到哪里去了？公子印准备退出大帐的时候，商鞅从帐外走了进来。公子印说："老朋友，别来无恙啊。"

商鞅说："谁是你的朋友？给我拿下！"

公子印说："我是你请进来的客人，你不能对我无礼！"

甲士一拥而上，抓住了公子印，五花大绑，将公子印推到商鞅面前。公子印说："商鞅，你这个小人，竟然用这么卑劣的手段！在魏国的时候，我待你不薄，一直把你当朋友对待。如今想跟你叙叙旧，喝喝酒，聊聊天，你怎么能够用我的好心来成就你的野心！"

商鞅说："公子印，时代变了，你还是没有变啊。魏国果然没有人了，竟然把你派来，与我为敌，魏军自不量力。"

公子印说："你使诈！"

商鞅说："带下去！"

公子印被押了下去，关了起来。

商鞅对小校说："升帐！"

一阵鼓声之后，部将全部进了商鞅大帐，商鞅说："诸位，整顿本部人马，准备开战！"

部将说："元帅，这么急？"

商鞅说："魏军元帅已经被我骗来关了起来，我们现在不出战，难道让魏王再给魏军派个元帅，我们再与魏国开战吗？"

部将说："干得漂亮！您真是大才呀！"

秦军大举进攻魏军，魏军没有元帅，无人指挥，乱成一锅粥，四散而逃。秦军在魏军后面，肆无忌惮地追，疯狂地割魏军的耳朵，捡拾魏军遗弃的武器，就像在麦田里捡麦穗似的。秦军个个喜笑颜开，满载而归。

商鞅眼看着就要打进魏国都城，魏王赶紧派大臣前去秦国，答应将河西部分城池送给秦国，秦国才让商鞅罢兵。

魏王想起公叔座的话，十分后悔，对大臣说："早知今日，当初就应该杀了商鞅。"

大臣说："大王，千万不要气坏了身子，身子要紧啊。"

魏王说："从今往后，不准商鞅进入魏国，违令者斩！"

大臣说："诺！"

魏王说："公子卬呢？"

大臣说："公子卬已经让商鞅给放回来了，就在城外，不敢见你！"

魏王说："让公子卬回来吧，寡人不杀他。"

大臣说："大王，公子卬是魏国的罪人啊，为什么不杀他？"

魏王说："你们难道不知？以前的晋王，打曹国的时候还嚷嚷着要挖曹国的祖坟，用了许多下三滥的手段。寡人能怨公子卬吗？公子卬回来了，寡人不但不杀他，还要重用他，否则，寡人不是又中了商鞅的奸计吗？"

大臣说："大王深谋远虑。"

魏王派人把公子卬请进了王宫，对公子卬说："在道德败坏的今日，唯有你还注重亲情友情人情，实属难得。只要接受了教训，认清了商鞅的嘴脸，这次失利算不了什么，你也不要背思想包袱了，回去好好休息。"

公子卬鼻子一酸，忍不住流下了眼泪，失声道："大王——"

魏王对公子卬挥挥手，说："不说了，下去休息吧。"

公子卬从此以后，对自己所熟知的人产生了很强的戒心，宁愿相信外面的人，也不信自己熟悉的人了。

第 16 章

商鞅为秦国获得了魏国河西部分土地，这块土地是秦国梦寐以求的。秦王十分高兴，准备对商鞅进行更高的封赏。

太子嬴驷得到了消息，事前觐见了父王。

秦孝公问：“嬴驷，有什么事吗？”

太子嬴驷说：“父王，商鞅不讲道德，他的做法真丢秦国的脸。”

秦孝公说：“嬴驷，商鞅的做法正是寡人所要的，寡人懂商鞅，商鞅懂寡人。在这个纷乱的时代，失败者没有立足之地，如果只讲道德，无法保证秦国的未来。寡人要给商鞅封地。”

太子嬴驷说：“父王，把哪里封给商鞅？”

秦孝公说：“商於之地。”

太子嬴驷说：“父王，商於之地毗邻楚国，地理位置十分重要，是秦国的南大门，这么重要的地方，为什么要给商鞅？要是商鞅与楚国勾结在一起，秦国就危险了。”

秦孝公说：“嬴驷，你多虑了，商鞅的一切都在寡人的掌控之中。”

太子嬴驷说：“父王，为何？”

秦孝公说：“商鞅为了建功立业，把自己曾经的朋友都出卖了，他已经不顾与人搞好关系了。另外，商鞅从来没有提携过部下，对寡人没有威胁。作为一位王，要不吝啬封赏，封赏越多，越能激励更多的人为秦国效力。”

太子嬴驷说：“父王，孩儿目光短浅，还需历练。”

秦孝公说：“嬴驷，为父之所以把商鞅放到商於之地，还有一个最重要的目的，就是让商鞅将商於之地打造成秦国的要塞。寡人既然能给商鞅商於之地，就有办法从商鞅手里收回这块地方，你就不要多虑了。”

太子赢驷说：“父王，孩儿知道该怎么做了。”

秦孝公在朝议的时候，把大臣、贵族都召集起来，秦孝公说：“诸位，商鞅为秦国夺取了河西之地，这块地方可是秦人许多年的期盼。商鞅这次为秦国立下了汗马功劳，寡人该给商鞅什么封赏呢？”

商鞅谦虚地说：“大王给商鞅的东西已经太多了，臣有大王的信任，已经满足了，什么也不需要了。”

秦孝公看了太子赢驷一眼，太子赢驷马上心领神会，上前一步说：“商鞅完成了秦人的夙愿，功劳实在是太大啦，秦国不能让商鞅寒心，更不能寒了为秦国出力的人的心，父王必须给商鞅更大的封赏，才能激励他人。”

秦孝公说：“赢驷，你说得好，请问你想给商鞅什么封赏？”

太子赢驷说：“父王说了算。”

秦孝公说：“赢驷，寡人今天就把这个机会让给你了。”

商鞅听了秦孝公的话，心里忐忑不安了起来，自己割了太子赢驷老师的鼻子，与太子赢驷有矛盾，秦孝公让太子给自己封赏，太子赢驷绝对会公报私仇，打压自己。商鞅心里矛盾，但是脸上表现出十分平静的样子，恭敬地看着太子。

太子赢驷说：“父王，请将商於之地封给商鞅吧。”

商鞅以为自己听错了。商鞅是太子赢驷的政敌呀，太子赢驷怎么会给商鞅这么高的荣誉和实惠呢？

秦孝公说：“赢驷，父王答应你。”

太子赢驷说：“多谢父王！”

秦孝公说：“商鞅听封！”

商鞅赶紧上前一步，说：“大王，臣在！”

秦孝公说：“商鞅，寡人将商於之地封给你，从今天起，你就是商君了。”

商鞅说：“多谢大王！”

秦孝公说：“商君请起！你是秦国的功臣，你在咸阳夸官三天，就去你的封邑商於之地，不得有误！”

商鞅说：“诺！”

散朝以后，商鞅对太子嬴驷说："多谢太子！"

太子嬴驷说："商君，你不用谢我，那块土地是你应该得到的。请你到了商於之地，不要辜负秦国的殷切希望，更不要辜负秦王对你的信任。"

商鞅说："大王、太子之恩，我无以为报。请秦王放心，请太子放心，我一定将商於之地，建成秦国最牢固的要塞。"

太子嬴驷说："商君，有你这句话，父王就放心了。"

商鞅出了王宫，坐着华美的车，带着护卫，在咸阳城里夸官，引来了许多羡慕的目光。太子嬴驷的老师找到太子嬴驷。

老师说："太子，你为什么要把商於之地封给商鞅？"

太子嬴驷说："老师，把商於之地封给商鞅，那是父王的意思，只不过我做了个顺水人情。"

老师说："太子，我明白秦王的意思了。"

另一位老师说："秦王是什么意思，我怎么就不明白呢？"

老师说："秦王下了盘大棋，他是要商鞅把商於之地打造成日后进攻楚国的要塞。秦王深谋远虑，秦国日后要一统天下。"

另一位老师说："商鞅要是拥兵自重，反叛了秦国怎么办？"

太子的老师说："商鞅已经将亲情、人情、友情消耗殆尽了，一个没有亲情、人情、友情的人，要是谋反，等于把自己逼上绝路。"

另一位老师说："我们的仇就不报了？"

老师说："等商鞅把商於之地建设好，等太子继承了王位，一切都会见分晓。"

另一位老师说："好，我拭目以待。"

商鞅在咸阳夸官了三天，觐见了秦孝公，之后离开都城，奔赴商於之地。商鞅翻过了秦岭，顺着丹江，一路向东，看着丹江两岸的景色，商鞅琢磨着要将邑城建在什么地方。商鞅从上都国遗址路过的时候，停了下来，登到上鄀国遗址的最高处，俯视了一下这个残破的地方，继续东行。商鞅来到了商山，没有驻足，继续向前走，当来到北面一条河与丹江冲击而成的一个塬坡前，商鞅停了下来。

商於之地十五城官吏听说商鞅来了，赶到了商鞅跟前，施礼说："见过商君!”

商鞅说：“诸位，我们要齐心协力，将商於之地打造成秦国东南部的要塞。”

十五城官吏说：“商君，我们听从安排。”

商鞅指着北面这条河问：“这是什么河?”

商於官吏说：“回商君，这是龙河（今丹凤老君河）。”

商鞅问：“从龙河能到什么地方?”

商於官吏说：“商君，向北可以通往彤地（原华县，今渭南市华州区）。”

商鞅问：“这里距少习关多远?”

商於官吏说：“回商君，六十多里。”

商鞅说：“这里土地平整，是建邑城的好地方啊。”

商於官吏说：“商君眼力不错。”

商鞅说：“从今天起，你们就在这个地方，修建邑城。”

商於官吏说：“商君，请吩咐。”

商鞅带着商於官吏，又把这个地方实际察看了一番，来到东面最高的地方，对商於官吏说：“这里南有丹江，北有坡塬，是天然的屏障，只修城墙，不修城门。”

商於官吏说：“诺!”

商鞅接着说：“这里东面陡峭，西面平缓，依据地势，设东、西两座城门，为了不增加子民负担，我们就地取材，这里土质黏性特别好，就用夯土砌墙筑城吧。”

商於官吏说：“诺!”

商於官吏按照商鞅的规划，带着子民，有的修城墙，有的到商山伐木材，有的到丹江河里取石头。商鞅按照咸阳城的样式修了官邸、武库、兵营、粮仓、街道，从商於之地十五城迁来了部分子民，整个封邑建设，搞得轰轰烈烈，有声有色。

邑城开始施工的时候，商鞅带着十五城官吏，来到了少习关，详细询问这里的地理、人文和风情。商鞅站在少习关上，指着北面的山问：“这是什么山?”

少习官吏说："回商君，是少习山。"

商鞅指着对面的山，问："对面是什么山？"

少习官吏说："商君，还没有一个确切的名字。"

商鞅说："新法中有一条，奖励军功，你们知道不知道？"

少习官吏说："回商君，我们明白。"

商鞅说："在秦国，读书、做生意的路已经走不通了。想要出人头地，有所作为，必须参军，上战场，才能获得军功，得到提拔。"

少习官吏说："商君，您是我们的楷模。"

商鞅说："从今天起，少习关更名为武关，西洛水更名为武关河。我们就是要向天下表明，秦国征服六国、一统天下的决心是不会动摇的。"

少习官吏说："商君英明。"

武关与商鞅邑城的地形十分相似，这里北面靠着少习山，南边靠武关河，东面地势高，西面地势平缓。商鞅用夯土加固加高了少习关东面的城墙和城门，在东城门外的匾上，写下"武关"两个大字，继续加固城南、城西的城墙，城内重新修建府衙、兵器库、粮仓、兵营、街道等。

第 17 章

商鞅在封邑里，一直牵挂着武关，武关是秦国的南大门，战略价值十分重要，秦孝公把商鞅派到商於之地，意图十分明显，商鞅不敢有丝毫疏忽。

这天，商鞅在去武关的路上，遇见一位武关妇人。①

商鞅刚进武关西门，下了马车，一个武关妇人抓着丈夫的头发来到了商鞅跟前。商鞅不知何故，正要开口问的时候，武关妇人首先说了话。

武关妇人说："大人，请你好好地教育教育他吧。"

商鞅指着男人，问武关妇人："他是谁?"

武关妇人说："大人，他是我男人呀。"

商鞅说："为了什么事？为什么抓他的头发?"

武关妇人说："大人，这正是我要找你的原因。"

商鞅说："你说!"

武关妇人说："大人，商於之地现在所有的男人都在练武、种田，而他只读书。我说他，他不但不听我说，还跟我犟嘴。大人啊，你管管我男人。"

商鞅对武关妇人说："你做得对，对这样的男人就不要客气。"商鞅又对武关妇人的男人说："你有这么通情达理的妻子，该知足了。现在秦国奖励耕战，只有跟着变法走，才能改变自身的命运。身为男人，不去练武，不去种田，只是躲在家里读书，简直对不起家人，对不起国家。从今天起，必须参加训练，平时努力种田，等国家需要的时候，积极参战，获取军功。"

---

① 在关中地区，流传着武关妇人的故事。"武关妇人"并不是某个人，而是商鞅变法后，关中地区女性群像的代表。

武关妇人的男人说："大人，我知错了。"

武关妇人说："大人，只怨我是个女儿身，我要是男人，早就上战场了。"

商鞅说："男女有别，你可以在家多种地，多织布，多生孩子啊。粮食多了，打仗有军粮。布匹多了，秦国的百姓就有衣服穿。孩子多了，打仗有士卒。到时，女人也可以立功受奖。"

武关妇人说："大人，你说得太好了。"

武关妇人离开后，商鞅命令商於官吏把十五城小官吏召集起来，商於官吏对十五城小官吏说："即日起，将辖区内所有读书人用的笔全部收缴起来，尽快送到武关，不得有误！"

小官吏说："大人，我们办公用的笔收不收呢？"

商於官吏说："不收！"

小官吏说："诺！"

商於小官吏又把商於再小的官吏召集起来，给他们传达官吏的指示；再小的官吏又把更小的官吏召集起来，传达再小官吏的指示。就这样一级一级将商鞅的指示传达下来，更小的官吏挨家挨户，把自己管辖范围内的笔齐齐收了起来，送到再小官吏那里，再小官吏再送到小官吏那里，小官吏再送到官吏那里，官吏再送到了武关。十五座城池收上来的笔，整整装了一大车。武关官吏按照商鞅的规划，将所有的笔都放到武关对面的这座山上后，又请商鞅来武关。

商鞅到了武关，武关官吏指着对面那座山，说："大人，请看！"

商鞅看着对面山上密密麻麻放着的笔，肯定地说："你们做得好啊。"

商於官吏说："大人，我们做得好，不如大人安排得好啊。大人，请给那座山起个新名字吧。"

商鞅说："笔放在了山上，那座山就叫笔架山吧。"

商於官吏说："大人，好名字啊。"

商鞅亲自给武关妇人送来了赏金，在武关妇人的院子里立了一块石碑，石碑上书："武关妇人"。商鞅将武关妇人的事迹在商於之地广泛宣传，武关妇人的事，在秦国很快就家喻户晓，从秦国，传到了六国。武关妇人的事，感动了秦国妇女。

商於之地的官员对商鞅新法，理解得比秦国任何一个地方都要透彻。商於之地的官员，带着武关妇人，经常从上到下，深入到子民中间，宣讲新法，子民每听一次，就有一次新的感受。

现在，商於之地，男人按照五人一伍、十人一什编组。男人除了种庄稼，就是拿着武器，斗志昂扬，天天都在利用农闲进行训练。女人除了种庄稼，织布，就是生孩子。

商於之地，现在所有的村子，男女白天忙着种田，晚上忙着生娃，农闲男人忙着训练，女人忙着织布，村里人欢马叫，生机勃勃，异常热闹。

商於之地上的男人训练的时候，嘴里喊着："大秦勇士，勇往直前，无坚不摧，志在必得，取得军功，代代相传！"男人心里想着，等上了战场，杀了敌人，立了军功，就改变了命运。

商鞅站在武关东城门上，回身看着气势雄伟的武关，指着关外的楚国、韩国，常常感慨地对官吏说："如今，这座雄关，才真正成了大秦一座坚不可摧的要塞啊。"

商於官吏说："商君，大秦有了这座关隘，又有无坚不摧的大秦勇士，六国安能不灭？"

商鞅说："诸位，我们的使命就是继续在商於之地大力发展农业，训练士卒，加强武备，将商於之地建成大秦最牢固的要塞，不辜负秦王对我们的期望，时刻准备着与楚国开战，不敢有丝毫懈怠。"

商於官吏说："诺！"

商鞅在封地一系列的举动，传到了楚国，楚王说："秦王将商鞅派到商於之地，明显是要对付楚国，我现在后悔死啦，当初为什么就将这么重要的一个地方送给了秦国呢？"

大臣说："大王，商鞅在秦国已经得罪了许多人，新王继位之日，就是商鞅灭亡之时，大王不必担心。"

楚王说："好啊，商鞅死了，我就可以高枕无忧了。"

商鞅在商於之地的做法也传到了咸阳，咸阳城一下子闹得沸沸扬扬。有人说商鞅不甘屈居人下，想要在商於之地称王，与秦王平起平坐，平分秋色。还有人说，商鞅为了得到楚国的支持，暗中派人去了楚国，等事成之后，愿意将武关还给楚国。秦国贵族得了口实，他们终于坐不住了，特别是公子虔，觐见了秦王，秦王问："公子虔，你有何事？"

公子虔说："大王，商鞅一到商於之地，就扩充军备，整修城池，其反叛之心，昭然若揭。大王，请给我一支精兵，将商鞅捉拿回来，交给大王发落。"

秦孝公说："公子虔，商鞅贯彻新法，是大秦最忠诚的护卫者和开拓者，商鞅那么做，正是寡人所想的，谁动了商鞅，寡人就灭了谁。"

秦孝公一言九鼎，那些反对商鞅的人顿时哑口无言了。商鞅在商於之地开荒种地，兴修水利，整修道路，训练士卒。商於之地在商鞅治理下，发展速度已经跟关中其他地方一样了。

这天，商鞅带着随从，顺着龙河向北走，来到了伯牙山（今丹凤鱼岭水寨景区），商鞅感慨地说："我虽然有一肚子学问，但在卫国没有人能看得起。我后来到了魏国，虽然成为公叔座的座上客，但是得不到魏王重用，在魏国漂泊，吃尽了苦，让人看不起。秦王招才纳贤，发出招贤令，我来到秦国，凭借三寸不烂之舌，说动了秦王，进行变法，得到了秦王的支持，才使变法成功。在秦王的重用下，我才走到了今天这个地步，秦王既是我的恩人，也是我的知音。秦王对我有知遇之恩。在变法中，我得罪了太子，得罪了秦国贵族，得罪了许多人，但是为了秦王，为了秦国，我死而无憾。"

商鞅的亲信说："大人，您对秦国现在还有以后的巨大贡献，天地可鉴。"

商鞅说："人生有一知己足矣！"

商鞅祭奠了俞伯牙与锺子期后，说："把琴拿来！"

商鞅的亲信双手把琴捧给商鞅，商鞅从亲信手里拿起琴，轻抚琴弦，越弹越起劲儿，面对伯牙山，一曲《高山流水》，不觉而出。

商鞅的亲信说："大人，您弹得真好！"

商鞅说："我的琴技比不上任何一位乐师，但对此曲的理解，除了锺子期，没有第二个人能够超过我啊。"

商鞅的亲信说："大人，锺子期是打柴的，他怎么能跟大人比？"

商鞅说："真正的知己没有贫富贵贱之分，要不是大王提携、重用，现在诸侯中知道我商鞅的也没有几个人啊。"

秦孝公去世的消息传到商於之地，商鞅十分悲痛，把亲信叫到身边，说："我就要死了，我给你们一笔钱，你们去别的国家发展吧。"

商鞅的亲信说："大人，您现在不是过得好好的，为什么要说这种话，难道是我们做得不好，大人嫌弃我们，要赶我们走吗？"

商鞅说："你们有所不知，先王去世了，新王已经继位了。"

商鞅的亲信说："大人，您是秦国的大功臣，新王不能抹杀大人对秦国的巨大贡献啊。"

商鞅说："我主张变法奖励耕战，实行军功爵制，为普通子民进入上层打通了通道，虽然增强了秦国国力，但是打破了几百年延续的贵族世袭制，得罪了贵族势力。先王病重的时候，让我独掌军政大权，得罪了不少人，现在旧贵族都在盼着我死呢。"

商鞅的亲信说："大人，要死我们一起死，我们宁死也不离开您。"

秦惠文王上位以后，一直对商鞅怀有戒心，一心想将商鞅置于死地，就暗暗地派人对公子虔授意，让公子虔在朝会上指责商鞅谋反。公子虔心领神会，马上纠集了一批旧贵族，给商鞅罗织好了罪名。在朝会的时候，秦惠文王说："今日朝会，有事请奏！"

公子虔说："大王，臣有一事，不知当讲不当讲。"

秦惠文王说："公子虔，请说！"

公子虔说："大王，商鞅谋反。"

秦惠文王说："公子虔，口说无凭，可有实据？"

公子虔说："大王，商鞅谋反，证据有三：其一，先王病重的时候，商鞅独揽大权，暗自培养党羽，图谋不轨。其二，商鞅在商於之地，加强军备，训练士卒，独自坐大，威胁朝廷。其三，商鞅在商於之地，常常将自己比作先王，出行仪仗，已经超过了先王。以上三条，条条物证人证俱在。请大王速作决断，将商鞅缉拿归案。"

秦惠文王的老师说："商鞅包藏祸心，其罪当诛。"

旧贵族一齐跪下，对秦惠文王说："大王，商鞅不除，国无宁日。请大王速作决断啊！"

秦惠文王说："商鞅啊商鞅，你辜负了父王对你的信任啊，没想到父王刚刚去世，你就做出了反叛之事。虽然你功高盖世，但是你触犯了大秦律法，寡人也无能为力了。将商鞅抓捕归案，严惩不贷！”

商鞅知道秦惠文王要逮捕自己，说：“我问心无愧，我要与公子虔他们对簿公堂，以正视听，还我清白。”

商鞅的亲信说：“大人，先王死了，新王故意与您为难，您与他们对簿公堂，就是自投罗网。等过了这阵，您回来再说。您现在还是逃吧。”

商鞅说：“我现在逃走了，不是说不清了。”

商鞅的亲信说：“大人，留得青山在，不愁没柴烧。只要您人在，就有出头之日。”

商鞅在亲信动员下，仓皇逃出了咸阳城，越过关中，翻过秦岭，沿着商於古道，到了自己的封邑。商鞅没有停步，继续向东，来到了武关。天黑了下来，武关城门已经关了。商鞅出不了关，来到一家客栈。商鞅说：“店家，住宿！”

店主说：“客官，可有凭证？”

商鞅说：“店家，住宿要什么凭证？”

店家说：“客官，你不是秦国人吗？”

商鞅说：“店家，我就是秦国人啊。”

店家说：“客官，既然你是秦国人，你为什么不知道新法中有这么一条，留宿无凭证的客人，是要治罪的。”

商鞅说：“店家，我很少出门，这次走得急，忘了带凭证，你就通融一下，让我暂住一晚上吧。”

店家说：“客官，秦律严酷，讲究株连，一人犯法，全家连坐，全村遭殃，我不能为了你而害了我们家、我们村里的人啊，你还是走吧。”

商鞅离开了武关客栈，抬头看了看自己亲手重建的这座雄关，不住地摇头叹息，没想自己制定的秦律现在用在了自己身上，没想到自己重修的武关把自己挡在了关内。商鞅慢慢地离开了武关，返回邑城，顺着龙河，一路狂奔，顺利地到了魏国边境。

魏国守军看见商鞅，问：“你是什么人？”

商鞅说：“我是商鞅，秦王派人追我，请让我进入魏国躲一躲啊。”

魏国守军说："亏你这个时候还能把这话说出口啊，你把我们魏国害苦了，你难道忘了骗擒公子卬的事吗？"

商鞅说："各为其主，我当时也没有办法呀。"

魏国守军说："你为了军功而出卖朋友，你这个小人，魏国是不欢迎的。"

商鞅说："你们行行好，我现在没有别的地方可以去，你们就让我进入魏国，暂时躲避一下吧。"

魏国守军说："魏王已经下了命令，禁止商鞅进入魏国。"

商鞅想起往事，羞愧地离开了魏国。商鞅一路走，一路想，天地之大，难道没有自己立足之地吗？自己为秦国变法，使秦国国富民强，为秦国夺回了许多土地，秦惠文王不感恩自己也就罢了，还听信谗言，把自己赶尽杀绝，既然秦惠文王不义，还不如反了。商鞅原路返回了封邑，将十五城官吏召集起来，说："秦王听信谗言，说我们谋反，已经派大军围剿我们，我们现在怎么办？"

商於官吏说："大人，你说咋办？我们全部听你的。"

商鞅说："诸位，我们与其坐以待毙，不如跟他们拚了。"

商於官吏说："诺！"

商鞅说："诸位，攻下了彤地，我们就可以东渡黄河，与齐国、赵国联手，共同抗击秦军。等以后有了机会，我们再向新秦王讨要说法，将陷害我们的人绳之以法。"

商於官吏说："诺！"

商鞅带着邑兵，准备攻打彤地的时候，与秦军在彤地遭遇。秦军主帅说："商君，放下武器，我们将你带回咸阳，新王必定念在你为秦国作过贡献的分上，饶你不死。"

商鞅说："将军，我是被逼无奈，才走到了这一步，请将军放我们一条生路，让我们东渡黄河，到齐国去吧。"

秦军主帅说："商君，秦律是你制定的，要是我们放了你，按照秦律，我们就必须死。商君，请不要为难我们啊。"

商鞅说："将军既然不给我面子，我们就一决高下吧。"

秦军主帅说："商君，休怪我们无情了。"

秦惠文王听到商鞅带着邑兵造反，十分震怒，派出了秦军主力，这些秦军武器精良，久经沙场，作战经验丰富，根本就没有把商鞅带的邑兵看在眼里。秦军主帅一声令下，秦军弓箭手一阵箭雨，商鞅邑兵平时训练有素，面对秦军，并不慌张，他们举起盾牌，挡住了秦军射来的箭。秦军主帅恼羞成怒，下令："冲！"

商鞅下令："放箭！"

秦军根本没有把这群邑兵放在眼里，没有防备，被商鞅钻了空子，冲在前面的秦军被箭射中，倒了下去。后面的秦军赶紧举起盾牌，护住了自己。

商鞅大喊："冲！"

商鞅邑兵冲到秦军面前，两支军队都是在商鞅的思想激励下，没有人退缩，展开了力量比拼，横冲直撞，双方伤亡很大。

秦军主帅情急之下，派人搬来了救兵，秦军越来越多，包围了商鞅邑兵。商鞅邑兵越来越少，已经抵挡不住秦军的攻击了。

秦军主帅说："放下武器，留你们一条生路！"

商鞅邑兵从来就没有受过放下武器的教育，上战场就是冲锋、杀敌、立功，他们没有把秦军主帅的话当一回事，继续朝秦军冲杀。

秦军主帅下令："格杀勿论，一个不留！"

秦军战车一阵冲击，消灭了全部商鞅邑兵。

秦军主帅说："商鞅，赶快投降，留你一条活命。"

商鞅说："将军，我商鞅宁愿战死，不愿跪活。我要是被你们活捉，还不知道要遭受秦王他们多大的羞辱呢？"

秦军主帅说："商鞅，我成全你！"

秦军士卒举着长矛，一阵冲锋，将商鞅捅死在地。秦军士卒急急忙忙冲到商鞅尸体前，掏出腰上的短刀，争着就要割商鞅的耳朵。秦军主帅说："住手！大王有令，大王活要见人，死要见尸。我们必须把商鞅尸体带回咸阳，听候大王发落。"

秦军主帅一声令下，士卒马上住了手，将商鞅尸体抬上了车。秦军主帅押着商鞅的尸体，返回咸阳。

商鞅死后被车裂，株连三族。

第18章

商鞅将商於之地开发得十分先进，又将武关建成了坚不可摧的要塞，商鞅在商於之地，为秦国培养了大批与秦军主力不相上下的军队。秦国现在依靠武关，进可以攻，退可以守，对楚国形成了居高临下的态势，可以沿丹江、汉江而下，攻击楚国。但是，六国组成了联盟，一致对付秦国。

面对这个局面，秦惠文王就把大臣们召集了起来，秦惠文王说："楚国和齐国建交了，楚怀王派出三个大臣，带领楚国大军驻扎在武关外面，秦军主力在外作战，关中空虚，大战一触即发，秦国怎么办呢？"

张仪说："大王，请派臣出使楚国吧。"

秦惠文王说："爱卿，你有妙计？"

张仪说："大王，您就等着臣到楚国的好消息吧。"

秦惠文王说："好，你什么时候出发？"

张仪说："明日启程。"

秦惠文王说："好！"

第二天，张仪出了咸阳，翻过秦岭，进入商於之地，路过商鞅封邑的时候，张仪看着物是人非，一股怜悯之情油然而生，不住地摇头叹息。张仪离开了商鞅封邑，到了武关，看着武关这座要塞，心里对商鞅更加佩服。张仪原本在楚附属上柱国为官，后来遭到上柱国昭阳先生陷害，说张仪偷了他的玉璧，张仪无奈，离开了上柱国，到了秦国，刚刚过去了十五年，如今昭阳死了，张仪已经在秦国为相邦了。张仪离开了武关，到了楚国，见了楚怀王。

楚怀王问："张仪，楚国已经跟秦国绝交了，你来干什么？"

张仪说："楚王，秦国与楚国是好邻居，好伙伴，楚国与秦国的友谊源远流长，不能为了小事翻脸。”

楚怀王说：“张仪，请你回去告诉秦王，楚国已经跟齐国结盟了。”

张仪说：“楚王，楚国与齐国结盟，秦国已经知道了。”

楚怀王说：“秦国已经知道了，你为什么还来楚国？”

张仪说：“我苦苦地劝秦王，终于将秦王说动了，只要大王答应跟齐国绝交，秦王愿意把商於之地还给楚国。”

楚怀王说：“真的假的？秦国是不是骗寡人？”

张仪说：“楚王，这么大的事情，我堂堂秦国大臣，怎么能说话不算话呢？”

楚怀王说：“秦国人狡诈，不可信啊。”

张仪说：“楚王信不过我，总不能不相信秦王给楚王的信吧？”

楚怀王说：“秦王的信在哪里？”

张仪从怀里掏出秦惠文王的亲笔信，递给楚怀王说：“楚王请看！”

楚怀王接过信，看了又看，激动地说：“商於之地，那是楚国祖先的发祥地，现在失而复得，马上就要回到楚国的怀抱了，这是一件多么激动人心的事情呀。”

楚国大臣说：“大王，秦国人狡诈，张仪没有信用，大王千万不要上秦国的当啊。”

张仪说：“楚王，秦国这次真心与楚国结盟，要是楚王不相信我，可以派人跟我回秦国，当面问秦王要商於之地啊。”

楚怀王对大臣说：“寡人相信秦王不会出尔反尔的。”

张仪说：“楚王，楚国与秦国结盟之后，请楚王派人跟我到秦国，当着秦王的面，将商於六百里土地赠予楚国。”

楚怀王说：“好，痛快。”

楚怀王马上向齐国声明，楚国与齐国断交。与秦国结盟后，楚怀王派使者随张仪来到秦国，楚国使者对张仪说：“大人，请带我面见秦王。”

张仪说：“你一路劳顿，暂且去驿馆歇息。”

楚国使者说：“大人，我完成使命之后，马上要回楚国。”

张仪说：“不知楚国使者有什么使命？”

楚国使者说："大人，你不是答应将商於六百里土地划给楚国吗？"

张仪说："楚国使者，我只答应给楚国商於之地六里，从来没有说过给六百里土地，你是不是听错了？"

楚国使者说："大人，你在楚国朝堂上亲口说出来的，怎么现在就不认账了？"

张仪说："楚国使者，我只说过给六里，你要是要了，我现在就带你见秦王；你要是不要，你现在可以回去了。"

楚国使者说："张仪，你戏弄楚国，楚国不是好欺负的。"

张仪说："请便！"

楚国使者生气地离开秦国，回到了楚国，见了楚怀王，楚怀王问："六百里商於之地要到手啦？"

楚国使者说："大王，我到了秦国，张仪说只答应给六里商於之地。大王，张仪和秦王合伙欺骗了楚国。"

楚怀王说："秦国欺骗了楚国，楚国就与秦国开战。"

楚怀王暴怒，动员中原大军，以大将屈匄为统帅，从函谷关到武关，全面进攻秦国。秦国兵分三路，大举迎战楚军。秦军一路由秦国名将樗里疾统率，兵出函谷关，攻击函谷关外的楚军；一路由大将魏章（秦国将领。秦武王嬴荡继位，被逐回魏国）统率，作为主力，准备从武关出兵，反击进攻商於之地的九路楚军。

武关子民看着秦军，看得热血沸腾，对秦军说："打败楚军，立功受奖！"

武关妇人对大儿子、二儿子说："儿啊，立功不立功，我都无所谓，你们保重，平安回来就好了。"

武关妇人的儿子说："母亲，你老了，越来越糊涂了，上战场不是为了立功，还是为了什么？你赶紧回去，不要多说了。"

武关妇人的两个儿子随着秦军大将魏章，离开了武关。武关妇人看着儿子的背影，心里七上八下，为儿子担心。

秦军一路由名将甘茂指挥，南下夺取汉中地区。樗里疾在韩、魏盟友的配合下，打败了函谷关外的楚军，然后配合南下的魏章大军，在商於地区，丹江北岸，与楚军在丹阳交战，歼灭了八万楚军，俘获楚军元帅屈匄、副将逢侯丑，共计七十余人。接着，魏章军又与甘茂军配合，一举南下夺取了汉中盆地，又顺势攻取了安康盆地，将楚国西部重镇“西城”变成了秦国的“西城县”，纳入秦国的汉中郡管辖区。

秦军势如破竹，取得了重大胜利，大将魏章率领关中军团和武关军团从楚国凯旋。武关子民激动万分，来到关门前，欢迎秦军胜利归来。走在前面的秦军，跟去时一样威武雄壮，等到了后面的秦军，战车上拉着许多秦军的尸体和受伤了的士卒，那些受伤了的士卒，残胳膊断腿，在战车上痛苦地呻吟着。武关子民激动的心，变得悲悯了起来。

武关妇人站在关门前，心情越来越沉重。武关妇人没有看见自己的两个儿子，她来到武关军团的将军面前，问：“将军，我儿子呢？”

武关妇人曾经是商鞅树立的模范，将军认识武关妇人和她的儿子，将军说：“老人家，这次秦军斩杀了八万楚军，你的儿子很勇敢，没有给秦军丢脸，已经战死沙场了。”

武关妇人说：“将军，秦军死了多少？”

将军说：“秦军战死了三万人。”

武关妇人说：“我儿子的遗体呢？”

将军说：“你儿子的遗体就在后面的战车上。”

武关妇人说：“将军，把我儿子的遗体交给我，我把他们安葬到祖坟，让他们去见他们的父亲吧。”

将军说：“老人家，节哀啊。”

将军派了四个士卒，帮着把武关妇人两个儿子的遗体，抬到了武关妇人家，武关妇人安葬了两个儿子，没有丝毫的哭声。

武关军团中，无论阵亡还是活下来的人，都取得了军功，得到了奖赏，他们家里喜气洋洋，亲戚、邻里都去祝贺。武关妇人剩下的儿子也要去祝贺，武关妇人说：“有什么值得祝贺的，说不定下一次，他们就与你哥哥一样战死沙场了。”

武关妇人的儿子说完，转身就去了那几家，跟着其他人，祝贺他们凯旋。在庆贺人的感染下，平安归来的士卒，早就忘了残酷的战场。

楚军大败，楚怀王在朝堂上指着大臣说："瞧瞧你们，整天躲在自己封地上作威作福，楚国的大半个江山都要葬送在你们手里，寡人没有好日子过，你们的日子也就好不到哪里去。这口气寡人咽不下去，楚国必须聚集力量，给秦国点颜色，让秦国看看，楚国不好欺，犯楚国者，楚国必犯之。你们回去以后，马上征兵，筹集粮食，做好战前准备，等到了来年，寡人要进攻秦国。"

大臣说："诺!"

到了第二年，楚怀王便集合了全国之兵，由景氏家族的景翠为将，北上中原，围攻韩国禹地。韩、魏、秦是盟友，楚国打韩国，就是逼迫韩国投靠楚国。同时，楚怀王硬着头皮，请求齐国与楚国继续结盟。齐国这时候见楚国要打秦国，于是不计前嫌，为了配合楚国作战，齐国从东部攻打魏国的煮枣。于是楚国、齐国再次联盟，从东、南两个方向向秦国发起进攻。秦国为了保住巴蜀，巩固韩国、魏国同盟，与楚国开战。

楚怀王见秦军樗里疾的主力东进追击齐军，秦军越跑越远，命令景翠从武关乘虚而入，攻破了武关。武关军民，逃到了少习山，依靠少习山，固守待援。楚军占领了商於之地，直逼蓝田（或称蓝关）。蓝关是秦国在秦岭上的最后一道防线，突破了蓝关，关中就在眼前，那么秦国就只能靠渭河和咸阳的城墙来防守了。形势不容乐观，秦惠文王以祭天祈求诸神保佑"克剂楚师"。

这时，韩魏联军趁楚国南阳空虚，攻占了楚国北方重镇召陵，直逼南阳盆地。而此时齐国因联合宋国攻打魏国的时候，被秦国、韩国的联军在濮上击溃，无力支援楚国。楚怀王被迫放弃了刚刚占领的商於之地。

楚军退到商山脚下的时候，楚怀王指着商山，对楚军说："这里是楚人的发祥地，先祖离开这里，向南发展后，这里被上鄀国占领。上鄀国灭亡后，这里成了晋国的土地。先王在鄢陵之战中，战胜了晋国，夺回了这块土地，后来这块土地又因吴国而给了秦国，给秦国进攻楚国埋下了伏笔。这次，楚军好不容易攻破了武关，就要进攻咸阳的时候，竟然出了变故。列祖列宗，等楚国夺回了这块土地，我再告慰你们。"

楚军说："大王，您放心，等时机成熟了，楚军一定从秦国手里夺回这块土地。”

楚怀王说：“南阳是楚国北上的门户，不敢有丝毫闪失，等楚军腾出手脚，一定找机会教训韩国、魏国，这次要不是韩国、魏国给秦国帮忙，楚军就攻破了咸阳。”

楚怀王离了商山，出了武关，撤回楚国给南阳解围。魏章统率的秦军一路追击，会合韩国军队，占领了楚国北部河南上蔡（上蔡原本归属蔡国，被楚国吞并以后，改为蔡县）。蔡县是楚军进攻中原的落脚点，楚国失去了蔡县，只能待在南方。

蓝田之战结束后，韩王在朝议的时候，说：“这次跟着秦军，缴获了楚军不少战利品，今后，韩国一定要跟秦国结盟。”

魏王在朝议的时候，对大臣说：“魏国已经多年没有取得胜利了，这次跟着秦军，魏国终于可以在六国面前扬眉吐气了。”

大臣说：“大王，秦国不可靠，难道大王忘了秦国夺取魏国土地的事了？”

魏王说：“过去的事就不要提了。”

大臣说：“大王，秦国乃虎狼之国，秦军这次被楚国揍得腾不出手脚，才与魏国联合，与秦国打交道，必须留个心眼。”

蓝田之战，秦国成了最大的赢家，既夺取了楚国的土地，又把魏国、韩国拉到了自己的阵营，使两国不计前嫌，成了秦国最忠诚的盟友。

秦惠文王在章台宫里对大臣说：“这次秦军狠狠地揍了楚国一顿，张仪功不可没。”

大将樗里疾说：“大王，张仪动动嘴皮子，有什么功劳？”

秦惠文王说：“张仪欺骗楚国，拆散了齐楚联盟，使楚国恼羞成怒，与秦国开战，给了秦军出兵的理由。”

樗里疾说：“大王，秦国出兵不需要理由，大王只要下令，秦军随时可以出战。”

秦惠文王说：“楚军这次折兵十万，失地千里。你们的功劳我都记着，但是张仪的功劳，寡人不得不赏！”

樗里疾说：“大王，我是秦人，张仪是魏国人，大王需要更多的贤才为秦国出力，大王的心意我明白了。大王给张仪封赏，我没有意见。”

秦惠文王说："张仪听封！"

张仪上前一步，对秦惠文王施礼，说："大王，为秦国出力，我心甘情愿。封不封赏，我无所谓。这几年在秦国，大王待我不薄，大王对我的恩情，我永生难忘。"

秦惠文王说："张仪，你不要推辞了，在秦国，只要为国家出了力，必须受到封赏，这是自孝公支持变法以来，秦国立下的国策，后代秦王，必须坚持，不能有一丝一毫的改变。要是随意更改，变来变去，秦国无法可依，子民无法可以遵守，秦国灭亡之日就不远了，寡人就是大秦的千古罪人。"

张仪说："大王苦心积虑，胸怀天下，秦国有大王这样贤明的君主，是秦国之幸，是秦国子民之幸。大王的心思，臣懂了！"

秦惠文王说："张仪，赐你五座城池，赐封为武信君。"

樗里疾带头说："大王英明！"

大臣赶紧附和说："大王英明！"

樗里疾带头对张仪说："恭喜相国，贺喜相国！"

大臣跟着甘茂说："恭喜相国，贺喜相国！"

秦惠文王说："大秦国富民强，君臣和睦，寡人十分欣慰。"

章台宫里，看着气氛祥和，其实是权力的竞技场，表面和睦，其实暗流涌动，暗暗争斗。

秦国这次在楚国得到了大量的土地，秦国和楚国的矛盾十分激烈，张仪说动了秦惠文王，为了缓和秦国与楚国的矛盾，把汉中一半土地给了楚国，遭到了秦将樗里疾和甘茂的反对。秦惠文王死后，秦武王嬴荡继位，樗里疾在秦武王嬴荡面前说张仪的坏话，说张仪靠坑蒙拐骗取得了功劳，有损大秦在六国面前的形象。秦武王嬴荡在当太子的时候，就不喜欢张仪，于是，下令驱逐张仪。张仪失魂落魄地离开了秦国，回到了故乡魏国，不久，张仪就去世了。张仪死后，甘茂当上秦国的左丞相，樗里疾当上秦国的右丞相。后来，在樗里疾的打压之下，甘茂借着攻打魏国逃到了齐国。后来出使楚国，秦王向楚王要甘茂，楚王没有答应秦王，甘茂回到了魏国。甘茂在秦国的时候，把自己的封赏都给了部下，没有多少积蓄，回到魏国十分落魄。一个为秦国效命的将军，就这样穷困潦倒地死在了魏国的土地上。

第 19 章

公元前301年，孟尝君（齐国人，战国四公子之一）以宿将匡章（齐国名将，曾率齐、魏、韩三国联军攻破函谷关，迫使秦国求和）从山东南下，魏国大将公孙喜（魏国大将，参与垂沙之战，打败楚国。伊阙之战，被白起杀死）从中原南下协助，韩国大将暴鸢（韩国名将，参与垂沙之战、伊阙之战等）同路支持，在河南南部的南阳盆地集结，夺取了楚国方城、叶县。秦国趁着楚国刚刚失败，以楚国留秦为人质的太子杀人逃跑为借口，宣布不再亲楚，派庶长奂从武关出兵。

武关子民在武关官吏的督促下，热情洋溢地站在武关城街道两旁，热烈地欢送出征的秦国大军。武关子民在这座关城，见过许多伤亡的秦军将士，虽然越来越多的家庭失去了他们的儿子、她们的丈夫、他们的父亲，他们还是那么热情，盼着秦国取胜。

武关妇人的三儿子又随军出征了。

秦国庶长奂到楚国，斩杀楚军两万，取得了楚国南阳盆地东部的泌阳。武关妇人的三儿子这次不仅没有受伤，还立功受奖了，邻里到武关妇人家来祝贺。

邻里的儿子这次在战场上失去了一条腿，武关妇人来到邻里家里祝贺，说：“恭喜！恭喜！”

邻里说：“你儿子平安归来，立功受奖，你是不是高兴糊涂了，把我家当成了你家？”

武关妇人说：“我儿子虽然这次侥幸活着回来了，下次能不能回来，还说不定呢。但是你的儿子这次失去了一条腿，下次就不需要上战场与敌人厮杀了，你儿子后半辈子就保全了性命，这不是一件值得庆贺的事吗?”

邻里听了武关妇人的话，赶紧道歉说：“请你饶恕我愚钝，不要跟我一般见识，听了你的话，我茅塞顿开，淤积心中的愁云，现在烟消云散了。这是一件多么值得高兴的事，我们家庆祝的时候，请你一定要来，我要当着所有人的面，给你敬酒!”

武关妇人说：“你儿子因祸得福，我一定来。”

邻居在家里设宴，请邻里、亲戚来赴宴，邻里、亲戚说：“你儿子这次在楚国丢掉了一条腿，我们感到很悲伤，我们就不去你家喝酒了。”

邻里说：“战争还要持续很长时间，我儿子这次虽然丢掉了一条腿，但是我儿子今后就不需要上战场了，我儿子这是保全了一条命，难道不值得庆贺吗?”

邻里、亲戚听了他的话，觉得很有道理，都来他家赴宴。邻里没有食言，把武关妇人请到家，把第一杯酒，敬给了武关妇人。

秦国攻打楚国，从武关出兵，武关妇人的三儿子跟随武关军团去了楚国。秦军斩杀楚军三万余人，夺取了楚国伊川，杀死了楚将景缺。秦将庶长奂连续出击，夺取楚国中原南部八座城池，秦军战果辉煌，秦国朝野上下，一片欢腾。但是在武关城里，武关妇人却高兴不起来，武关妇人的三儿子战死在了楚国，遗体已经被秦军送回了武关。武关妇人安葬了三儿子，看着祖坟里的四块墓碑，武关妇人无言以对。

楚国内外交困，楚王望着西面的秦国，心里惶惶不安。

秦昭襄王给楚怀王写信说：“从前秦国和楚国亲如兄弟，结为亲家，可是楚国的太子在秦国杀人，还逃跑了，楚国不道歉，还把太子送到了齐国，与齐国结盟，寡人很生气，派兵几次攻打楚国，这都不是寡人的本意。如今，寡人愿意与楚国和好，帮楚国攻打韩、魏，夺回韩、魏占领的楚国土地。如果楚王愿意，我们就在武关相会，当面相约，结为同盟，这是寡人的心里话，请楚王一定要来，我们好好谈谈吧。”

楚怀王拿着秦昭襄王的来信，犹豫不决，就把大臣召集起来，说：“秦王邀请寡人去武关见面，秦国愿意与楚国结盟。寡人既怕被秦王骗了，又怕给秦王留下口实，秦王派兵来攻打楚国。”

令尹昭雎说："大王，秦王鬼话连篇，有虎狼之心，大王不要上秦王的当，楚军加强防守，准备应战秦国才是上策。"

屈原说："大王，秦国出尔反尔，没有一句实话，大王难道忘了张仪骗楚国的事了？"

楚怀王的小儿子子兰说："父王，秦王愿意跟楚国结盟，楚国怎么能忍心拒绝？按理说，秦王还是父王的外甥，论公论私，秦王都不会把父王怎么样啊。父王，还是去吧。"

楚怀王在儿子的劝说下，北上去了武关。楚怀王走的时候，楚国正是春天，山花开得非常烂漫，楚怀王看着车外楚国的大好河山，心里很不是滋味。这么多年来，楚国列祖列宗南征北战，为楚国打下了这片江山，楚国地域宽广，物产丰富，什么也不缺啊，但是到了自己手里，却受制于人，特别是秦国，夺去了楚国许多土地，自己这次与秦王会盟，但愿能达到最起码的要求。要是楚国与秦国结为盟友，韩、魏两国，就必须把吞并楚国的土地吐出来。楚怀王想到这里，心里的顾虑减轻了许多。

楚怀王到武关与秦昭襄王会盟的消息传到了屈原耳朵里，屈原骑着快马，追啊，追啊，追到一座山岗，追上了楚怀王。屈原拦住楚怀王，说："大王，秦王的话，大王怎么能信呢？大王，请听我一句劝，赶紧回楚国，做好抵御秦国的准备吧。"

楚怀王说："寡人已经决定了，为了楚国，就是虎穴龙潭，寡人都要去闯。"

屈原说："大王，这一去，恐怕臣没有再见大王的机会了，请大王三思！"

楚怀王说："屈原，为了楚国，寡人已经把个人生死置之度外了，让开，让寡人走！"

楚怀王说着，离开了屈原。

屈原西望武关，南眺郢都，看着楚怀王的背影，仰天长叹："大王，您已经被秦王骗了，为什么就听不进我的劝告呢？"

楚怀王从中原调头向西，来到了秦国南大门武关，只见武关城头上插着秦王的旗帜，楚怀王到了武关东城门前，早有秦军站在城门口，列队迎接。

秦军小校说："楚王，秦王已经在武关等大王多时了，您请!"

楚怀王看了看武关，看了看秦军小校，放心地进了武关城。

楚怀王进了武关，左等右等，不见秦王。秦王玩什么把戏，寡人已经到了，秦王为什么不来？楚怀王正在左思右想的时候，一个下级官吏带人列队迎接，施礼说："楚王，旅途劳顿，辛苦啦!"

楚怀王说："秦王呢？"

官吏说："回楚王，秦王偶感不适，先回咸阳了。"

楚怀王说："秦王不是说在武关见面吗？"

官吏说："秦王走的时候，让我对楚王说，请楚王委屈一下，一定到咸阳与秦王见面。"

楚怀王回头一看，秦军已经关上了关门，楚怀王说："你们要干什么？"

官吏说："楚王是秦国的客人，秦国必须保证楚王的安全啊。请楚王去咸阳，秦王在咸阳等候着见楚王呢。"

楚怀王说："秦王这个外甥，没大没小，舅舅到了武关，秦王竟然溜回了咸阳，等寡人到了咸阳，看寡人怎么收拾呀。"

官吏说："请楚王去咸阳吧。"

楚怀王现在知道自己被骗了，对着楚国喊："屈原啊屈原，我误解了你啊!"楚怀王悔恨得大叫三声，后悔不已，但是，现在有什么用呢？

武关子民看着楚怀王，子民甲说："这个老头就是楚王呀？"

子民乙说："是啊。"

子民甲说："楚国人真老实，好骗得很。"

子民乙说："不是楚国好骗，而是楚国一直对秦国抱有幻想，总想利用秦国，在韩国、魏国那里讨便宜。"

子民的话传到了楚怀王耳朵里，楚怀王又气又羞，这么简单的道理，子民都知道，自己堂堂一个王，竟然糊涂到了这个地步，还有什么资格号令楚国子民呢？

楚怀王说："放寡人出关！寡人要回楚国。"

官吏说："楚王，没见秦王，我不能放楚王出关。"

楚怀王说："寡人不走了，你能把寡人怎么样？"

官吏说："楚王，不要难为我。"

楚怀王说："寡人就难为你了，你能把寡人怎么样？"

官吏说："楚王，不要怪我失礼了。"官吏对楚王说完，对秦军说："送楚王去咸阳！"

一队秦军走了过来，秦军头领对楚怀王说："楚王，请吧！"

楚怀王在秦军挟持下，离开了武关，去了咸阳。

楚怀王到了咸阳，登上了章台宫，见了秦王，怒气冲冲地问："寡人要回楚国！"

秦昭襄王说："舅舅，既然来了，就多住一段时间吧。"

楚怀王说："外甥，国事繁忙，寡人一刻也耽搁不起啊。"

秦昭襄王说："舅舅年纪大了，巫郡、黔中郡要是顾不上管了，就交给外甥管理。秦国和楚国是亲戚啊，舅舅交给外甥管理这两个地方，舅舅还有什么不放心的？"

楚怀王说："外甥，这两个地方对楚国十分重要，那是楚国先祖留下的土地，外甥怎么好意思开口要呢？"

秦昭襄王说："舅舅，你给还是不给，明确地给外甥答复一下吧。"

楚怀王说："外甥，做梦去吧。"

秦昭襄王说："舅舅，外甥还有事情，舅舅回驿馆休息去吧。"

楚怀王说："你——"

秦昭襄王起身已经离开了楚怀王。原来秦昭襄王把自己骗到这里，是为了让自己把楚国的土地给秦国呀。秦王，你做梦去吧。楚王看着秦王的背影，破口大骂，说："秦王，这个骗子！想让寡人给秦国土地，做梦去吧。"

任凭楚怀王在秦王宫里咆哮，就是没有人理楚怀王。

楚怀王被软禁在秦国驿馆里的消息传到了楚国，楚国大臣商议说："秦王这次又骗了楚国，想拿楚王换楚国的巫郡、黔中郡，楚国不能一错再错了，楚国必须从楚王的公子中，重新挑一个人当王。"

令尹昭睢说："太子是王位继承人，要是随意更换，楚国必然大乱。"

大臣说："太子在齐国当人质，楚国去齐国要太子，齐国威胁楚国怎么办？"

令尹昭睢说："楚国不派人去试一试，怎么会知道不行呢？"

大臣说："好吧。"

楚国派使者到了齐国，见到了孟尝君，孟尝君对楚国使者说："你来干什么？"

楚国使者说："我来请太子回楚国呀。"

孟尝君说："太子这个时候回楚国，我不答应。"

楚国使者说："秦国把楚王扣留在了秦国，楚国不能一日无王啊。"

孟尝君说："楚国言而无信，屡次上秦国的当，一直对秦国抱有幻想，多次与齐国结盟，多次在秦国挑拨下，与齐国反目，楚王被秦国欺骗，楚王罪有应得，想让我放了楚国太子，楚国做梦去吧。"

楚国使者说："只要放太子回国，大人提什么条件，楚国都答应。"

孟尝君说："齐国要楚国的土地，楚国答应吗？"

楚国使者说："齐国放太子回楚国，太子回了楚国就是王，齐国要的土地，当然少不了齐国的。"

孟尝君说："好吧，让太子来了，再给齐国一个肯定的答复吧。"

孟尝君派人把楚国太子请来后，孟尝君说："太子，齐国现在放你回去，楚国使者答应给齐国土地，你看怎么样呢？"

楚国太子说："没问题，等我回到楚国当了王，楚国使者答应给齐国的土地，楚国一寸也不少。"

孟尝君说："好，一言为定，楚国太子，你可以与楚国使者一道回楚国了。"

楚国太子回到了楚国，继承了王位，他就是楚顷襄王。

孟尝君马上派使者到了楚国，楚顷襄王说："齐使来楚国，有什么事吗？"

齐国使者说："楚王真是贵人多忘事，忘了在齐国对孟尝君的承诺了吗？"

楚顷襄王说："寡人说什么了？"

齐国使者说："楚王当着孟尝君的面，答应把楚国的土地给齐国呀。"

楚顷襄王说："祖先的土地，寡人怎么能轻易给人呢？这话寡人从来没有说过。"

齐国使者说："楚王，不能过河拆桥，像秦王一样忘恩负义。"

楚顷襄王说："不要在这里胡言乱语，你没有资格指责寡人。"

齐国使者说："秦国骗了楚国，楚王拿秦国这一套来对付齐国，楚王想错了！"

齐国使者离开了楚国，回到了齐国，对孟尝君说："楚国耍赖，答应了齐国的土地，楚国现在不给齐国了。"

孟尝君说："岂有此理！发兵攻打楚国！"

齐国派兵攻打楚国，楚国坚守城池，齐国攻打了一阵，没有攻破楚国的城池。齐国担心魏国、韩国与秦国联手攻打齐国，齐国一无所获，只好撤回了齐国。

秦昭襄王朝议的时候，接到了武关守将的奏报，秦昭襄王打开一看，恼羞成怒地说："楚国竟然给寡人来了这一手，十分可恶！"

大臣问："大王，楚国怎么对待秦国呢？"

秦昭襄王说："楚王还在秦国，楚国就立了新王，你说楚国可恶不可恶？"

大臣说："大王，秦国必须出兵，教训教训楚国，否则，秦国的颜面何在！"

秦昭襄王说："对，出兵武关，攻打楚国。"

秦军接到秦昭襄王的命令后，带着武关军团从武关出兵。武关妇人的四儿子随秦军出征楚国了，武关妇人站在武关东门，看着儿子，心里很不是滋味。武关妇人的儿子已经随军走远了，武关妇人还站在武关东门口，傻呆呆地看着。

武关东门的士卒看着武关妇人，说："秦军已经走远啦，你回去吧。"

武关妇人说："回去也睡不着，还不如在这里多待一会儿。"

武关士卒说："好吧，你想待多久就待多久吧。"

楚顷襄王接到奏报，马上进行朝议，楚顷襄王说："秦王知道楚国立了新王，十分震怒，秦国现在从武关出兵，攻打楚国，这次，楚军必须全力以赴，打败秦军，使秦国不敢藐视楚国。"

楚国大臣说："秦国做了亏心事，竟然明火执仗进攻楚国，大王，下命令吧。"

楚顷襄王说："命令三军，迎战秦军。"

楚国大臣说："诺！"

楚军三军北上，在南阳西侧与秦军对峙。

秦军三通鼓之后，向楚军发起进攻，楚军很快就败了下来。秦军连续作战，跟在楚军后面追，一口气攻取了楚国南阳盆地西侧十五座城池，斩首了楚军五万余人，才停止了进攻。

秦军教训了楚军，胜利班师，返回了武关。秦军把武关妇人四儿子的尸体又送了回来，武关妇人在祖坟安葬了四儿子，祖坟现在已经立了五块墓碑了。

楚军逃回了都城，楚顷襄王生气地说："楚军失败了，向秦国讨要楚王就没有了希望。你们辜负了楚王多年来的信任。"

楚国大臣悄悄地对楚顷襄王说："不是大王您不想救楚王回国，而是秦国强大，楚国无能为力呀。"

楚顷襄王听着叹了口气。

楚国大臣又悄悄地说："楚军要是打败了秦军，秦王真的把楚王送回来，大王您在楚国可怎么办呢？"

楚顷襄王听了大臣的话，顿时心平气和了。

到了第三个年头，楚怀王逃出了咸阳，逃到了赵国，站在赵国城下，楚怀王说："我是楚王，请告诉赵王，让寡人进城。"

城上的小校赶紧报告了赵王，赵王说："快让楚王进来吧。"

赵国太子说："父王，不能放楚王进城。"

赵王说："为何？"

赵国太子说："要是放楚王进了城，秦国攻打赵国怎么办呢？"

赵王说："好吧，让楚王赶紧离开赵国吧。"

赵国太子说："父王，我去给楚王解释吧。"

赵王说："好吧，省得寡人去了，抹不开面子。"

赵国太子上了城头，见到了楚怀王，只见楚怀王蓬头垢面，显得十分苍老，太子鼻子发酸，但是为了赵国，只好硬着心肠，说："楚王，不是赵国不让楚王进城，实在是赵国经不起秦国打击，请楚王还是离开赵国，到其他国家去吧。"

楚怀王说："寡人好不容易从秦国逃出来了，要是赵国不让寡人进城，寡人就被秦国抓去了。"

赵国太子说："楚王，我理解您的处境，请您也为赵国想想吧。"

楚怀王说："好吧，都是秦王把人害的。"

楚怀王只好离开赵国。

楚怀王心里异常凄凉，自己堂堂国君，现在落魄到了这个地步。楚怀王想起了故国，想起了往日高高在上的生活，心酸得老泪纵横，无法言说，自己一失足成了千古的笑话，既然从秦国逃出来了，必须想方设法逃回楚国，找秦昭襄王报仇。楚怀王想到这里，来了精神，加快了赶路的速度。

一阵马蹄声由远及近，从后面赶了上来。

楚怀王心想，糟了，糟了，秦军追上来了。但是楚怀王没有停步，继续赶着马车。

秦军在后面喊："楚王，你跑不了啦，快停下来！"

楚怀王抓住缰绳，喊着："驾！驾！驾！"

秦军追了上来，拦住了楚怀王的去路。

秦军头领说："楚王，从秦国不辞而别，私自逃跑，如今不是秦国的客人，是秦国的俘虏。"

楚怀王说："论公，寡人是楚王；论私，寡人是秦王的舅舅。秦军不得无礼。"

秦军头领不理楚怀王，对随从说："你们还等什么？将楚王绑起来。"

楚怀王说："寡人强烈抗议！"

秦军士卒将楚怀王绑了起来。

秦军首领说："带走！"

秦军押着楚怀王进了咸阳城，咸阳子民看着楚怀王。

子民甲说："跑呀，咋不跑了？就是跑到天涯海角，秦王也有办法逮回来。"

子民乙说："既然秦王请来了，为什么不老老实实待在秦国？为什么要跑呢？这下好了，楚王当不成了，成了俘虏，说出去多难听啊。"

子民丙说："楚王跑了就放他走吧，楚国已经新立了王，放他回去，楚国就乱了，秦国还可以趁机攻打楚国，我们还能立功受赏。”

秦国子民讥讽楚怀王的话，多如牛毛。子民暗暗地夸秦昭襄王聪明，不发一兵一卒，就能把楚怀王从楚国骗到秦国，要是秦国要天上的星星，秦昭襄王动一下口，都能将星星从天上说下来呢。

楚怀王到了咸阳，就被关押了起来。

楚怀王病了，加上水土不服，楚怀王在秦国病逝了。楚怀王的遗体被秦国送回楚国，楚国子民痛哭不已。

子民哭着说：“大王啊大王，为了楚国忍辱负重，宁死也不答应给秦王土地，秦王这个大骗子。”

诸侯听说楚怀王死在了秦国，骂着：“秦昭襄王这个忘恩负义的家伙，什么手段都能使出来，自己的舅舅都骗，何况其他人？再跟秦国来往，迟早都会上秦昭襄王的当，还是早点儿跟秦国断绝了关系为好。”

诸侯都跟秦国绝交了。

秦昭襄王朝议的时候，大臣说：“大王，诸侯现在跟秦国绝交了。”

秦昭襄王说：“是不是觉得寡人做得过分？”

大臣说：“大王，臣不敢妄议国政。”

秦昭襄王说：“谅你们也没有这个胆子。”

大臣说：“大王，秦国现在怎么做呢？”

秦昭襄王说：“秦国有强大的军队，有无坚不摧的弓弩，还愁六国不巴结秦国吗？”

大臣说：“大王言之有理。”

第20章

秦昭襄王站在章台宫外，望着东方，对身边的大臣说：“舅舅已经死了三年，为了让他老人家安心离去，寡人一直强忍没有对六国动武，但是六国不识好歹，把寡人的好心当成儿戏。寡人不能再继续纵容六国这样藐视秦国，秦国必须出兵把六国中间一个教训一下，让六国知道，六国三年的安逸日子，是秦国给的。”

大臣说：“大王，秦国的子民早就盼着大王出兵六国。”

秦昭襄王说：“白起，去攻打韩国吧。”

战神白起说：“诺！”

战神白起领兵离开咸阳，经过商於之地，来到武关。武关军团随白起出战。武关军民在武关官吏安排下，列队相迎。子民只见白起器宇轩昂，目光如炬。秦军军容整齐，气势宏大。子民看着异常激动。子民在官吏带头下，向白起致意，高呼：“战神白起，百战百胜！所向无敌，韩国必败！”

战神白起举起宝剑，向武关官吏与子民还礼，说：“秦王威武，秦军必胜！”

武关官吏与子民马上改口，说：“秦王威武，秦军必胜！”

武关子民在官吏的带领下，大声地欢呼，欢呼声震耳欲聋，在武关回响。

武关妇人的五儿子随战神白起去征战，武关妇人来到战神白起面前，说：“将军，我有事问问您，不知道您有空吗？”

战神白起说：“请讲！”

武关妇人说：“将军，我的四个儿子已经战死在了楚国。”

战神白起说：“您是秦国最伟大的母亲，我替秦王感谢您呀。”

武关妇人说：“将军，大家都叫您战神。”

战神白起说：“不敢当！”

武关妇人说：“我的儿子这次跟着您，您能不能保证他平安回来？”

战神白起说：“到了战场上，我会告诉您的儿子，学会怎么打击敌人，如何保护好自己。请您告诉我，您的儿子是哪位？”

武关妇人把自己的儿子指给战神白起，战神白起对武关妇人说：“好的，我知道啦。”

战神白起大军离开了武关，武关妇人还站在武关东门，看着白起大军的背影，等看不见了，武关妇人回到家里，安慰自己说：“儿子这次跟着战神白起，必定不会有什么闪失。”

战神白起大军来到了韩国。

韩王知道白起来攻，顿时吓坏了，马上朝议，对大臣说：“楚王死了，韩国没有非议这件事啊，秦王为什么首先要攻打韩国呢？”

大臣说：“大王，秦王仗着有兵，秦国出兵不需要理由。”

韩王说：“爱卿，咋办呢？”

大臣说：“大王，出兵迎敌！”

韩王说：“爱卿，这次来的是秦国战神白起呀。”

大臣说：“大王，不管秦王派谁来，韩国都要出兵应战呀。”

韩王说：“爱卿，打与不打，结果都是一样的。”

大臣说：“大王，要是韩国不打，韩国就在六国面前没有面子了，秦国就会更加有恃无恐，进攻韩国，索要土地，韩国灭亡就不远了。”

韩王说：“好吧，三军出兵迎战秦军。”

这一年，正好是公元前 293 年，果然没有出韩王意料，白起在伊阙（今河南洛阳龙门）大获全胜，斩杀韩魏士卒二十四万，为秦国夺回了许多战略物资，战车都拉得满满的。许多与白起一起出战的武关军团士卒，这次都安然无恙，平安归来了，但是，武关妇人的五儿子却死在了伊阙。

武关妇人找到了白起，说：“将军，您不是向我保证，我儿子这次能平安归来吗？”

白起说：“我只向您说过，我保证告诉您的儿子怎么有效保护自己，但是我不能预料您儿子的生死。"

武关妇人说："将军，您是战神啊。"

白起说："我其实与您一样，都是人。"

武关妇人眼巴巴地望着白起，白起说："节哀！保重！"

白起率大军离开了武关，武关妇人在祖坟里安葬了第五个儿子，武关妇人的心在滴血。

秦国下一步，该向谁下手呢？六国坐立不安，惶惶不可终日，这种提心吊胆的事，真的不好熬呀。现在打又打不过，如何讨好秦国，使秦国不要攻打，诸侯想方设法。

白起打败了韩国，秦昭襄王站在章台宫上，说："六国知道秦国的厉害了吗？六国谈起秦国，没有一个不变脸失色的，楚国那么大，楚王又不会治理，还不如让楚王把土地给秦国，让秦国帮楚王料理吧。"

大夫说："大王，好啊。"

上大夫说："大王，啥时候出兵？"

秦昭襄王说："六国都是惊弓之鸟，不需要出兵，寡人给楚王写封信，把寡人的意思告诉楚王，楚王自然就会明白该怎么做。"

秦国大臣说："大王，好玩，好玩。"

秦昭襄王马上给楚顷襄王写了一封信，派信使送给了楚顷襄王，楚顷襄王接到秦昭襄王的信后，就像接到了烫手的山芋，秦国刚刚打了韩国，这么快就把枪口对准了楚国，要是处理不当，招来了秦军，楚国就没有好日子过。楚顷襄王把大臣召集起来，进行朝议。

楚顷襄王说："诸位爱卿，大事不好！"

大臣问："大王，何事？"

楚顷襄王说："秦国在伊阙取得胜利，秦昭襄王说楚国背叛秦国，将要率领诸侯军来攻打楚国，秦昭襄王提前通知寡人，让寡人做好准备。"

大臣说："大王，秦王讹诈，不必担心。"

楚顷襄王说："楚国如果打不过秦国，可以与秦国讲和。"

大臣说："大王，秦国骗去老楚王，又夺楚国的土地，楚国跟秦国讲和，多没面子。要是秦国再让楚国割土地，大王该怎么办呢？"

楚顷襄王说："是啊，咋办呢？"

大臣们想了想，终于想出了一个好办法，说："大王不是还没有娶媳妇吗？"

楚顷襄王说："爱卿，事情已经火烧眉毛了，寡人还有心思娶媳妇吗？"

大臣说："大王，你听我把话说完吧。"

楚顷襄王说："爱卿快说。"

大臣说："大王从秦国娶一个媳妇，楚国不是就跟秦国成了亲戚，秦国就不会攻打楚国，你说这个计策怎么样呢？"

楚顷襄王说："爱卿，秦国是楚国的仇人，寡人娶秦国公主，五国会不会笑话楚国？"

大臣说："大王，此一时，彼一时，只要能渡过眼前这关，就不要顾虑别人的感受了。"

楚顷襄王说："好，谁去秦国为寡人求亲呢？"

大臣说："大王，这个主意是臣出的，就由臣去秦国吧。"

楚顷襄王说："好，有劳啦。"

楚顷襄王将丰厚的礼物交给楚臣，楚臣拿着楚顷襄王写好的信，来到了武关。

武关守将问："干什么的？"

楚臣说："我是楚臣，到秦国帮楚王求亲的。"

武关守将说："在关外等一下，等查验之后，再放你入关。"

楚臣说："没事，你例行手续，不着急。"

武关守将开了关门，一队秦兵来到楚臣的队伍前，将所有东西齐齐查验了一番，对武关守将说："将军，都是求亲的礼物。"

武关守将站在关门上说："放行！"

楚臣带人进了武关，秦军就关上了武关东门。楚臣带着队伍一直走到了咸阳，觐见了秦昭襄王，秦昭襄王问："楚国使者，楚国有什么事？"

楚臣说："秦王，楚王正值青春年少，尚未婚娶，愿意娶一位秦国公主，与秦国结为永远的盟友，不知秦王意下如何？"

秦昭襄王说："楚王把聘礼带来了吗？"

楚臣说："秦王，楚王的聘礼就在宫外。"

秦昭襄王说："拿进来，让寡人瞧瞧。"

太监说："拿聘礼！"

候在外面的楚人，将聘礼带进了宫，秦昭襄王来到聘礼前，楚臣指着聘礼说："秦王，这是象牙！"

秦昭襄王说："好东西！"

楚臣说："秦王，这是珍珠。"

秦昭襄王说："好啊！"

秦昭襄王看过聘礼，说："楚王诚心诚意要娶秦国公主，寡人不能驳了楚王的面子，必须大力支持楚王。行，这件事就这么说定了。"

秦昭襄王接了聘礼，把后宫嫔妃召集起来，秦昭襄王说："告诉你们一个天大的喜事。"

嫔妃说："大王，是不是又要将公主远嫁啊。"

秦昭襄王说："公主就是国家的政治筹码，公主嫁人，没有选择的余地。"

嫔妃说："大王，不知道这次是嫁到哪里？"

秦昭襄王说："秦国与楚国是亲戚，秦国公主当然是要嫁给楚国了。"

嫔妃说："大王，秦国与楚国开战的时候，公主在楚国就遭殃了。"

秦昭襄王说："你们不要说了，公主有公主的使命。"

嫔妃说："大王，公主可是大王的女儿呀。"

秦昭襄王说："正因为是寡人的女儿，公主必须服从寡人的安排。你们回去做好公主的工作，将适龄公主，给寡人报上名来。"

嫔妃只好说："诺！"

嫔妃回到寝宫，把秦昭襄王的命令给女儿一说，女儿哭哭啼啼，没有人愿意去楚国，但是也没有办法，等适龄公主名册报到秦昭襄王手里，秦昭襄王从公主中挑了一个地位相对低下的公主作为楚顷襄王的新娘。其他嫔妃来到被选中的公主寝宫，对她的母亲说："你们公主就要当王后了，我们真的羡慕你们呀！"

公主的母亲说："但愿到了楚国，能在楚国得到幸福，我就放心了。"

其他嫔妃说："秦国这么强大，公主到了楚国，楚王不敢将公主怎么样。"

公主的母亲说："大王一心想要吞并楚国，公主到了楚国就会处处受气。"

其他嫔妃说："这就是公主的使命，我们再担心有什么用呢？"

秦昭襄王择日将公主嫁给楚顷襄王，公主离开咸阳的时候，看了咸阳最后一眼，去了楚国。

此后秦楚关系进入了最好的时期，你来我往，关系融洽，让五国诸侯看着羡慕不已。

一天，楚顷襄王带着两个小太监，悄悄地出了王宫，在都城里闲转的时候，听见四五个子民在一起谈论着什么，楚顷襄王若无其事地站在一边，听着他们的谈话。

子民甲说："秦国仅凭一个国家的实力，就把六国吓得要死，秦国太厉害了，令我佩服。"

子民乙说："楚国采用和亲的方式，与秦国结盟，楚国抱着秦国这棵大树，其他国家就不敢把楚国怎么样了，大王真的很聪明。"

子民丙说："大王忘了秦国是虎狼之国，忘了怀王之痛，楚国这种安稳的日子是不会长久的。"

子民丁说："秦王骗不骗大王，跟子民有什么关系？在这个乱世，子民过一天安稳的日子就是一天安稳的日子，有什么嫌弃的？"

子民甲说："楚国先祖以前都是有血性的人，怎么到了现在，就学会了向秦国献媚讨好，忘了秦国在楚国犯下的滔天罪行了呢？身为楚人，感到憋屈。"

子民丙说："楚国是大王的，大王都不在意，做子民的在意有什么用？"

子民乙说："就是，就是，吃的饭不多，想的事还多，累不累啊。"

小太监说："闭嘴！大王的格局与韬略，岂能向你们说明？国家大事，你们知道什么？要是再信口开河，小心割了你们的舌头！"

子民说："楚国不仅是大王的楚国，也是子民的楚国，谁不希望国家强大？子民没有恶意，子民为楚国着急。"

小太监说："咸吃萝卜淡操心！掌嘴！"

楚顷襄王说："算了，回宫！"

子民看见楚顷襄王，连忙跪下，赔罪说："大王恕罪!"

楚顷襄王没有理子民，转身就走了。两个小太监跟在楚顷襄王的后面，朝宫里走。子民的话使楚顷襄王又想起父亲楚怀王被秦国欺骗，客死秦国的事。楚顷襄王回到王宫，将大臣召集起来，进行朝议。

楚顷襄王说："诸位爱卿，秦王欺我父王年老，将我父王诓骗到咸阳，妄想让我父王答应割让土地，我父王以死报国，秦王的阴谋没有得逞。那时寡人年幼，想为父王报仇，但是，楚国局势不稳，寡人就暂时忍了下来。如今，寡人已经长大成人，楚国这么多年休养生息，国力恢复很快。这件事情压在寡人胸口已经很多年了，寡人要替父王报仇，重振楚国雄威！仅凭楚国，还不能彻底将秦国打败，夺回秦国侵占楚国的土地，楚国要联合齐国、韩国，进攻秦国。"

大臣说："大王，楚国跟秦国结盟还没有多长时间，好不容易有了发展生产的大好环境，暂时还要积蓄力量，还不是跟秦国开战的时候啊，大王，请三思啊。"

楚顷襄王说："爱卿，不要劝了，寡人已经决定了。"

无论大臣说什么，楚顷襄王都没有改变主意。

楚顷襄王说："爱卿，谁愿意出使齐国?"

大臣说："大王，还是臣去。"

楚顷襄王说："好，马上出发，前往齐国、韩国，与齐王、韩王约定，楚国与齐国、韩国共同讨伐秦国。"

大臣说："诺!"

当天，楚国大臣就从楚都出发，首先来到了韩国，韩王说："楚国与秦国是一伙的，楚王派你来，有什么目的?"

楚国使者说："韩王，秦国是韩国的敌人，也是楚国的敌人，楚王想要与韩国联手，攻打秦国。"

韩王说："秦王把女儿嫁给了楚王，楚国与秦国是儿女亲家，楚王为什么要攻打秦国?"

楚国使者说："楚王忘不了父王被秦王骗去了秦国，更忘不了蓝田之战，秦国夺取了楚国南阳西侧之地。韩王，秦将白起战胜韩国还没有多久啊，韩王不会忘记韩国伊阙之辱吧?”

韩王说：“只要楚国诚心诚意出兵攻打秦国，韩国愿意与楚国联手，助楚国一臂之力。”

楚国使者说：“韩王，就这样说定了，等我从齐国回来，韩楚共同伐秦。”

韩王说：“好吧。”

楚国使者离了韩国，来到了齐国，齐王问：“楚王派你来，有什么事?”

楚国使者说：“齐王，楚国已经联络韩国，楚国准备与齐国、韩国联手，攻打秦国，齐王以为如何?”

齐王说：“楚王三心二意，对秦国一直抱着幻想，到时楚国出卖齐国，再与秦国联手，攻打齐国，齐国不是搬起石头砸自己的脚呀。”

楚国使者把对韩王说的话又对齐王说了一遍，齐王说：“楚王还是一位有血性的王，就凭楚王这一点，齐国答应出兵。”

楚国使者与齐王约定了出兵日期，马不停蹄，离开了齐国，在路过韩国的时候，把约定出兵的日期告诉了韩王，楚国使者就离开了韩国，返回了楚国。

楚顷襄王派使者，联合齐国、韩国出兵攻打秦国的消息很快就被秦国的密探知道了，秦国密探连忙把这个消息传回秦国。秦昭襄王得到消息，马上把大臣召集起来，秦昭襄王说：“都是寡人把楚王惯坏了，寡人把女儿嫁给他，还多次与楚王聚会，在六国帮楚王树立威信，没想到楚王竟然要联合韩国、齐国攻打秦国!”

大臣说：“大王，秦国将士的武器都要生锈，秦国的战马壮得像老虎，正好拿楚国人的脖子磨一磨武器，让秦国的战马撒开四蹄到楚国溜达一下呀。”

秦昭襄王说：“爱卿，好啊，秦国已经休养三年，早就做好战斗准备，就让秦国的军队踏平楚国的土地，秦国的战马吃掉楚国的庄稼，再为秦国的军队增加收入，用楚国的珠宝、美食充盈秦国的府库吧。”

大臣说：“诺!”

周赧王也知道楚国准备联合齐国、韩国讨伐秦国，并借机图谋周朝。周赧王派武公来到楚国，武公先见楚国宰相昭子，昭子说：“武公，你来楚国有什么事吗?”

武公说:“大人,听说楚王联合齐、韩,借机图谋周朝呀。”

昭子说:“武公,楚国不会图谋周朝,只想为先王报仇,雪耻蓝田之战。”

武公说:“大人,楚国联络韩国、齐国伐秦的事情已经败露,秦国已经做好准备,准备率先向楚国动手。”

昭子说:“武公,我劝劝楚王,让楚王放弃这个计划。”

昭子见了楚顷襄王,说:“大王,楚国联合齐、韩讨伐秦国的计划已经被秦国知道,秦国准备先下手为强,攻打楚国。楚国偷袭不成,不如固守本土,做好抵御秦军的准备。”

楚顷襄王说:“这么周密的计划,秦国怎么能知道呢?”

昭子说:“大王,周王派武公来楚国,已经告诉了我,我就马上来告诉大王啊。”

楚顷襄王说:“寡人已经跟韩国、齐国联络好,现在半途而废,说不过去吧。”

昭子说:“大王,您现在派人去向韩国、齐国通知一下,还来得及啊。”

楚顷襄王说:“好吧,只得如此。”

楚顷襄王听了昭子的建议,放弃了联合齐国、韩国讨伐秦国的计划。但是,秦昭襄王对楚顷襄王的做法十分震怒。楚国背信弃义,楚顷襄王做事这么离谱,竟然不顾秦楚之好,公开挑战秦国,要是秦国听之任之,六国都学楚国的样子,秦国不是要同时抵御六国了?秦国与其坐以待毙,不如先下手为强,对楚国动手。

秦昭襄王在朝议的时候,对大臣说:“爱卿,楚王太令寡人失望。”

大臣说:“大王,楚王是不是听了小人蛊惑,才贸然行事?”

秦昭襄王说:“寡人不管,寡人要伐楚。”

大臣说:“大王,楚国已经做好准备,等楚国松懈之后,秦国再出兵也不迟。”

秦昭襄王说:“好吧。”

楚顷襄王已经做好抵御秦国的准备,楚顷襄王等啊等,没有见秦国有所动作,慢慢地放松了对秦国的戒备。

第21章

秦昭襄王朝议的时候，对大臣说："楚国胆大包天，上次竟然联合韩国、齐国，准备偷袭秦国，楚顷襄王虽然被武公给劝住了，楚国的计划没有得逞，但是这口气一直憋在寡人的胸口，憋得寡人难受。楚国已经放松了戒备，正是秦国出兵的大好时机。"

大将司马错说："大王，秦军已经准备好，就等着大王下令。"

秦昭襄王说："爱卿，好啊，这次从哪里进攻楚国呢？"

司马错说："大王，我愿率领陇西军，攻取楚国的黔中郡，不知大王意下如何？"

秦昭襄王说："司马错将军，寡人就在咸阳，等着将军凯旋的消息。"

司马错说："诺！"

司马错回到陇西郡，率领秦军从陇西郡出发，翻越岷山、摩天岭山、云贵高原，朝楚国黔中郡奔袭。黔中郡地处楚国南部，这里没有发生过大的战争，楚国虽然沿路设有许多关隘，但是楚军的守军麻痹大意，疏于防守，所有的关隘形同虚设。司马错带领陇西军势如破竹，轻轻松松地进入了楚军腹地。秦军从天而降，楚国守军瞠目结舌，仓促抵抗，秦军都是精锐，楚军都是封地上的私家军，根本就与秦军不是一个级别的，楚军一触即溃，落荒而逃。司马错轻轻松松地占领了楚国黔中郡，秦军的给养得到了及时补充，司马错孤军继续向楚国进攻。楚军不堪一击，不断败退。楚王没有办法，只好派出使者来到了秦国。

秦昭襄王问："楚国使者，交战当中，到秦国为了什么事？"

楚国使者说："秦王，楚王知错了，特派我来向您认错。"

秦昭襄王说："楚王吃了豹子胆，竟然敢打秦国的主意，这次寡人不给楚王点颜色，是不会罢手的。"

楚国使者说："秦王，秦军已经占领了楚国黔中郡，楚王为了表达自己的诚意，愿意割让上庸和汉江以北的土地给秦国，楚王只请求秦军能够从楚国尽快地撤军。秦王，楚王的条件已经很优厚了，请秦王体谅楚王的难处吧。"

秦昭襄王说："好吧，你回去告诉楚王，看在楚王是寡人女婿分上，这次寡人暂且饶楚王一回，要是楚王执迷不悟，再做出出格的事情，下次寡人就不会这么简单地了事。"

楚国使者说："秦王，楚王经过这件事，已经领教了秦国的厉害，楚王说什么都不会跟秦国开战。秦王，你的大恩大德，等我回到楚国，一定对楚王说。"

秦国答应罢兵。司马错接到秦昭襄王的命令，心里一百个不愿意，但是，司马错不能违抗秦昭襄王的军令，要是违抗了的军令，就是谋反之罪。司马错看着大好的前景就这么完了，虽然不甘心，也只得从楚国撤军。

司马错回到了咸阳，秦昭襄王在朝议上高兴地说："司马错，你是大秦的功臣，寡人要重重嘉奖你。"

司马错说："大王，臣仰仗大王天威，攻破了黔中郡，那是大王的功劳，臣只不过代替大王领兵去了而已，没有什么值得夸耀的。"

秦昭襄王说："将军，你不要过谦了。封赏必须给，要是将士们取得了功劳，为大秦夺取了土地，寡人再吝啬封赏，还有谁愿意为寡人效力呢？"

大将司马错只得顺着秦昭襄王的意思说，司马错说："大王英明，臣肝脑涂地，也在所不惜。"

秦昭襄王不仅升了司马错的官，还给了许多封赏。司马错回到家里，一直闷闷不乐，亲信问："将军，大王给了将军那么多封赏，将军还不满足吗？"

司马错说："要不是大王将我召回，这次我在楚国，一定能夺取更多的土地。"

亲信说："将军，你打的毕竟是大王的女婿，大王只想把楚王教训一顿，让楚王不要与秦国为敌就是。”

秦昭襄王在朝议的时候，对白起说：“白起将军，司马错将军为寡人夺取了巴蜀、黔中郡，还有上庸、汉江以北的土地，司马错将军功劳不小啊。”

白起说：“大王，司马错将军威武，是我学习的榜样啊！”

秦昭襄王说：“白起将军，你帮寡人再教训一下楚国吧。”

白起说：“诺！”

白起出了宫，回到军中，将部将都召集起来，说：“将军们，立功的时候又到了。”

部将说：“好啊，我们已经等不及了。”

白起说：“将军们，这次从武关出发，沿汉江东下，直插楚国中心地区，你们以为如何？”

部将说：“楚国地广人多，将军这样做，是不是太冒险了？”

白起说：“司马错上次进攻黔中郡带了二十万人马，秦军这次东下，准备带三万人马。我们要为秦国带来更大的成果，让大王看看我们的能耐。”

部将说：“将军战无不胜，攻无不克，有将军在，秦军还有什么可担心的？”

白起整军离开了咸阳，带着三万人到了商於之地，又带上武关军团，准备从武关出发的时候，武关妇人的六儿子要随白起出征，武关妇人对白起说：“将军，又见面了。”

白起说：“你还好吗？”

武关妇人说：“将军，我一个老太婆，好与不好，已经无所谓了。”

白起说：“你有什么事，请讲吧。”

武关妇人说：“将军，这次能不能保证我这个儿子平安归来呢？”

白起说：“你的事我已经知道了，这次无论如何，我也要让你这个儿子平安归来。”

武关妇人说：“将军，多谢！”

白起大军离开了武关，沿着汉江东下，到了汉江北岸，士卒搭建了浮桥，寻找到了船只，渡过了汉江。

白起站在汉江南岸，看着士卒顺利过了江，对部将说："拆除浮桥，烧毁船只。"

部将说："将军，要是秦军遇上楚国大军，秦军拆了浮桥，烧了船只，不是就没有退路？将军，再考虑考虑。"

白起说："楚军每次作战，都有后顾之忧，担心自己的财产、家人，处处为自己考虑，没有下狠心与秦军作战。秦军这次断了后路，士卒没有退路，只能向前，不敢后退，秦军打败楚军，就更有底气。"

部将说："将军英明！"

白起大军过江后，攻取了楚国沿岸重镇，获取大量补给，出其不意，攻占楚国在汉水流域的要地邓，一直到达楚国的别都鄢。

白起对部将说："鄢城距离楚国都城郢很近，楚王已经在鄢城集结重兵，企图阻止秦军南下攻郢。秦军孤军深入，没有外援，要是楚军外援来救，秦军就有危险。秦军必须速战速决，拿下鄢城。"

部将说："诺！"

秦军攻打鄢城，攻了一次又一次，没有攻破，在鄢城丢下不少尸体。秦军从来没有这么失败过，现在没有退路，所有的秦军都杀红了眼，马不停蹄，轮番朝鄢城进攻。城上的楚军，依靠坚固的城墙，根本就没有把秦军放在眼里，举起石块，拿起弓箭，阻击秦军攻城。攻城的秦军，丢下一具具尸体，秦军什么时候受过这么大的挫折呀。

督战的将军对秦军小校说："冲啊！"

小校说："将军，楚军依靠城池，士卒无能为力呀。"

将军说："再难都要攻，后退者杀！这是军令！"

冲上来的秦军士卒，很快倒在了城下。

白起看着秦军士卒伤亡惨重，再这样打下去，秦军就要全军覆没了。白起果断地对部将说："停止攻击！"

部将说："将军，秦军没有退路啊。"

白起说："再这样打下去，就是有十万秦军都不够啊。"

部将说："将军，现在怎么办？"

白起说："秦军围而不打，暂时待命！"

部将说："诺！"

秦军停止攻城，城上的楚军望着秦军，楚军士卒说："秦军为什么不攻了？"

楚军小校说："鄢城坚固，秦军再攻，就要被楚军全部消灭。"

楚军士卒说："秦军干什么去了？"

楚军小校说："可能在等外援吧。"

楚军士卒说："应该主动出击。"

楚军小校说："秦军锐不可当，还是依据城池，以逸待劳。"

楚军士卒说："秦军鬼点子多，不得不防。"

楚军小校说："待在城里，还怕秦军？"

楚军士卒说："这次面对的是秦国战神白起，白起诡计多端，战无不胜。"

楚军小校说："白起徒有虚名，秦军已经在城下丢掉了不少性命。"

楚军士卒说："白起的战神之名，可不是空穴来风。"

楚军小校说："不要长白起的威风，灭楚军的志气，要是让元帅知道，你们就要受到惩罚。"

楚军士卒说："还不是为国分忧？"

楚军小校说："你们哪里是为国分忧，明明是扰乱军心。"

楚军士卒说："好吧，好吧，不说就是了。"

秦军在楚军城下插满了旗帜，留下少数秦军，佯装攻城，迷惑楚军。楚军认为自己的城池牢不可破，秦军拿自己没有办法，但也不敢掉以轻心，加强了防守。

白起为了寻找破城的办法，带着部将，来到鄢城外最高的地方，四处观望，白起看着看着，高兴地对部将说："有办法攻破鄢城。"

部将说："将军，什么办法？说出来听听！"

白起说："你们请看，鄢城西面有条河。"

部将说："将军，那条河跟攻城有什么关系？"

白起说："可以引水淹城呀。"

部将说："将军，好主意！"

白起说："还愣在这里干什么？赶快去做啊。"

白起指挥士卒，每天加班加点，日夜抢修长渠，将长渠修到鄢城的西边，在那里修筑了一座大坝。白起引来夷水，大坝后的水位越升越高，终于聚到了警戒水位的时候，守候在大坝前的部将，马上前来向白起报告。

部将说："将军，大坝的水已经到警戒水位，将军请指示！"

白起说："让低洼地带的秦军迅速撤到高处，派人通知楚军，让楚军尽快投降。要是楚军不投降，再决大坝也不迟。"

部将说："诺！"

守在城下的秦军接到白起的命令后，迅速撤到了高处。秦军小校来到城下，对楚军说："楚军赶快投降，否则秦军就要淹城。"

楚军说："秦王就是个大骗子，白起也跟秦王学会了，攻不破城，就骗。秦军有本事就来攻城。"

秦军小校说："白起将军可怜城中的子民，才来通知你们。要是楚军不投降，就不要怪秦军事前没有对你们说。"

楚军说："反正秦军说什么我们都不信，秦军想怎么办，请便！"

秦军小校说："好，等着瞧！"

秦军小校来到大坝，把城中楚军的话告诉白起，白起说："秦军已经做到仁至义尽，现在不要怪秦军没有向楚军说。开坝放水！"

守候在大坝上的秦军，吊起大坝上的闸门，汹涌的河水，一发不可收拾，从城西流向城东。城里的子民没有防范，房子被淹，河水还在继续上涨，子民顺水漂流。熨斗陂很快形成一个大水潭，水流一下子冲垮城池的东北角，将子民冲到地势较低的城东边，城里的子民，死了数十万。

白起站在鄢城高处，看着汹涌的河水灌进了城里，听着城里的子民哭声震天，心里很不是滋味。突然，白起看见水中竟然有一位秦军士卒，很像武关妇人的儿子，白起想起自己答应过武关妇人的事，着急地大喊："赶快救人！"

秦军士卒手忙脚乱，从水里救出那位秦军士卒的时候，发现已经溺水身亡，部将来到白起面前，说："将军，已经淹死了。"

白起问："怎么掉进水里了？"

部将说："跟他一块儿的士卒说，他站在水边，一不小心，掉进水里，水太大，他就淹死了。”

白起说：“就地安葬。”

部将安排士卒安葬这个士卒后，来到白起身边，兴奋地说：“将军，你这个办法好，秦军不费一兵一卒，鄢城就被秦军攻克。”

白起说：“只要楚军投降，不要滥杀无辜。”

部将说：“诺！”

白起说：“攻城！”

城里的楚军伤的伤，亡的亡，秦军攻进了鄢城。白起对城里的子民和守军说：“鄢城从今天起，就是秦国的地盘，你们从现在起，都是秦国的子民，你们现在都受秦国的保护，你们要是愿意参加秦军，秦国对你们一视同仁，给你们秦国军人的待遇！”

鄢城里的子民和楚军降卒听白起这么一说，纷纷参加秦军。白起的军队在鄢城得到休整，又补充兵员和军资，军力有很大增强。

白起派人回了咸阳，向秦昭襄王做了汇报，秦昭襄王高兴地说：“白起以少胜多，不愧是大秦的战神。”

秦国大臣说：“恭贺大王，又得到了新的土地。”

白起信使说：“大王，白起将军还有个建议。”

秦昭襄王说：“请讲！”

白起信使说：“大王，白起将军请大王将秦国的罪人迁到邓、鄢两地，白起将军就会把邓、鄢两地建成秦军今后进攻楚国的根据地。”

秦昭襄王说：“白起将军富有战略眼光。爱卿，带白起信使去大牢，把大牢里的犯人，全部给白起带去。”

大臣说：“诺！”

白起信使与大臣进了大牢，白起信使对大牢里的犯人说：“不管以前在秦国犯了什么罪，只要现在去楚国邓、鄢，去那里发展生产，在秦国的罪名一笔勾销。”

犯人说：“那么远，宁愿坐在大牢里等着刑满释放。”

白起信使说：“邓、鄢两地是个好地方，那里土地肥沃，物产丰富。”

犯人说：“不要再骗我们了。”

白起信使说：“白起将军用水淹的办法攻克了鄢城，城里死了十几万人，那里肥沃的土地现在无人耕种，等着去耕作。这么好的事情，为什么不去呢？”

犯人说：“没有农具，没有种子，没有路费，去了又能干什么？”

白起信使说：“你们多虑了，你们所需的生产资料都由白起将军给你们发，你们一路上的吃食有我为你们管，你们路途上的安全有秦军保护，你们一文钱也不需要花，等你们到了鄢城，你们土地有了，房子有了，妻子儿女也有了，总比关在这里要好吧。”

犯人听了白起信使的话，欢呼雀跃，争着说：“去了总比待在这个鬼地方强，去了楚国，就是自由人，为什么不去呢？”

白起信使说：“去了鄢城，不得私自返回来。凡是私自返回秦国的人，抓住一律杀头，家人跟着连坐。”

犯人说：“有这么好的地方，为什么要冒死回秦国受罪呢？”

白起信使带着这群犯人，来到了鄢、邓两地，白起给他们发了劳动工具，分了粮食和住处，他们还在鄢城娶了楚国媳妇。他们有了家人，在这里过着舒舒服服的日子，顿顿有鱼吃，天天吃白米饭，喝白米酒，比关在秦国大牢要强一万倍，他们安安心心地住在了那里，没有一个人再愿意回到秦国了。他们把自己在这里的好日子，告诉了亲人，亲人能为他们有这么好的归宿而感到高兴。

犯人有些亲人，十分向往他们在那里的生活，就询问亭长：“亭长，我们能不能去鄢城？”

亭长说：“鄢城，那是流放秦国罪犯的地方，你们是守法平民，当然不能去。”

他们问：“亭长，要是我们现在犯罪，能不能去呢？”

亭长说：“白起已经把秦国所有的罪犯都带到了鄢城，不需要人了。要是你们犯罪，也许有流放机会的时候，你们还能碰得到。”

他们说：“亭长，我们只想去鄢城，别的地方我们不去。”

亭长说：“那你们只好乖乖地待在秦国吧。”

白起有了邓、鄢这两个根据地，手里有了兵，有了给养，没有后顾之忧，继续率军攻打楚军。楚军已经吃了白起的亏，被白起打怕了，见了白起心里就怯了。白起占领西陵（今湖北宜昌西），扼住了长江，截断了楚国郢与西面巫郡的联系。

白起从楚国凯旋，路过武关的时候，武关妇人见到白起，问："将军，我儿子呢？"

白起说："死了。"

武关妇人说："将军，我儿子是怎么死的？"

白起说："你儿子光顾高兴，掉进水里淹死了。"

武关妇人说："将军，我儿子的尸体呢？"

白起说："已经就地安葬了。"

武关妇人说："将军不是答应过我吗？"

白起说："对啊，我是答应过你，我把你儿子放在身边，让你儿子留守大营。你儿子不干，他要立功受奖，非要到前线去。我告诉你儿子，我答应了你的母亲，一定要把你安全带回秦国。你儿子说，大丈夫不立功受奖，活着有什么意思呢？"

白起再次从武关出兵的时候，武关妇人的七儿子高高兴兴地又随白起出征了。武关妇人劝儿子的时候，儿子说，母亲，楚国就要灭亡了，秦国对楚国的战争就要结束，跟我同样大的人，已经取得了军功，我再不参加对楚国的战争，就没有机会。武关妇人听了儿子的话，什么话也没有说，冷冷地看着儿子跟白起离开武关，朝楚国去了。白起到楚国，攻陷楚国国都郢，烧毁其先王陵墓夷陵，兵至竟陵。楚王被迫迁都于以陈。

屈原看清了秦昭襄王的丑恶嘴脸，秦昭襄王利用楚国的时候，可以与楚国讲和，可以与楚国联姻，等到秦国腾出了手脚的时候，秦国就会六亲不认，秦国只要土地和财富。屈原遭到楚国令尹陷害，流放在楚国南方。屈原听到楚国都城郢被白起攻破，悲痛欲绝，写下了《哀郢》。

屈原回望故都，毫不留恋地投进汨罗江里，与自己心中的理想融为一体。

鄢郢之战，秦国占领了楚国西部长江以北大片土地，并在此设立南郡，白起因战功卓著被秦昭王封为武安君。而武关妇人的七儿子也战死在楚国，武关妇人七儿子的尸体没有从楚国运回来，武关妇人在祖坟上为六儿子和七儿子各立墓碑，看着坟上的墓碑，已经没有眼泪了，摇着头，叹口气，就离开了。

武关妇人这样的家，在秦国还有很多。秦军每次从外面作战回来，武关城外，都会看到白发人送黑发人，增添新的坟头。这样的事，隔几年就会发生。

秦楚之战，接连不断。子民再苦再难，只能咬着牙，死扛着。

秦昭襄王任命白起为主将、蜀郡张若郡守为副将，夺取了楚国的巫郡和黔中郡。在春申君的调解下，秦昭襄王才与楚国结盟休战。

楚王带兵十多万，收复长江畔秦国占领的十五座城池。

楚王派三万人马，帮助赵国、魏国、韩国攻打燕国。楚国又和秦国讲和，让太子熊完（即楚考烈王）到秦国做人质。秦楚之战，双方子民死伤无数，由于楚国求和，秦楚之战，暂时告一段落，给了秦楚子民难得的喘息时间。但是，子民心里清楚，秦国的胃口很大，楚国不灭亡，秦楚之战就不会结束。

第22章

秦国已经夺取楚国许多土地，秦国胃口很大，还是不满足现状，准备从楚国夺取更大的利益。秦庄襄王去世后，十三岁的嬴政继位。等秦王嬴政执掌国政后，马上把大臣召集起来朝议说：“秦国对楚国连年作战，诸位爱卿夺取了楚国许多土地，楚国眼看着就要被秦国灭亡，在这最后一刻，谁愿意出战楚国，给予楚国最后一击？”

秦王嬴政用眼睛看着王贲，王贲上次领军攻占了楚国十余座城池。秦王嬴政希望王贲领兵再战，但是还没有等王贲说话，李信上前一步，说：“大王，末将愿意领兵攻打楚国。”

秦王嬴政说：“你知道现在楚国的统帅是谁吗？”

李信说：“回大王，楚国统帅是楚国名将项燕。”

秦王嬴政说：“李信，看来你已经成竹在胸，有十成把握对付楚军了。”

李信说：“大王，秦军连战连捷，士气十分高涨。楚军已经被秦军打怕了，楚军士气低落，人心惶惶，不堪一击，正是秦军出战的大好时机呀。”

秦王嬴政说：“李信，越是胜利在望，越不能大意轻敌。这是兵家大忌，你领兵多年，应该不会忘记了吧？”

李信说：“大王所言极是，末将不敢大意。”

秦王嬴政说：“李信，楚军如今有四十万人马，要是你出战楚国，你需要多少万人马？”

李信说：“大王，二十万秦军，足以战胜项燕楚军。”

秦王嬴政又问王翦：“老将军，打败项燕，要是让你出战，你需要多少人马？”

王翦说："大王，末将需要六十万秦军。"

秦王嬴政说："王翦老将军，老了，不中用了。六十万秦军攻打四十万楚军，在秦国没有这个先例呀。"

秦王嬴政又对李信说："李信，寡人要的就是你这句话，这次只准你胜，不许你败，你明白吗？"

李信说："诺！"

秦王嬴政说："李信，这次寡人让蒙恬随你同行，你以为如何？"

李信说："大王，最好不过了！"

秦王嬴政对蒙恬说："蒙恬，你同李信一起攻打楚国，你以为如何？"

蒙恬说："大王，末将没有异议。"

秦王嬴政对李信说："你俩尽早出发，不准耽搁！"

李信、蒙恬说："诺！"

李信、蒙恬出了王宫，回到军营，积极准备出征事宜。

王翦出了王宫，心灰意冷地回家乡频阳养老去了。

李信与王翦灭了赵国，深得秦王嬴政信任。燕国太子丹派荆轲行刺秦王嬴政，李信后来带着数千士卒追进燕国，燕王喜派人杀了太子丹，将太子丹的首级送到了秦国，秦王嬴政对李信更加欣赏了。隔了几天，李信、蒙恬准备好了出征事宜，选了黄道吉日，率二十万秦军，离开咸阳，翻越秦岭，来到了武关。

武关子民在武关官吏带领下，对李信、蒙恬率领的秦军夹道欢送。武关妇人的八儿子也随秦军出征了，武关妇人什么话也没说，看着儿子离开了武关，就回到了家里，拿上祭祀用的东西，来到了祖坟，放声大哭，哭声悲悲戚戚，令人听了心里非常难受。

李信、蒙恬进入楚国，兵分两路，李信攻取郢陈，蒙恬攻取了寝城。李信又攻占了鄢郢。秦军势如破竹，在楚国攻城拔寨，连连得手。楚国上下震动，特别是楚王，坐立不安：项燕是怎么搞的，为什么不出兵迎战？

楚国的寿春大营一下子炸了锅，楚军纷纷找项燕请战。

项燕部将说："元帅，秦军入楚国如入无人之境，楚军躲在寿春，难道眼睁睁地看着秦军把楚国的城池都占领吗？"

项燕说："诸位不要着急，等秦军锋芒过了，楚军再找秦军决战。"

部将说："元帅，楚军要等到什么时候?"

项燕心里暗暗地高兴，楚军的斗志已经被他激发出来了，只是时机未到，还不能离开寿春找秦军决战。楚国地域广阔，秦军攻破楚国一些地方，对楚国影响不大，正好让胜利暂时冲毁秦军的头脑，使秦军骄傲轻敌，楚军就会有机可乘。

项燕不急不躁地说："诸位将军，与秦军决战快了，快了。"

部将不高兴地离开了项燕大帐，窃窃私语，说项燕爱惜自己的名誉，害怕败了对他影响不好，不敢跟秦军交战。项燕听到部将的议论，不以为意，继续坚守寿春大营。

项燕几个铁杆部下实在是听不下去了，找到项燕说："元帅，部分将军说你坏话了。"

项燕说："在这个关键时刻，谁能耐住性子，谁就能取得胜利。现在出战，正中了秦军奸计。楚军在人数上多于秦军，秦军远道而来，后勤供给战线很长，秦王嬴政急于胜利，秦军将领年轻气盛，爱面子，为了讨好秦王嬴政，急着与楚军决战，必定会露出破绽。楚军正好利用地利之便，以逸待劳，等秦军露出了破绽，楚军再果断出击，一举歼灭这支秦军。"

部下听了项燕的分析，觉得十分有理，他们不住地点头，打消了怀疑项燕的念头，对项燕更加佩服，帮着劝说其他将领，安心地待在寿春大营，密切地关注着秦军的一举一动。

李信和蒙恬为了吸引项燕大军，合兵一处，攻下了楚国的平舆。

楚军斥候进了寿春项燕大帐，对项燕说："元帅，最新战报!"

项燕说："讲!"

楚军斥候说："元帅，李信和蒙恬已占领了重镇平舆，正在平舆集结。郢陈的秦国大臣昌平君现在反秦，郢陈楚地的子民和原韩国子民积极响应。李信不得不转向西北去进攻后方的郢陈，率军西进，要与蒙恬在城父会师。"

项燕说："再探!"

楚军斥候说："诺!"

楚军斥候走后，项燕对帐前小校说："升帐!"

一通鼓声响过，寿春楚军大营里的将军一路小跑，兴奋地来到了项燕大帐，列队站好之后，项燕说："诸位，楚军与秦军决战的时候终于到了。"

部将说："元帅，请下命令吧。"

项燕说："诸位，大军马上开拔到平舆城外，不得有误!"

部将说："元帅，平舆已经被秦军占领了，楚军现在去了平舆，秦军以逸待劳，利用平舆进攻楚军，楚军就会得不偿失呀。"

项燕说："诸位，楚军到了平舆，我自有妙计。现在请诸位将军火速集合队伍，尽快做好开拔的准备。"

部将说："诺!"

楚军各营集合完毕，楚军诸将派小校给项燕做了汇报，项燕对帐前小校说："击鼓！命令士卒出发!"

帐前小校说："诺!"

帐前小校出了大帐，对帐外的传令兵说："击鼓，出发!"

帐前传令兵一通鼓声，楚军诸将得到了指示，带领所部人马，在大帐前列好队，项燕带头走在了前面，四十万楚军，悄悄地离开了寿春。

秦军斥候回营见了李信，说："项燕大军离开了寿春，不知道到哪里去了。"

李信说："再探！必须探明项燕大军的去向。"

秦军斥候说："诺!"

秦军斥候走后，李信对帐前小校说："请蒙恬将军过来。"

帐前小校说："诺!"

蒙恬很快离开大帐，来到李信帐中，李信说："蒙恬将军，斥候刚刚来报，项燕大军已经离开了寿春大营，现在不知去向。"

蒙恬说："项燕突然离开寿春，楚军必定要对秦军发起攻击了。"

李信说："项燕主动出击，秦军求之不得。"

蒙恬说："项燕久经沙场，将军不可大意。"

李信说："不必担心。"

这时，秦军斥候进到李信大帐，对李信说："项燕大军已经到了平舆城外。”

李信说：“好，我知道了。”

秦军斥候走后，李信说：“命令秦军做好攻击的准备。”

项燕来到了平舆城外，没有立刻攻击秦军，而是命令士卒，挖深沟，修工事，做好防御的准备。项燕的做法令楚军将士很不理解。

项燕部将说：“元帅，为什么不攻打秦军？”

项燕说：“诸位，你们钓过大鱼吗？”

部将说：“元帅，大战将至，谁还有心情谈钓大鱼的事？”

项燕说：“秦军现在好比是楚军钓钩上的大鱼，要是楚军现在急于收线，秦军这条上钩的大鱼为了逃命，必然就会挣断了楚军手中的鱼线，楚军从寿春来到平舆，不是白白地忙活了一场？楚军现在要做的就是放长线，慢慢地遛秦军这条大鱼呀。”

部将说：“元帅，我等愚钝，请元帅明示！”

项燕说：“李信、蒙恬，年轻气盛，急于找楚军决战，我偏不给李信、蒙恬决战的机会，用慢性子磨他们的急性子，等他们耐不住性子的时候，必然会露出破绽，楚军到时抓住战机，全线出击，保证能打秦军一个措手不及。”

部将说：“诺！”

李信一声令下，秦军在李信、蒙恬的带领下，出了平舆，来到项燕营前。只见项燕大营营门紧闭，营前壕沟很深，难以跨越。

李信对秦军说：“何人去项燕营前挑战？”

小校说：“末将愿往！”

小校带着一队秦军，来到项燕大营前，小校大声地喊：“项燕，你快出来，秦军要与楚军决战。”

楚军辕门前的小校赶紧来到军中，报告说：“元帅，秦军挑战！”

项燕说：“坚守营寨，不准出战！”

小校出了大帐，来到辕门前，对楚军说：“元帅有令，坚守大营，不许出战！”

楚军守在大营，看着秦军。

秦军小校对秦军士卒说："骂楚军，逼楚军出战。"

秦军士卒甲说："项燕胆小如鼠，不敢应战！"

秦军士卒乙说："项燕是个怕死鬼，楚军是群窝囊废！"

秦军士卒丙说："项燕，楚国无人，也不能派你来啊。"

秦军的叫骂声，越来越难听了，辕门前的楚军都听不下去了。

楚军说："秦军欺人太甚，活人不能被气死了，我们与秦军拼了！"

守辕门的小校说："不要轻举妄动，等我请示一下元帅。"

楚军说："好吧。"

楚军小校来到项燕大帐，说："元帅，秦军说话很难听，楚军将士都听不下去了，准备出战。"

项燕说："听不下去了，就把耳朵堵死。谁要是坏了计划，我现在就杀了谁。"

小校说："诺！"

秦军已经开始骂项燕的老祖宗了，楚军还是不出战，秦军无计可施。

蒙恬说："秦军粮草不多了，在楚国拖不起啊。"

李信说："我有一计，你看如何？"

蒙恬说："李将军，请讲！"

李信说："与其与楚军在平舆僵持不下，不如趁机南下，直取楚军都城寿春，项燕知道秦军进攻寿春，必定离开平舆来救寿春，秦军马上调转枪头，迎头痛击楚军，项燕必败无疑。"

蒙恬说："妙计！"

李信与蒙恬当机立断，马上率部南下，逼向寿春。

秦军走了，守在辕门外的小校马上回报："元帅，秦军撤走了。"

项燕说："秦军到哪里去了？"

小校领命出了大帐。过了一会儿，小校到了大帐，说："元帅，秦军朝寿春去了。"

项燕说："通知诸将，速来大帐议事。"

小校说："诺！"

不一会儿，诸将进了项燕大帐，项燕说："各位将军，消灭秦军的机会到了。”

部将说：“好啊。”

项燕说：“诸位，大军马上出发！”

部将说：“诺！”

项燕率领大军，不远不近地跟在秦军侧翼的后面，紧紧地咬住秦军不放。秦军休息的时候，项燕命令楚军也马上休息。秦军埋锅造饭的时候，项燕命令楚军也埋锅造饭。就这样，项燕尾随秦军走了三天三夜，秦军毫无觉察，一直朝寿春方向赶路。秦军由于急行军，走得人困马乏，秦军正要安营扎寨、埋锅造饭的时候，项燕对楚军一声令下，说：“全军出击，打垮秦军在此一举！”

楚军从秦军侧面发起了攻击。秦军没有防备，被楚军打得措手不及，慌了手脚。

项燕喊：“秦军败了，杀啊！”

楚军一鼓作气，连续攻下秦军两座营垒，杀得秦军晕头转向，楚军连续杀死了秦军七名都尉，楚军举起秦军都尉的首级，鼓舞士气说：“秦军不可怕，楚军已经杀死了秦军七名都尉，秦军都尉首级在这里，楚军的将士们，你们快看啊。”

楚军畏怯秦军的心理一下子没有了。

项燕大声地喊：“楚军的将士们，报仇雪恨的时候到了，今天不要放跑了秦将！杀啊！”

楚军士气大振，举着武器，喊杀声响成一片，像群下山的老虎，冲向了秦军。秦军又饥又累，经受不住楚军打击，死伤无数。

李信、蒙恬率领残军，在楚军中杀开一条血路，狼狈逃到了武关城下。

李信在武关城下高喊：“我是李信，快开城门！”

武关守将说：“李将军，为什么这么狼狈？”

李信说：“不要问了，快开城门，放我们进关。”

武关守将开了城门，放李信、蒙恬入了关，李信对武关守将说：“快关城门，防止楚军追来！”

武关守将对城楼上的士卒说：“快关城门，做好防守！”

李信、蒙恬带着残兵，离开了武关。

武关妇人的八儿子，就这样战死在了楚国。李信、蒙恬战败的消息传到了秦国，秦王嬴政大怒，说："李信、蒙恬，现在到哪里了?"

秦国大臣说："大王，李信、蒙恬就在咸阳城外，等候大王发落!"

秦王嬴政说："李信、蒙恬，丧军辱国，还有脸回来，让他们在城外用剑自刎，向国民请罪!"

大臣劝秦王嬴政说："大王，项燕老谋深算，您不能怨李信、蒙恬呀。"

秦王嬴政说："我当初没有听王翦的话，我对不起王老将军呀。"

秦王嬴政来到了王翦的故乡，向王翦赔罪说："老将军，我错怪了你，对付楚国，非你莫属。"

王翦说："大王，李信、蒙恬领兵二十万，深入楚国，楚国项燕领兵四十万，对阵秦军，楚军在兵力上是秦军的两倍，又占据地利之便，大王将李信、蒙恬下狱，有失公允。"

秦王嬴政说："老将军，你这样说，是我不对了?"

王翦说："大王，我只是为李信、蒙恬说了句公道话。"

秦王嬴政说："老将军，只要你帮秦国消灭了楚国，我对李信、蒙恬的过失，一笔勾销，既往不咎，你看如何?"

王翦说："大王，此话当真?"

秦王嬴政说："老将军，君无戏言!"

王翦说："大王，请给我六十万大军。"

秦王嬴政说："老将军，准!"

王翦说："大王，请派蒙武做我的副手。"

秦王嬴政说："老将军，只要你为秦国灭了楚国，有什么条件，请你尽管说。"

王翦说："大王，我带六十万大军去攻打楚国，大王有什么不放心的吗?"

秦王嬴政说："老将军出马，一个顶十，我还有什么不放心的呢?"

王翦说："大王，有你这句话，我就心满意足了。但是，大王，我指挥秦军到楚国作战，请大王一定要相信我啊。"

秦王嬴政说："老将军，我现在不相信你还能信谁呢？请问老将军，什么时候从秦国出发?”

王翦说:“大王,等我准备好了之后,择日马上出发。”

秦王嬴政说:“好!”

王翦准备好之后,率领六十万秦军在咸阳城外集结,秦王嬴政亲自相送,王翦说:“大王,请回吧!”

秦王嬴政说:“老将军,马到功成,一路顺风!”

王翦说:“大王,栽培之恩,没齿难忘。大王,请回!”

王翦率六十万秦军,浩浩荡荡,离开关中,翻越秦岭,顺着商於古道,一路向东南,来到了武关,接收了武关军团。

武关妇人来到王翦面前,王翦说:“你有什么事?”

武关妇人说:“将军,秦军要不要妇人?”

王翦说:“你为什么要对我说这样的话?”

武关妇人说:“我八个儿子都在楚国战死了,家里现在只剩下我一个老婆子、儿媳和一个小孙子了,我想跟随将军去楚国,为我的八个儿子报仇。”

王翦说:“秦国现在还有兵可用,还没有到那个时候,你请回吧。”

王翦带着秦军走了,武关妇人站在武关东门口,看着秦军的背影,说:“秦楚两国打打杀杀这么多年,马上就结束了,武关子民就可以安居乐业,过上好日子了。”

王翦带着秦军直奔楚国腹地。

第23章

王翦率秦军夺取了郢陈、上蔡、平舆等地后，在这些地方获得了给养，秦军有了根据地，住在这些城池里，坚守不出。

楚王派军前来攻打，王翦命令秦军挂出免战牌，不应战。

楚军在城外骂着。

“秦军，缩头乌龟!”

“秦军，也有害怕楚军的时候啊!”

“秦军，跑到楚国找死来啦!”

楚军叽里呱啦，骂秦军都骂得那么动听，像百灵鸟唱歌。大多数秦军不知道楚军说的是什么，那些早早地来到楚国的秦国罪犯，在楚国已经待久了，楚军的话，他们能听懂，他们把楚军的话翻译给其他秦军听，其他秦军将军听了，马上就沉不住气了，结伙来找王翦。

王翦见将军们走进了大帐，没好气地问：“不好好守住城，跑到中军帐来干什么?”

王翦部将说：“元帅，楚军骂秦军的话难听死了，我们听不下去了。”

王翦说：“楚军一两句骂，能把秦军骂死吗？亏你们还是久经沙场的将军，一点气量也没有。”

王翦部将说：“元帅，秦军都是血性男儿，宁愿战死，也不愿忍气吞声。”

王翦说：“快去守城，坚守岗位，不得懈怠。要是坏了我的大事，让楚军钻了空子，你们人人军法从事。”

王翦部将无可奈何地出了大帐，回到了城上，看着城下的楚军，命令秦军堵住耳朵。楚军再骂，秦军跟木头人似的，毫无反应，楚军好像是对牛弹琴，没有作用。

楚军甲说：“秦军听不懂我们说什么，再骂有什么意思？”

楚军乙说：“找几个会秦国话的，不就行了吗？”

楚军甲说：“谁会秦国话？”

几个楚军说：“我会！我会！”

楚军甲说：“咋不早说？害我们白白地忙活了一场。”

几个楚军说：“刚才你们骂秦军的时候，我们跟着你们骂来，你们人多，声音大，盖住了我们的声音。”

楚军甲说：“不要啰嗦，赶紧拿出最大的嗓门，对秦军骂最难听的话。”

几个楚军说：“好嘞！”

几个楚军对着城上的秦军，挖空心思，把自己认为最狠毒的话从心窝子里掏出来，使劲儿地骂，骂着骂着突然想起被小校欺负的事，竟然把秦军当成楚军小校，一肚子气，现在有了发泄对象，越骂越起劲儿，像泼妇似的，用手指着秦军，边骂边蹦。楚军看着他们骂人的模样，觉得特别好玩，捂住嘴，偷偷地乐着。秦军仍然无动于衷，毫无反应。

几个楚军说：“秦军没有反应，咋办？”

楚军说：“原来秦军是冷血动物，难怪秦军不怕死呢！”

楚军小校说：“算了，暂时先歇着吧。”

楚军懒散地躺倒在地上，不一会儿，竟然打起了鼾，楚军的鼾声一阵高，一阵低，抑扬顿挫，富有节奏。城上的秦军听着楚军的鼾声，竟然有了睡意，一个个迷迷糊糊地在城上站立不稳，就想靠着城垛睡觉。

秦军巡逻的将军看见了，大声地说：“站好了，打起精神！”

秦军强打精神，站好了一会儿，又迷迷糊糊了起来。

关于王翦的坏话，很快就从楚国刮到了秦国。王翦功劳大，嫉妒王翦的人很多，这些嫉妒的人都是小人，没有本事，靠投机钻营、结党营私、献媚讨好等各种龌龊手段谋到了差事。王翦坚守不战，暗地里勾结楚王，准备自立为王的谣言传到了秦国，秦王嬴政在朝议的时候，有大臣说：“大王，王翦拥兵自重，坚守不出，是不是要拖垮秦国，准备谋反啊？”

秦王嬴政说：“闭嘴！老将军的人品不容置疑，我很看好他。”

大臣说："大王，六十万大军，要是这么长时间与楚军耗下去，秦国就吃不消了。"

秦王嬴政说："秦国如今有巴蜀天府之国，有关中粮仓，耗不下去的不是秦国，而是楚国。你们是何居心?"

大臣说："大王，在秦国，除了您，臣心中没有第二王，臣对大王忠心耿耿，大王，臣这么做，真的是为了大王呀！王翦在等什么，这不是明摆着的事情吗?"

秦王嬴政说："你们整天待在朝廷，哪里懂得战场上的风险？李信年轻气盛，沉不住气，败给了项燕，损失了不少秦军，这件事还在眼前。老将军与项燕斗心眼，稳扎稳打，不给楚军可乘之机。如今韩、赵、魏已经被秦国灭了，燕国不足为惧，齐国偏居一隅，秦国已经腾出了手脚，有的是时间与楚国熬，我不急，楚王急。等楚王逼着项燕出手，老将军就有了机会，保证一举把项燕打得趴倒在地，把楚国灭了，你们懂不懂啊？你们难道忘了，使用反间计是秦国的拿手好戏呀。想当初，秦国与赵国在长平之战中，秦国使用反间计，说赵国大将军廉颇除了吃饭，不会干活，不会攻击，只会坚守，赵王换下了廉颇，赵国四十万士卒就被秦军活埋了。赵国的惨剧，不能在秦国上演，要是寡人换了王翦老将军，中了楚国奸计，寡人就会成为第二个赵王，寡人这辈子所有的成就就毁了！有谁再说老将军坏话，寡人诛灭他们九族！"

秦王嬴政对王翦深信不疑，说得那些心怀叵测的大臣哑口无言。那些对王翦不利的谣言，顿时不攻自破，成了天大的笑话。秦王嬴政在秦廷说的话，传到了前线，秦军再也没有人敢求王翦出兵，再也没有人说王翦的坏话。

王翦对部将说："一个将军，手握重兵，能得到大王的信任，已经足矣!"

王翦部将说："老将军功高盖世，光明磊落，是我等的楷模!"

项燕继续寻找战机，与秦军决战，但是，王翦就是不给项燕机会，秦军一直躲在城里，拒绝出战。

就这样，秦军与楚军对峙了一年多，秦军每天有吃有喝，坚持操练，不急不躁，在城上看看风景，私下里聊聊天，朝楚军大营里瞭望。偶尔看见天上飞来一只大鸟，秦军争着用箭射向大鸟，大鸟落到了城外，秦军一起叹息。要是大鸟落在了城上或者城内，秦军一起欢呼。秦楚大军的面前，偶尔有妇女路过的时候，这些离家一年多的秦军，就会思念家里的儿女，盼着早日结束这场战争，回到亲人身边。但是，他们没有别的选择，只能听秦王嬴政的话，服从王翦的指挥，继续在这里坚守。

王翦一刻也没有闲过，派出斥候，密切监视着楚军的一举一动。王翦常常对亭燧说："必须时时刻刻派出斥候，监视楚军，楚军要是有移动的迹象，令斥候第一时间报告，不得有误！"

秦军亭燧说："诺！"

秦军坚守不战已经一年多了，楚军对秦军的做法，早就习以为常了。楚军懒懒散散，时常去秦军城下，叫骂一阵，抽空到附近的林子里，打打野物，下到小溪里摸摸鱼，倒也逍遥自在。但是，秦军的斥候时刻都在楚军四周转悠，一刻也闲不下来，轮流值守。楚军跟往常一样，每天按时出去按时返回来。秦军的斥候每天按时向长官亭燧做细致的汇报。

秦军亭燧问："楚军今天有什么变化？"

秦军斥候说："今天跟昨天一样。"

秦军亭燧说："说清楚，怎么个一样法？"

秦军斥候说："楚军出了大营，在城下睡懒觉，到林子里打猎，下河摸鱼。大营里的楚军，继续轮流站岗，轮流巡逻，在大营里聊天，闲转。"

秦军亭燧说："好，就要这样做。去吧。"

秦军斥候走后，秦军亭燧马上来到王翦大帐里，将秦军斥候刚才的原话对王翦一字不漏，复述了一遍。

王翦说："斥候做得还不够，必须再细致。比如楚军聊天都说些什么，这一点，特别重要，可以从楚军的谈话中，知道楚军吃了什么，想了什么，要干什么，明白吗？"

秦军亭燧说："诺！"

秦军亭燧出了王翦大帐，擦了擦脸上渗出来的汗珠，对返回来的秦军斥候说："你们查得不细致，从现在开始，要探听到楚军聊些什么。"

秦军斥候说："诺！"

秦军斥候出城暗藏在楚军大营四周，偷偷地听楚军说话。

楚军甲说："快要断炊了。"

楚军乙说："怎么知道的？"

楚军甲说："饭越来越稀，还定量供应，越来越吃不饱了。"

楚军乙说："楚军要被秦军拖垮了。"

楚军甲说："这样下去不是长法呀。"

楚军乙说："楚军熬不下去了，很快就会跟秦军决战。"

楚军甲说："小声点，千万不要让别人听见了。"

楚军乙说："怕啥？都是楚军，没有秦军。"

秦军斥候听了楚军的谈话，马上回来，对秦军亭燧做了汇报，秦军亭燧说："今天这个情报十分重要，要天天这么探听。"

秦军斥候说："诺！"

秦军亭燧连忙来到王翦大帐里，对王翦说："元帅，有重要情报向您汇报。"

王翦说："讲！"

秦军亭燧将秦军斥候的话说给王翦听，王翦说："这就对了，今天做得很好，等打败了楚军，灭了楚国，给你们奖赏。"

秦军亭燧说："多谢！"

秦军亭燧出了王翦大帐，特别高兴。就这样，王翦天天得到楚军最新的消息，而楚军驻扎在秦军城下，被秦军拖着，无法动弹。

楚国为了给楚军筹粮，弄得各地怨声载道，大臣天天在楚王负刍面前说："大王，项燕将军要是这样一直与秦军对峙下去，秦军不攻打楚军，楚军也会不战自溃，催一催项燕将军，让项燕将军带领楚军，强行攻城。"

楚国补给已经严重不足了，楚王负刍以前不爱吃的美味佳肴，现在想吃都吃不上了，面对楚国各方面的压力，楚王负刍终于顶不住了，亲自来到项燕大营，对项燕说："将军，楚军再不出战，楚国就拿不出给养了。"

项燕看着楚王负刍，解释说："大王，楚国与秦国就像赛跑，现在已经到了最后阶段，比的就是耐力。要是楚军现在出战，楚军就会中了王翦的奸计，败给秦军。王翦老谋深算，大王应该心知肚明。请大王收回成命，理解楚军现在的处境。要是楚军这次败给秦军，楚国就会亡国，项燕还会背上楚军败将的骂名。”

楚王负刍说：“上次打败了李信，靠的就是以静制动，抓住李信急于求成，与楚军决战的心理，找到秦军破绽，打败李信。这次的情况跟上次差不多，但是这次楚军遇到了王翦，王翦准备充足，已经做好了与楚军长期战斗的准备，而楚军补给不足，没有时间跟秦军熬。楚国的贵族已经在我面前抱怨了许多次，我给他们解释了无数次，他们就是不听我的命令。楚国已经没有时间等了，你再不主动出战，楚国就会不战自乱了。”

项燕说：“大王，楚国可是你的国呀，我处处为楚国考虑，你怎么不理解我呢？”

楚王负刍说：“我不是不相信你，楚国贵族家族势力你不是不知道，他们现在越来越不听我的话了，我这个王，现在越来越不好当。在这个风雨飘摇的时候，我还要依靠他们，继续跟秦国战斗呀。”

项燕说：“要是楚军这次败了，楚国就没有翻盘的机会了，大王，你再考虑考虑。”

楚王负刍说：“白起上次进攻楚国的时候，烧了渡船，拆了浮桥，三万秦军在楚国长驱直入，如入无人之境。将军，置之死地而后生，现在不做，怎么能知道楚军战胜不了秦军呢？”

项燕说：“好吧。”

楚王负刍离开后，项燕把楚军各部的将军请进了大帐，项燕说：“大王下令，让楚军与秦军决战。我向大王解释了很长时间，大王坚持要楚军与秦军决战，我考虑了再三，决定楚军向东撤退。”

楚将说：“为什么不向南撤退？南方不利于秦军作战呀。”

项燕说：“南方是楚国的大本营，楚军所有补给都来自那里，要是引狼入室，秦军将南方据为已有，楚军没有了补给，就不战自溃。”

楚将说：“楚军为什么向东撤退？”

项燕说：“楚军向东撤退，就是置之死地而后生。”

楚军说：“元帅英明！”

项燕说："事不迟疑，赶紧准备，马上东移。"

楚将说："诺！"

楚将回到本部，马上召集人马，收拾东西，等一切准备停当，派小校来到项燕大帐，逐人向项燕做了汇报。项燕收拾好东西，出了大帐，来到楚军面前，对楚军说："出发！"楚军留下部分帐篷，麻痹秦军，悄悄地离开大营，向东开拔。

楚军出了大营，逃不过秦军斥候的眼睛，秦军斥候马上向秦军亭燧报告："大人，楚军开始离开了大营。"

秦军亭燧说："楚军向什么方向移动？再探！"

秦军斥候说："诺！"

秦军斥候走后，秦军亭燧马上来到了王翦大帐，对王翦说："楚军离开了大营！"

王翦说："楚军向哪里移动？"

秦军亭燧说："斥候正在侦察。"

王翦说："等斥候回了，直接向我报告！"

秦军亭燧说："诺！"

秦军亭燧走后，王翦对帐前小校说："通知将军，紧急集合队伍，不得有误！"

小校出了大帐，通知了所有将军，将军知道大战将要爆发，赶紧把队伍集合起来，时刻等着王翦的命令。

过了一会儿，秦军斥候回来了，秦军亭燧说："军情紧急，不要对我说，赶紧向元帅报告。"

秦军斥候到王翦帐前，说："项燕向东撤退了。"

王翦出了大帐，对秦军说："向东出发，追击楚军，违令者斩！"

楚军在前头跑，秦军在后面追，楚军跑得快，秦军追得紧。走在后面的楚军发觉了秦军的先头部队，赶紧派人向项燕报告，说："秦军追上来了。"

项燕说："秦军不可能这么迅速呀。"

来人说："在楚军后面，已经出现了秦军先头部队，这事千真万确。"

项燕对楚军说："加速前进，以最快的速度，摆脱后面的秦军。"

楚军接到项燕的命令后，飞快地向前跑。

秦军的先头部队发现楚军越跑越快，马上向王翦报告说：“元帅，楚军越跑越快，是不是楚军要逃跑了？”

王翦对秦军说：“全速追击楚军，不得有误，违令者斩！”

就这样，楚军在前面跑，秦军在后面追，秦军与楚军开始与时间赛跑。对于楚军来说，只有抛开秦军，才有生还的希望。对于秦军来说，只有紧紧地追上楚军，才有消灭楚军的机会，才有灭亡楚国的可能。在楚国的东部，秦楚军队的脚步声、马蹄声、铠甲与武器的碰撞声，震耳欲聋，惊得野兽跑出了山林，惊得鸟儿飞向了天空。浓浓烟尘，遮天蔽日。

颍河拦住了楚军先头部队的去路，先头部队派人来对项燕说：“前面是颍河。”

项燕说：“赶紧察看能不能渡河！”

过了一会儿，来人说：“河水很深，无法过河？”

项燕说：“能不能搭建浮桥？”

来人说：“没有材料，搭建浮桥需要时日，现在来不及了。”

项燕对楚军说：“将士们，颍河拦住了楚军的去路，这是在考验楚军，给楚军一次生还的机会，楚军要想活命，必须齐心协力，与秦军死战到底。将士们，有没有信心？”

楚军见无路可走，这场血战难以避免，齐声喊：“有！有！有！”

项燕说：“后军当前军，冲啊！”

项燕带领楚军朝秦军冲去。秦军迎着楚军，猛扑上来，双方死死地扭打在一起，展开了血腥的厮杀。刀光剑影，叮叮当当，喊杀声震耳欲聋。秦军从来没有遇到楚军这么顽强的抵抗，秦军拼力冲杀，双方伤亡惨重，都杀红了眼，互不相让。由于后勤补给充足，秦军在这一年多，吃得好，训练得当，精力充沛，在战力上占有优势。而楚军急于逃跑，只想从秦军中间杀出一条血路，加之楚军一年来缺乏训练，后勤补给严重不足，楚军面对秦军有怯敌心理。秦军拼力冲杀，杀得楚军节节败退，退到了颍河岸边，项燕对楚军说：“再退就是死路一条，杀啊——”楚军在项燕鼓舞下，发起新的冲锋，终于在秦军中间杀开一条血路。项燕带着楚军残兵败将，退到了蕲南。

王翦对秦军说："不要让项燕跑了，追呀!"

秦军跟在楚军后面紧追不放，楚军没有喘息机会，被秦军杀得尸横遍野，血流成河，一拨又一拨的楚军倒下了，秦军踩着楚军的尸体，继续追杀，楚军眼看着就不多了。

王翦举起剑，对秦军说："楚军已经败了，留给楚军的时间不多了，彻底打败楚军，在此一举，杀啊——"

秦军发起了又一轮猛烈的攻击，楚军死伤不计其数，血腥的战争场面，惨不忍睹。这不是战争，而是一场秦军对楚军的屠杀。

项燕看着如狼似虎的秦军，看着倒在楚国这片土地上的楚军士卒，眼里满含悲愤，心里暗暗地说："大王啊大王，楚国这支唯一的大军，就这样葬送在你手里了。这些楚军士卒，可是楚国人民的财富啊，你为什么不听我的劝呢？

王翦见了项燕，大声说："这次不要让项燕跑了。"

项燕仰天长叹，说："楚国就要完了！楚国的将士们，我项燕也是血性男儿，我活着是你们的统帅，死了也是你们的统帅，你们等等我，我来了!"

秦军冲到了项燕眼前，项燕自刎而亡。

王翦来到项燕跟前，对着项燕行了一个军礼，王翦对秦军说："项燕是一位称职的统帅，要不是楚王逼着进攻，秦军与项燕还在对峙，今日之战就不会发生，请不要割项燕的耳朵，把项燕的物品和项燕就地埋了吧。"

项燕全军覆没的消息传到了寿春，楚王负刍对大臣喊："项燕都是你们逼的，如今项燕大军完了，楚国哪里还有救兵去抵挡王翦的秦军呢？要是当初寡人不听你们的话，不逼项燕那么做，现在该有多好啊。"

大臣都不吭声，战战兢兢地看着楚王负刍，担心楚王负刍找到头上，把心中的怨气发泄在他们身上。楚都寿春王宫里，气氛凝重。楚王负刍咆哮了一会儿，瘫坐在了地上。

大臣说："大王，事情到了这个地步，现在后悔已经来不及了。应该把寿春子民组织起来，依靠寿春坚固的城墙，阻击秦军，等待外援。"

楚王负刍说："好吧，只有如此了。"

这一年，王翦消灭了项燕大军后，乘胜来到寿春。

王翦在寿春城下，对楚王负刍说："负刍，你已经被秦军包围了，现在无路可走，投降是你唯一的出路，要是负隅顽抗，抓住定斩不饶！"

楚王负刍说："王翦，不要欺人太甚，你杀了楚国许多将士，今天寡人要在寿春城为死去的楚国将士们报仇雪恨！"

王翦说："负刍，不要再说大话了，现在在你面前的是六十万秦军，请你不要拿寿春的子民来送死。"

楚王负刍说："王翦，不要蛊惑人心，要攻城，就尽管攻城，谁怕谁呢？"

王翦说："负刍，我已经做到了仁至义尽，你就等着瞧吧。"王翦说完，对秦军下令："放箭！准备攻城！"

秦军一阵箭雨，将城上的楚军和城里的子民射杀无数。秦军拿来云梯，飞快地攻上了寿春城，开了城门，一拥而上，冲进了楚都寿春。

王翦没有见到楚王负刍，对秦军说："活捉楚王负刍，重重有赏！"

秦军在寿春城里找来找去，终于在一间破败的民房里找到了楚王负刍，秦军把楚王负刍押到王翦面前，王翦看着楚王负刍，说："负刍，让你体体面面地投降，为什么非要弄成这个样子？你看看，城里死了多少子民，毁坏了子民多少间房子，现在心安了，是不是？"

楚王负刍说："王翦，你们这伙强盗，毁坏了楚国的城池，伤害了楚国子民，反而倒打一耙，把脏水都泼到了寡人的头上，嫁祸于人，简直是道德败坏。"

王翦说："负刍，你当王的这个时代已经过去了，已经一去不复返了。楚国这么好的江山，竟然被你给败了，楚国子民跟着你受了多少罪，遭了多少难，你要面对现实，好好反省。"

楚王负刍惭愧地低下了头。

王翦说："带走！"

王翦俘虏了楚王负刍，灭亡了楚国。秦军押着楚王负刍离开了楚国，来到了武关，武关妇人在武关的东门迎接了王翦，王翦说："楚国灭亡了，燕国、齐国也要灭亡了，秦国子民可以安居乐业了。"

武关妇人说："好啊，可惜这么好的事情，我丈夫和我儿子都没有赶上啊。”

王翦说：“你丈夫和你儿子没赶上了，但是你孙子赶上了，你们就好好地活吧。”

武关妇人说：“你是六国子民的恩人呀，请受我一拜吧。”

王翦说：“不必多礼!”

王翦坐着战车，离开了武关，押着楚王负刍去了咸阳。楚王负刍一路上受到了秦国子民的讥讽，但是被关在囚车里，想死都没有机会。楚王负刍到了咸阳，秦王嬴政看都不看他，就将他关进了大牢，省得他逃出了秦国，回到楚国的土地上，兴风作浪，与秦国为敌。

第24章

公元前221年，秦统一中国。秦朝建立后，嬴政称自己为始皇帝。秦始皇大兴土木，修建阿房宫、秦始皇陵墓，子民的负担更重了。子民盼来盼去，白白地盼了一场，愤愤不平，但碍于秦朝强大的武力，敢怒不敢言。武关妇人没想到现在的日子还不如以前，想哭却没有眼泪了。

李斯在朝议的时候，对秦始皇说："六国刚灭，子民刚刚经过了战争的创伤，需要休养生息，修阿房宫的事，能不能缓一缓?"

秦始皇指着李斯，说："徭役越多，赋税越重，子民疲于奔忙，大秦就越稳定。李斯呀，忘了《商君书》是怎么写的吗?"

李斯又说："陛下，六国虽然灭了，但是六国贵族还在，要是六国贵族借机煽动子民反抗，对大秦极为不利呀!"

秦始皇说："大秦有强大的军队，战无不胜，谁敢与大秦为敌，朕①就剿灭谁。"

李斯说："陛下，不如您亲自出去看看，可以起到震慑作用。"

李斯本来是想让秦始皇走出王宫，体察子民的难处，调整国策，秦始皇听了李斯的话，却说："好啊，为了张扬声威，以安天下，朕从明日起，出巡!"

李斯说："陛下，先到哪里去?"

秦始皇说："李斯啊，西县是秦国旧都，先到陇西郡吧。"

李斯说："陛下，诺!"

---

① 秦朝建立后，秦始皇曾自称"寡人""朕""真人"等，为便于阅读，以下统称"朕"。

秦始皇宏大的出巡队伍，浩浩荡荡离开了咸阳。路过的郡县必须接驾，必须提供食物、住处，子民现在的负担，比六国没有灭亡的时候还重。接驾的子民，跪在黄土铺成的大路旁，战战兢兢地低着头，心里虽然十分愤怒，但碍于秦始皇的武力，没有人敢说一句抱怨的话。

秦始皇看着人群，停下了车驾，当地官吏马上走到秦始皇面前，秦始皇问：“子民的日子好吗？”

官吏说：“好着呢！”

秦始皇问：“有人对朕不满吗？”

官吏说：“就连村子里的狗，都变得比以前更温顺了。”

秦始皇问：“子民的负担重不重？”

官吏说：“子民现在吃得好，穿得好，子民服徭役权当锻炼身体，多好的事情，子民还是能分得清好坏的。”

秦始皇说：“这里治安怎么样？”

官吏说：“现在夜不闭户，道不拾遗，简直是太平盛世。”

其实，现在村里十室九空，村里大部分子民死在服徭役的地方，或者路上。村里的子民，现在各家都家徒四壁，有什么好偷的？

秦始皇说：“叫一个子民过来，让朕问问。”

官吏说：“子民没有见过这种世面，陛下还是不见为好。”

秦始皇说：“朕出来了，要是不见子民，就会被别有用心的人在背后说朕的坏话。”

官吏其实早有准备，把一个官吏打扮成了子民的模样，听了秦始皇的命令，马上把那个“子民”带到了秦始皇面前。那个“子民”低着头，跪下了，侍卫密切地看着“子民”，防止“子民”趁机行刺。

秦始皇把刚才的问话又重复了一遍，“子民”说得比刚才的官吏还好，秦始皇对自己的统治十分满意，对李斯说：“李斯啊，现在听到了吗？子民日子这么好，徭役并不是你说的那么重，今后有空了，你多下来转转，不要一直待在咸阳，听别人胡言乱语，提一些不必要的建议了。”

李斯看着官吏，对秦始皇说：“诺！”

“子民”对秦始皇说：“小民还有一事，不知道该讲不该讲？”

秦始皇心里舒畅，十分高兴，对“子民”说：“有什么话，就说吧。”

子民说：“陛下，小民的娘已经一百岁了，听说陛下这次要从这里路过，连夜专门为陛下赶做了一双布鞋，小民想送给陛下，不知道陛下喜不喜欢？”

秦始皇不敢相信自己的耳朵，在这穷乡僻壤，竟然还有这么高寿的人？秦始皇为了国家，殚精竭虑，感觉自己现在干什么事，都力不从心了。秦始皇不想死，自己现在高高在上，活一万年都太少了，要是能长生不老，该有多好啊。秦始皇说：“啥？你娘一百岁了？”

“子民”说：“是啊。”

秦始皇说：“能让朕见见你娘吗？”

“子民”说：“可以啊。”

“子民”来到人群里，把一个慈眉善目的“老太太”搀扶到秦始皇面前，“老太太”赶紧给秦始皇磕头，秦始皇说：“你一百岁了？”

“老太太”说：“是。”

秦始皇说：“你是怎么做到的。”

“老太太”说：“民妇吃粗茶淡饭，天天干活。”

秦始皇说：“你做的布鞋呢？”

“老太太”把布鞋双手递给了赵高，赵高把布鞋递给了秦始皇，秦始皇看了看布鞋，说：“手工真不错！赵高，帮朕穿上吧。”赵高脱掉了秦始皇的鞋子，把“老太太”的布鞋穿在了秦始皇的脚上，站起来，在车驾上走了两步，说：“舒服！”秦始皇对“老太太”说：“难得你一片苦心，朕的鞋子就赏给你吧。”

“老太太”连忙给皇上磕头，说：“谢陛下。”

秦始皇说：“把你日常吃的粗茶淡饭给朕盛一碗，可以吗？”

“老太太”说：“行啊。”

“子民”搀扶着“老太太”，离开了秦始皇，“老太太”对“子民”说：“吓死我了。”

“子民”说：“如今有了陛下赐的这双鞋，我就有了升迁的资本，谁也不敢把我们家怎么样了。老婆啊，你是我们家最大的恩人，从今往后，我们家要把你高高地供起来。”

“老太太”笑着说：“你晚上着急了，可怎么办？”

“子民”说：“再把你从供桌上抱下来，放到被窝里，等完事之后，再把你供上去，两全其美，多好的事情。”

“老太太”说：“你真坏！”

“子民”说：“陛下教导有方，我是陛下的子民，陛下爱听好听的，奉承陛下，永远不会错。”

“老太太”说：“给陛下做什么吃的？”

“子民”说：“等回到家里再说。”

“子民”跟着“老太太”回到家里，用红枣、小米、人参给秦始皇做了一碗稀粥，又从村里找了一位穷苦人家，要了腌咸菜，“子民”端到了秦始皇面前。秦始皇看着这碗稀粥，口水直流。随行的赵高拿出银针在碗里验了验，见没有异常，对“子民”说：“呈上去吧。”秦始皇接着稀粥，喝了一口，说：“美！”秦始皇夹了口咸菜，喝着稀饭，说：“鲜！”秦始皇三口两口就喝完了稀粥，对“子民”说：“把这个方子告诉赵高吧。”

“子民”说：“诺！”

赵高拿了笔和纸，来到“子民”面前，“子民”说：“大人，小米少许，水少许，红枣三颗，人参少许，大火烧水，水开下小米，等滚了一滚，温火慢炖一会儿，即可！”

赵高说：“菜呢？”

“子民”说：“菜帮子随意，盐适可，三日后，可食。”

赵高记录完毕，秦始皇对赵高说：“从今往后，凡是到一个地方，都要帮朕找到长生不老的秘方，懂吗？”

赵高说：“诺！”

跪在路边的子民，跪得神经麻木，支持不住，但是，在秦始皇面前，子民和官吏都必须强忍。时间过得真慢啊，一个时辰，就像是几十年。谢天谢地，终于结束了。大部分官吏和子民因为跪的时间长了，已经站不起身了。他们在地上趴了一会儿，活动了一下僵硬的身子，才慢慢地从地上爬了起来。

西县是秦国旧都，属陇西郡管辖，西县子民在官吏带领下，按照尊卑次序，穿着节日盛装，恭恭敬敬地跪在城外十里的地方，耐心地等着秦始皇。

秦始皇到了陇西郡西县的子民面前，威严地把子民扫了一下，秦始皇说："诸位乡亲父老，陇西郡的西县是朕的祖先曾经待过的地方，诸位一路走来，为大秦献出了许多优秀的儿子，立了许多战功，大秦是忘不了你们的，朕要减免你们的赋税，减轻你们的徭役，优先提拔陇西取得战功的男儿，优先发展陇西郡的交通，朕要让你们与朕一道，共同享受成功的甘甜!"

官吏一起说："吾皇万岁，万万岁!"

子民跟着官吏，齐说："吾皇万岁，万万岁!"

秦始皇说："请起!"

秦始皇上了龙辇，继续向城里走。

子民跟在官吏后面，秩序井然，队伍中除了走路的脚步，没有别的声音。子民态度庄重，跟在秦始皇卫队后面，先后进了西县城。

秦始皇走到先祖庙堂前，下了车驾，抬头而望。庙堂早已被陇西郡、北地郡官吏重新收拾过，比秦始皇记忆中的庙堂，不知要宏伟多少。肃穆的气氛中，秦始皇在左右侍从陪同下，缓缓地上了台阶，进了庙堂。候在庙堂里的赵高赶紧将香双手递给秦始皇，秦始皇接过香，在长明灯上点燃。秦始皇目光端庄，怀着敬畏之心，走到祖宗牌位前，恭恭敬敬地上了香。秦始皇对祖宗三拜九叩之后，缓缓地站起身，拿出祭文，威严地看着匍匐在地的官吏、子民，满含深情地开始宣读。

"列祖列宗，你们忍辱负重，为了子孙后代，奋发图强，历经磨砺，锐意改革，几十代心血，铸造坚实基业。政再接再厉，先后灭了韩、赵、魏、楚、燕、齐，统一华夏，建立秦朝，为万世统。列祖列宗在上，大秦后代子孙，世世代代不忘。"

秦始皇宣读过祭文，离开祖宗庙宇，离开了陇西郡的西县，到了北地郡，再到鸡头山，最后经过回中，回到了咸阳。

第25章

秦始皇从外面回到咸阳没有多长时间，对李斯说："李斯啊，朕现在当了皇帝，全天下的土地，都是朕一个人的，全天下的子民都属朕管，朕是不是功高盖世？"

李斯说："陛下前无古人，后无来者，无人能比！"

秦始皇说："李斯，上次去了北方，拜祭了先祖，看了看秦人的旧都，朕这次要到齐国故地去看一看。齐国跟朕斗了许多年，最后还是被朕灭了，自古齐国出豪杰，正好借着出巡，震慑一下齐国的贵族，让他们明白，与朕作对，都没有好下场。"

李斯说："陛下英明！"

秦始皇的车驾离开咸阳，在蒙恬护驾下，东出函谷关，到了洛阳。洛阳官吏和子民早早地候在洛阳城外，大大小小的官吏，齐齐地跪在大路上，他们已经为秦国干了许多年，还没有与秦始皇谋面，这次终于逮到机会，他们都不想错过。他们把脸都洗了许多遍，把头发洗了又洗，梳了又梳，当官的穿着最体面的官服，子民拿出自己最漂亮的衣服，他们见秦始皇比过任何一个节日还要隆重。这可是几十年难得一遇的大事，他们要与秦始皇一起，被史官写进典籍，他们就要光宗耀祖了。跪着再苦，他们都无所谓。上次秦始皇巡游，已经在整个秦国成为美谈，他们早已做好了访谈的准备，每一个细节都没有放过。他们还专门为秦始皇做了一件皇帝的新装，那可是真丝白银黄金珍珠玛瑙，精美绝伦，举世无双。他们不仅准备了许多"子民""老太人"，还为秦始皇准备了许多长寿的菜谱、饭谱和美女，等着秦始皇呢。他们等啊，等啊，远远地看见了秦始皇的队伍，他们看得眉开眼笑，高兴坏啦。

秦始皇已经看见了他们，对李斯说："李斯啊，洛阳可是周天子曾经住过的地方。"

李斯说："周天子有什么呀，洛阳现在还不是陛下您的地方。"

秦始皇说："李斯，洛阳子民在前面等着朕，朕到洛阳看看？"

李斯说："陛下忘了此行的目的？还是继续赶路吧。"

秦始皇说："李斯，说得对，封禅是大事，人生几何，多少事都在等着，但是，必须挑最要紧的事去做。"

李斯说："陛下英明！"

秦始皇的车驾直接从洛阳官吏面前走了，洛阳官吏和子民特别失落，官吏甲抱怨说："白白忙活了一场，连陛下面儿也没看见。"

官吏乙说："陛下回来的时候，说不定就能看见了。"

官吏丙说："真的吗？"

官吏丁说："说不准还有机会呀。有念想比没念想强。"

官吏戊说："陛下到哪里去，从哪里过，人家事前都跟李斯沟通过了。我们事前没跟李斯联系过，李斯没有得到我们的好处，凭什么动员陛下在洛阳见我们呢？"

其他官吏说："你知道这个套路，为什么不早说呢？"

官吏戊说："我当时说了，你们不信呀！现在出了这事，你们不能怨我。"

其他官吏说："好吧，下次陛下出巡，我们一定事前跟李斯沟通，不放过任何一个细节。"

官吏和子民拍拍膝盖上的土，怏怏不乐地回洛阳了。

秦始皇到了齐国故地，登上了邹峄山，秦始皇看着齐鲁大地，特别兴奋，说："齐鲁是个出思想家的地方，特别神奇。"

李斯说："再伟大的思想家，在陛下面前，都不值一提。"

秦始皇说："李斯，为什么？"

李斯说："陛下功高盖世，前无古人，后无来者，无人能比。"

秦始皇说："李斯，话说得太大了。"

李斯说："我说的是实话。千年万年的石碑能说话，在这座山的石碑上，刻上陛下的丰功伟绩，留给后人吧。”

胡亥说：“父皇，李斯说得没错呀。”

秦始皇说：“李斯，马上安排人办。”

李斯写好了为秦始皇歌功颂德的文章，交给了随行的地方官吏，说：“马上将上面的文字刻在这座山的石碑上。”

地方官吏说：“诺!”

秦始皇等石碑上的文字刻好了以后，对李斯说：“这个办法好，这上面的文字可以保留千万年，千万年之后的人，必然知道朕的丰功伟绩呀。李斯呀，等到了泰山，继续这么办吧。”

李斯说：“诺!”

秦始皇下了邹峄山，又登上了泰山。秦始皇在祭奠泰山后，天突然下起了暴雨，雨很大，秦始皇没有地方避雨，李斯突然看见了一棵大树，对秦始皇喊：“那里有棵大树，请陛下到那棵大树下避雨。”

侍卫搀起秦始皇，李斯与胡亥跟在秦始皇后面，秦始皇到了大树下，大树帮秦始皇遮住了风雨。秦始皇看着李斯、胡亥，说：“你们不要站在雨地里，进来避雨吧。”

李斯说：“大树为陛下遮雨，是大秦的功臣。我们没有保护好陛下，不能到大树下避雨。”

胡亥说：“父皇，大树救驾有功，应该封赏大树，激励后人呀。”

秦始皇说：“好吧，封这棵树为‘五大臣’。”

李斯、胡亥齐说：“陛下英明!”

雨过天晴之后，秦始皇封泰山而禅梁甫，在泰山上刻石之后，秦始皇离开了泰山，巡游了山东半岛，登成山和之罘山，在之罘山上立石。随后，秦始皇一行人南下，登上了琅琊山，作琅琊台，继续刻石颂功。

秦朝建立后，子民负担不但没有减轻，反而加重了很多，秦始皇大兴土木，修陵墓，修阿房宫。徐福在修行处思来想去，终于想出了一个好办法。徐福把自己包装了一番，就要出门。

童子说：“先生，每天修行的功课还有很多，先生现在上哪里去?”

徐福说：“挣大钱去。”

童子说："先生做梦吧?"

徐福说："你就在家里等我的好消息吧。"

童子说："先生，说详细些，好吗?"

徐福说："秦始皇不是到了琅琊山，我去从秦始皇手里哄笔钱，拿回来让你花。"

童子说："先生，谁的钱都可以骗，唯独不能骗秦始皇的。"

徐福说："为啥?"

童子说："先生，株连九族，我怕杀头!"

徐福说："没有金刚钻，我敢找秦始皇?"徐福把自己的计划给童子说了一遍，童子听了徐福的解释，不住地点头，说："好，好！高，高!"徐福说完，离开了家，直奔秦始皇的行宫。徐福一路走，一路盘算着。很快，徐福就来到秦始皇的行宫外面。

侍卫看着徐福，大声质问："大胆！陛下的行宫都敢闯，不要命啦!"

徐福说："我是方士徐福，能找到长生不老之术。陛下想长生不老，就必须靠我。你快去给陛下报告，要是你不去报告，到时陛下降罪下来，轻则杀你头，重则灭你全家。"

徐福慈眉善目，白胡子一大把，头发全白了，仙风道骨，气度不凡，侍卫不敢马虎，马上客气地对徐福说："你在这里等着，我去通报。"

徐福说："好的。"

侍卫进了行宫，对秦始皇说："陛下，外面有个老头，他想见陛下。"

秦始皇说："是什么样的老头?"

侍卫说："仙风道骨，像神仙下凡一样。"

秦始皇说："有什么本事?"

侍卫说："能找到长生不老之术。"

秦始皇说："怎么不早说，快让他进来。"

侍卫出了行宫，对徐福客气地说："先生，陛下请你进宫。"

徐福说："小兄弟，多谢了。"

侍卫说："老爷爷，不客气。"

徐福说："小兄弟，等陛下给了我封赏，我少不了你的。"

侍卫说："老爷爷，不敢，不敢！"

徐福进了行宫，秦始皇把徐福上下打量了一番，对徐福很有好感，秦始皇说："徐福，坐下说话。"

徐福说："草民不敢！"

秦始皇说："朕是皇帝，朕让你坐，有什么不敢呢？"

徐福说："我站惯了，我还是站着回答陛下的问题吧。"

秦始皇说："既然如此，朕就问了。"

徐福说："您说。"

秦始皇说："听说你能找到长生不老之术？"

徐福说："陛下乃万民之主，陛下长生不老，乃子民之福，社稷之幸。我能帮陛下找到啊。"

秦始皇说："徐福，长生不老之术在哪里才能找到呢？"

徐福说："陛下，大海的东面，有蓬莱、方丈、瀛洲三座仙山，山上住着神仙，神仙有长生不老的仙丹，我愿意带人去求神仙，向神仙讨要仙丹，送给陛下，保陛下万寿无疆。陛下以为如何？"

秦始皇说："徐福，对朕忠心耿耿，等你为朕取回仙丹，朕一定重重赏你。你马上就去吧。"

徐福说："去蓬莱仙岛求取仙丹，要经过人海，还需要许多人帮忙，仅凭我一个人是办不到的。"

秦始皇说："徐福，你说该怎么办？朕全部答应你。"

徐福说："需要三千个童男女，还要一艘大船，船上还要准备许多吃的，还需要带十万金，到时从神仙那里买仙丹。"

秦始皇说："徐福，等你把仙丹拿来，朕一定重重有赏。"

徐福说："为陛下求仙丹，那是我的职责，别人取代不了，非我莫属，请陛下在这里等着我回来的好消息吧。"

秦始皇说："徐福，朕就在这里等着你。"秦始皇又对李斯说："李斯，让地方官吏全力配合徐福，早日把童男女找齐，尽早出海，帮朕寻找仙丹。"

李斯说："诺。"

徐福出了行宫，李斯压低声音对徐福说：“你最好老实点，要是你打着寻找长生不老之术的幌子，骗陛下的钱，你的族人跟着你就遭了殃。”

徐福说：“既然你不信我，我现在告诉陛下，不去就是了。”

李斯说：“既然你已经说出了大话，不去也得去，只不过，我再给你提个醒，欺骗陛下，要犯死罪的。”

徐福说：“放心，我说到做到。”

李斯对候在行宫外面的地方官吏说：“从今日起，你们就听徐福的调遣，不得有误！”

地方官吏对李斯说：“诺！”转身对徐福说：“请吩咐！”

徐福说：“各位大人，你们才是我的大人，我今日为陛下办差，需要请各位大人给我帮忙，尽早把东西准备停当，早日出海，为陛下找到长生不老的仙丹。”

地方官吏说：“大人请讲！”

徐福说：“我这次出海为陛下找长生不老的仙丹，需要一艘大船，三千童男女，还需要吃的喝的，请各位大人早日准备好，我早日出发。”

地方官吏说：“诺。”

地方官吏领命而去。

徐福回到了家，童子说：“你骗钱就骗钱，为什么还要找童男童女？”

徐福说：“我不故弄玄虚，怎么能够骗得了皇上？皇上大兴土木，秦国的子民都服徭役去了，服徭役的子民大多数都死在了工地上，我带三千童男女，还不是为这里保留香火。我这样做，有什么错？”

童子说：“对不起，我错怪先生了。”

地方官吏很快就把徐福要的东西准备妥当了，把三千童男女押上了海边的大船，在船上装上食物、淡水等出海的用具，还把十万金装上了船。徐福到了船上，清点了一下船上的物品，一样不差。徐福下了船，来到了秦始皇的行宫，见了秦始皇，徐福说：“陛下，我来辞行。”

秦始皇说：“徐福，你为朕寻找长生不老的仙丹，这是大事，不能马虎，必须搞一个盛大的仪式才行。”

徐福说：“陛下考虑得周到。”

秦始皇出了行宫，来到了大海边，祭拜了海神，秦始皇说：“海神啊海神，请你保佑徐福一帆风顺，早日到达蓬莱仙岛，早日找到神仙，早日帮朕找到长生不老的仙丹，早日平安归来，朕还想活上几万年，朕还有许多宏大的心愿没有完成。到时，朕就在这里，为海神修一座宏大的行宫，年年前来祭拜!”

秦始皇祭拜过海神之后，对徐福说：“徐福，你肩负着大秦最神圣的使命，请你不要辜负大秦子民的重托，不要辜负了朕的信任。”

徐福说：“陛下，我就是上刀山，下火海，也要帮陛下把长生不老的仙丹找回来。”

秦始皇说：“好，朕在这里等你。”

徐福说：“陛下，要是海上没有风浪，一切顺利的话，三个月就可以返回来。要是遇上了风浪，我就说不准了。”

秦始皇说：“没事，朕现在有的是时间。”

徐福说：“陛下，我要是三个月没有回来，请陛下不要在这里等了，等我回来了，一定把仙丹亲自送到您手里。”

秦始皇说：“好吧。”

徐福上了船，对船工说：“开船!”徐福的船离开了海边，徐福站在船头，向岸上的秦始皇招手说：“陛下，海边风大，小心着凉。请回去吧。”

秦始皇说：“徐福，朕在这里等你们回来呀。”

徐福的船渐渐远去看不见了，秦始皇满怀欢喜回到了行宫里，想着：有了长生不老的仙丹，再活几万年，要把天下走遍，再出海看看，最后等征服了匈奴，再到匈奴转转。

徐福到了海上，对童男女说：“你们知道我为什么要带你们出海吗?”

童男女说：“先生，为陛下求仙丹啊。”

徐福说：“错!”

童男女说：“先生，那是为了啥?”

徐福说：“秦始皇徭役重，兵役重，你们要是在琅琊山，迟早会没了命。你们要是死了，琅琊山的香火就没人延续了。你们现在有吃有喝，不用服徭役，也有人身安全，等遇到合适的小岛，我放你们上岛，你们可以与心仪的人一起生活。”

童男女说：“先生，我们错怪您了，您是我们的救命恩人呀。要是有合适的小岛，请放我们下船，我们不回去了。”

徐福说：“好啊。”

童男女说：“先生回去了，秦始皇向先生要仙丹，先生怎么办呢？”

徐福说：“世上根本就没有仙丹，糊弄秦始皇还不容易，到时随便编个理由，就可以把秦始皇打发了。”

徐福的大船在大海上已经航行了很久，他们终于找到了一个小岛，徐福把这群童男女都放到了小岛上，就驾着船，与他们分别了。船上还有吃的喝的，徐福不着急回去，就在大海上漂啊漂，过起了神仙的日子。

徐福走后，秦始皇天天派赵高到海边去看，赵高每次回来，秦始皇急切地问：“徐福回来了吗？”

赵高说：“陛下，还没有。”

就这样，秦始皇在琅琊山等啊，等啊，三个月过去了，徐福还是没有回来。一股上当的感觉爬上秦始皇的心头，秦始皇终于坐不住了，把李斯叫到身边，问：“李斯，徐福不会骗了朕吧？”

李斯说：“陛下，从这里到仙山，路途遥远，加上海上风浪大，徐福一时半会赶不回来，徐福绝对不敢骗陛下。”

胡亥说：“父皇，我们先到别的地方巡游，我派人在这里等着徐福回来的消息吧。”

秦始皇说：“事情已经是这样了，好吧。”

秦始皇离开了琅琊山，这天到了彭城，秦始皇突然看见落入泗水中的周鼎露了出来。九鼎象征着至高无上的王权，预示着国家统一昌盛，被夏朝、商朝、周朝奉为传国之宝。战国时，秦、楚皆有兴师到周王城洛邑求鼎之事。传说周显王三十三年，天下越来越乱，宋国恐怕鼎落入他人之手，便把鼎从太丘社中取走，从水路运到彭城时，沉入了泗水。

秦始皇说：“李斯，赶快通知地方官，把泗水中的周鼎打捞上来吧。”

李斯说：“诺！”

李斯下令彭城官吏组织人员到泗水打捞。子民在官吏的指挥下，把船开到泗水中间，用竹竿试探，派人潜水，想尽了办法，终于找到了周鼎，用绳子绑在周鼎上，刚刚拉出了水面，从周鼎中出来了一条龙，咬断了绳子，周鼎又掉进了水里。秦始皇不死心，四处查找，在周鼎掉下的地方，找来找去，还是没有找到。

李斯说："陛下，已经想尽了办法，周鼎还是没有打捞上来。"

秦始皇说："为什么打捞不上来？"

李斯说："陛下，我经过多方打听，到附近庙宇去祈祷，神灵给我托梦说，周鼎已经被河神拿着送给了东海的老龙王了。"

秦始皇说："真有此事？"

李斯说："千真万确。"

秦始皇说："周鼎已经被东海龙王拿走了，也是一件好事情，朕不与东海龙王争了，继续巡游。"

秦始皇离开了彭城，渡过淮水到了衡山，从衡山到南郡的途中，船路过湘山祠的时候，突然刮起了大风，船摇晃得十分厉害，几乎要翻船。同船的人惊恐万分，不知道如何是好。特别是胡亥，连忙向秦始皇请示。

胡亥说："父皇，湖中风浪这么大，应该怎么办呢？"

秦始皇说："东海龙王拿去了朕的周鼎，朕没有跟龙王计较，龙王不会把朕怎么样的。放心好了，继续行船！"

李斯说："陛下，江上风浪很大，要不暂时避让一下，等风浪小了，接着继续赶路吧。"

秦始皇说："要是龙王继续吓朕，朕不如也吓唬一下龙王。"

李斯问："陛下，神灵得罪不起呀。"

秦始皇说："朕是天子，龙王不敢把朕怎么样。现在派三千个人，上湘山砍树，让湘山祠里的山神去通知龙王，不要跟朕开玩笑，早早地罢手吧。"

李斯说："诺！"

李斯从侍卫中抽调了三千人，把他们派到湘山祠，他们在湘山祠上，大肆砍伐树木，刚才还波涛汹涌的湖面，顿时风平浪静。

胡亥说："父皇这个办法就是高啊。"

秦始皇说："朕是真命天子，神仙见了朕，也要让三分。"

李斯说："陛下威武！"

秦始皇的船队顺利通过了湘山祠，到了南郡后，来到了武关。

武关官吏带着子民早早出关迎接，子民跪在武关道旁，低着头，战战兢兢，连大气也不敢出。等秦始皇进了武关，官吏带着子民返回关内，低眉顺眼，显得十分温顺，跟在秦始皇队伍后面。

秦始皇上了关城，望着南方，对李斯说："武关是个好地方啊。"

李斯说："楚国当初把武关割让给秦国就是严重失策。"

秦始皇说："李斯，楚国不把武关割给秦国，还有别的选择吗？商鞅将少习关改为武关，藏有玄机，改得好啊。商鞅将对面的山叫笔架山，将商於之地所有的笔都放在笔架山上，更是将大秦的治国之道，诠释得淋漓尽致。读书人有笔杆子有什么用呢？许多无用的书，只能把子民教坏了，留这些书有什么用呢？还不如烧了，一了百了。大秦的军队，从武关出兵，灭了楚国，武关成就了大秦的将军们！武力征服一切，就是最好的说明。大秦要继续依靠武力治理天下，匈奴何愁不灭？秦国世代相传，万世统呀！"

李斯说："陛下所言极是。"

武关官吏来到秦始皇面前，说："陛下，臣有事上奏。"

秦始皇说："按规定，你没有权利直接上奏，但是，今日例外，请讲！"

武关官吏说："陛下，多谢！传说少习部落的子民曾经在武关生活，武关大鲵是进贡商纣王必不可缺的美味佳肴，大鲵延年益寿，臣已经给陛下准备好了，请陛下尝尝。"

秦始皇说："好啊，快点端上来吧。"

武关官吏很快派人把炖好的大鲵端了上来，太监用银针检验之后，让人盛到秦始皇面前，秦始皇拿起饭勺，慢慢地品尝之后，说："不错，真不错！"

李斯对武关官吏说："武关有这么好的东西，为什么藏而不报？"

武关官吏说："大人，小人上报了多少次，总管说皇宫好吃的吃不完，不稀罕这个东西，拒绝了。"

李斯说："我回去好好批评他，你们做好上报的准备。"

武关官吏说："陛下，武关妇人天天祈祷神灵，保佑陛下万寿无疆！"

秦始皇说："就是商鞅树立的那个样板吗？"

武关官吏说："陛下，千真万确！"

秦始皇说："武关妇人呢？"

武关官吏说："就在迎驾的子民中间。"

秦始皇说："叫到朕跟前，朕要见她。"

武关官吏说："诺！"

不一会儿，武关官吏把武关妇人带到了秦始皇面前，秦始皇说："当地的官吏说，你天天为朕烧香，保佑朕万寿无疆，有这事吗？"

武关妇人说："陛下，千真万确。"

秦始皇说："为什么要这么做？"

武关妇人说："陛下，民妇的八个儿子为了秦国战死了，民妇不希望孙子因为战争而死了。大秦有陛下在，就不会有战争了啊。"

秦始皇说："说得好啊，从今天起，你们家就不要服兵役了。"

武关妇人说："诺！"

秦始皇的车驾离开了武关，秦始皇到商鞅封邑的时候，在封邑略作停留，返回了咸阳。

第 26 章

秦始皇回到咸阳后，休息了几个月，觉得皇宫里十分沉闷，不如外出转一转，秦始皇把李斯叫来，说："皇宫里太静啦，静得可怕，朕在皇宫里一天也不想待了，陪朕到外面走走。"

李斯说："诺!"

秦始皇说："这段时间，朕夜夜睡不着，想起了已故的将军和大臣，梦见了先祖，朕感觉人生短暂，还有许多事情没有完成。朕要继续在名山刻碑，将朕的丰功伟绩昭告后人，让全天下的人，都知道朕的丰功伟绩。"

李斯说："陛下所言极是。"

这一年，秦始皇从咸阳出发，去了山东半岛，又到之罘山、琅琊山，秦始皇为自己写了颂文，李斯命令当地官吏叫来石匠，将秦始皇的话，刻在了之罘山顶。秦始皇站在山顶，看着碑文上的字，流连忘返，感觉自己与天地成为一体。

秦始皇每次出巡，都要修建行宫，派徭役，沿途各级官吏，为了给秦始皇献殷勤，大量搜刮民脂民膏，根本就不顾子民疾苦，子民已经没有了活路，就铤而走险，结伙成了盗贼。秦国的盗贼多如牛毛，各级官吏不是不知道，他们欺上瞒下惯了，报喜不报忧，都压住子民的疾苦不报。子民既要受官府盘剥，又要遭盗贼抢劫，日子难上加难。子民饥寒交迫，盗贼从子民那里抢不到东西，就冒着杀头的风险抢官府的，胆子越来越大了。

阳武县有伙盗贼，人多势力大，在阳武县屡次得手。这天，盗贼的眼线带给盗贼一个振奋人心的消息，有一支队伍，带着丰厚的财物，浩浩荡荡地朝阳武县（今河南省原阳县东南）博浪沙而来。

盗贼头子说："只要这次得手了，几辈子都不愁吃喝了。只是这支队伍有秦兵护送，干还是不干？"

盗贼说："我们干的就是玩命的事，哪次不是把脑袋别在裤腰带上。有大财发，为什么不干呢？"

盗贼头子说："你们可要想清楚，这次抢的可是一位大官。"

盗贼说："只要能发大财，哪怕是秦始皇，我们都不怕。"

盗贼头子说："这次要是被抓住了，就是株连九族的大罪啊。"

盗贼说："我们都活不下去了，哪里还有后代？自从走上了这条道，早就把生死置之脑后了，怕死就不会当盗贼了。"

盗贼头子说："既然弟兄们都想干，干就是了。"

盗贼对这一带非常熟悉，他们从秦始皇巡游队伍的侧翼快速穿插，一直尾随秦始皇到了阳武县博浪沙，博浪沙与阳武县有很长一段路，阳武县官吏发觉派兵来救，还要用上一段时间。要是顺利得手，阳武县派兵来的时候，战斗早就结束了，可以带上货物，远离博浪沙，躲到秦军找不到的地方隐藏起来。

秦始皇坐在车驾上，昏昏欲睡，每次出巡，都平安无事，秦始皇的侍卫已经放松了警惕，侍卫心里想着，在大秦，谁不要命了，竟敢打陛下的主意。侍卫跟在秦始皇四周，继续赶路。寂静的大路上，除了马蹄声、车轮声，就没有别的声音。太阳照着，风儿吹着，清新的空气迎面扑来，秦始皇无忧无虑地睡着。

盗贼埋伏在秦始皇队伍的侧翼，观察了很久，除了这支队伍，再没有别的队伍了。

盗贼头子拿起刀，喊着："冲啊！"

盗贼一起从大路侧翼的斜坡上冲到了秦始皇的队伍前，惊醒了秦始皇，秦始皇抬起头，朝盗贼看着，心里想着，简直是吃了豹子胆，竟然抢到了朕的头上，胆子实在是太大了。秦始皇心里恼怒，仍然镇静地坐在车驾上，看着这群不要命的盗贼。

盗贼头子说："留下东西，赶快滚蛋，饶你们不死！"

李斯走下车，抽出宝剑，对盗贼说："你们是干什么的？"

盗贼头子说："给你明说吧，我们就是一群强盗。"

李斯说："日子这么好，有吃有喝，为什么要当强盗？"

盗贼头子说："徭役越来越重，赋税越来越多，加上兵役，还有许多苛捐杂税，已经被逼得无路可走了，秦始皇年年出巡，修行宫，分摊派，活不下去了，不当强盗，难道让我们上吊吗？"

李斯说："你们竟敢在陛下面前胡言乱语，抹黑大秦，你们已经犯下了死罪。只要你们改过自新，我可以让陛下放你们一条生路。"

盗贼头子说："大秦骗了我们许多年，你说的鬼话谁信呢？要是放下了武器，我们一个也别想活命。"

盗贼说："头领，不要跟他啰嗦了，抢吧。"

盗贼头子说："好，抢啊！"

盗贼举着武器，冲向了侍卫。

李斯举着剑，对侍卫说："一个盗贼也不要放跑了，格杀勿论！"

侍卫久经沙场，把这伙乌合之众根本就没有放在眼里，三下五除二，打得盗贼招架不住，节节败退，落荒而逃。

秦始皇站在车驾上，说："抓一个活的，朕要问问他们到底是盗贼呢，还是六国趁机作乱的贵族反叛势力。"

李斯说："陛下，他们刚才已经表明了身份，他们是伙强盗。"

秦始皇说："盗贼不可怕，可怕的是六国残党余孽。朕不能听他们一面之词，要亲自问问。"

侍卫抓住了一个盗贼，押到秦始皇面前，秦始皇问："老实交代，你们是不是六国残党余孽？"

盗贼说："我们是盗贼，要杀要剐，随你的便，何必啰嗦？"

秦始皇说："朕的队伍你们都敢抢，你们的胆子也太大了。不杀你们，难解朕心头之恨！拉下去，砍了！"

强盗说："你穷兵黩武，祸害子民，你不会有好下场。"

侍卫将强盗拉到一边，杀了。

秦始皇心里很不高兴，自己堂堂一个皇帝，竟然还有人不知道敬畏，向自己下手，难道武力征服，没有把这些人打怕？还是大秦的律法不够苛刻，没有起到震慑作用？

秦始皇说："李斯，这伙强盗，光天化日之下，为什么敢抢朕？"

李斯说："陛下，强盗不知道您是陛下，认错人了。"

秦始皇说："不，李斯，还是大秦的律法过于宽容，徭役太轻了。"

李斯说："陛下所言极是。"

秦始皇说："李斯，阿房宫现在修得怎么样了？"

李斯说："正在抓紧时间修。"

秦始皇说："李斯，告诉他们，加派人手，加快速度，朕要看着阿房宫尽快完工。"

李斯说："诺！"

秦始皇巡游的兴致被这伙强盗给冲淡了，到了阳武县，阳武县县令兴冲冲地来到秦始皇面前，秦始皇说："你这个县令是怎么当的？"

阳武县县令莫名其妙，惊恐地低着头，跪在秦始皇面前说："陛下，臣该死！"

秦始皇说："你错在哪里？"

阳武县县令说："臣接驾来迟。"

秦始皇说："与接驾无关。"

阳武县县令说："臣不知。"

秦始皇说："阳武县县令，朗朗乾坤，太平盛世，竟然在你的地面上出现了强盗，抢的还是朕，你知道不知道？"

阳武县县令擦着脸上的汗珠，战战兢兢地说："臣一定把这伙强盗抓捕归案，绳之以法，以儆效尤！"

秦始皇说："三日之内，必须将强盗抓捕归案，不得有误！"

阳武县县令说："诺！"

秦始皇离开阳武县以后，阳武县县令把县尉叫来，对县尉说："县尉大人，这伙强盗，抢谁不行，非要抢陛下，陛下让三日抓捕归案，你带人马上去办。"

县尉说："县令大人，强盗神出鬼没，踪迹很难找到，我们在很短的时间内无法办到。"

县令说："县尉大人，这可是陛下下的钦旨，不好办，也得办。"

县尉说："县令大人，我有个主意，不知该讲不该讲？"

县令说："县尉大人，但讲无妨。"

县尉说："县令大人，我们在派兵追剿的同时，先拿大牢里的死囚顶罪，等过了这关，我一查到底，县令大人以为如何？"

县令说："县尉大人，这个办法实在是妙，就依县尉大人的计策办。"

隔了一日，县令趁着夜深人静，把大牢里的死囚转移到了城外，脱下了他们的囚服，给他们换上了强盗的衣服，在他们脚下扔下了武器。

囚犯说："你们要干什么？"

县尉说："你们这伙强盗，死到临头了，还想狡辩？"

囚犯说："我们不是强盗，我们是被冤枉的子民！"

县尉说："你们和阎王爷说去。"

县尉对秦兵说："你们还在等什么？上！"

囚犯为了活命，拿起脚下的武器，说："我们跟你们拼了！"

县尉给囚犯的都是木质武器，秦军拿起武器，一阵乱砍，囚犯拿起武器一挡，就被砍断了，囚犯气急败坏地说："你拿假武器黑我们！"囚犯还没有说完，就被砍死了。

县尉说："砍下他们的人头，装进匣子里，准备送给陛下。"

秦军举起刀，像切西瓜似的，砍下了囚犯的人头，装进了匣子里。秦军就地埋了囚犯的尸体，带着囚犯的人头回了阳武县衙。第二天一早，阳武县县令在县尉护送下，赶上了秦始皇的队伍。阳武县县令来到秦始皇车驾前，对秦始皇说："阳武县那伙强盗已经被我们抓住，已经就地正法。"

秦始皇问："有何证据？"

县令说："人头为证！"

秦始皇说："呈上来！"

县令对县尉说："陛下让呈上盗贼的人头。"

县尉马上带人把人头放到了秦始皇车驾前，秦始皇看了看，对县令说："对待强盗，绝不手软，明白吗？"

县令说："诺！"

秦始皇的车驾继续朝前走着，但是秦始皇已经没有了心情，车驾到了上党郡，就返回了咸阳。

第27章

秦始皇回到了咸阳，心里还想着阳武县那次历险，为什么官吏说的跟子民说的不一样？要是一直待在咸阳王宫里，自己是不是就成了睁眼瞎，对外面的状况是不是就一无所知了？自己身体不好，儿子扶苏守卫着边关，儿子胡亥虽然每次都跟着自己出巡，但是胡亥的表现，并不令自己满意。要是自己真的有个三长两短，大秦的大好江山将交给谁来掌舵？与其交给自己的儿子，还不如继续寻找长生不老的仙丹，要是自己把仙丹找到了，长生不老，大秦的事就好办了，大秦的大臣就不敢对自己隐瞒不报了。

秦始皇想到这里，派人叫来了李斯，秦始皇说："大臣太不把朕当回事了，对朕不说实话，是不是看朕的身体一年不如一年了？"

李斯说："陛下多虑了，没有人敢对陛下不敬啊！"

秦始皇说："李斯，跟着朕继续到外面寻找长生不老的仙丹吧。"

李斯说："诺！"

离上一次出游刚刚过了三年，秦始皇从咸阳出发，巡游北边，从上郡入，在碣石刻石的时候，秦国方士卢生求见，秦始皇问："你有什么事？"

卢生说："仙人羡门、高誓那里有长生不老药，我帮陛下去找吧。"

秦始皇说："仙人住在哪里？"

卢生说："仙人住在大海上。"

秦始皇想起了徐福的事，多了个心眼，说："卢生，朕与你一起去找仙人吧。"

卢生说："陛下，大海风高浪急，很不安全。万一要是有个三长两短，我怎么向大秦子民交代呢？"

秦始皇说："卢生，你说怎么办吧。"

卢生说："陛下，我的命是陛下的，我愿意冒死去帮陛下找啊。"

秦始皇说："好啊，找到仙药，你就是大秦最大的功臣啊。"

卢生说："陛下，只要您长生不老，大秦的子民都高兴啊。"

秦始皇说："卢生，你什么时候去？此事不敢耽搁啊，朕感觉力不从心，身体一天不如一天，大秦不能没有朕呀。"

卢生说："陛下，我现在就走。"

秦始皇说："好啊，卢生，路上注意安全。"

卢生说："为了陛下，我会加倍小心的。"

卢生带着人，坐着船，离开了岸边，去了大海。秦始皇在碣石附近的行宫里等啊，等啊，终于等到卢生从大海上回来了，秦始皇喜出望外地看着卢生，急切地问："卢生啊，找到仙人了吗？"

卢生说："陛下，我到仙人家，仙人的童子说，师父出游了。"

秦始皇问："卢生啊，帮朕找到仙丹了吗？"

卢生说："陛下，没有。"

秦始皇问："卢生啊，神仙什么时候回家？"

卢生说："陛下，童子说，多则一百年，少则三十年。"

秦始皇说："哎呀，这可怎么办呢？"

卢生说："陛下，您为什么要悲观呢？我从仙人那里给陛下带回了一本《录图书》。"

秦始皇说："是什么书？让朕瞧瞧。"

卢生把书递给了秦始皇，秦始皇接过书，翻开一看，只见书上写着："亡秦者，胡也。"秦始皇对李斯说："军情紧急，马上打道回咸阳。"

李斯说："刚刚出来，仙丹还没有找到，为什么就要回去？"

秦始皇说："胡人亡秦之心不死，朕要先下手为强。"

李斯说："诺！"

秦始皇回到了咸阳，马上召集大臣朝议，秦始皇说："匈奴亡秦之心不死，现在已经得到了确切的情报，谁愿意出战？"

蒙恬赶紧上前一步，说："末将愿往！"

秦始皇说："三十万大军，可否？"

蒙恬说："诺！"

秦始皇说："何时出发？"

蒙恬说："明日出发！"

蒙恬回到军营，率领三十万秦军，北击匈奴。蒙恬大军攻占河南地，占据阳山，设九原郡。增修了秦、燕、赵长城，建立了西起临洮、东至辽东的万里长城。

蒙恬在北方取得了胜利，秦始皇心里特别高兴，把李斯叫来，说："李斯，朕现在最不放心的还是楚国故地，朕多么想到楚国去看看啊。"

李斯说："北边有蒙恬将军，陛下可以放心地出巡了。"

秦始皇车驾离开了咸阳，经过武关的时候，武关子民在武关官吏带领下，在西门外迎接秦始皇的车驾。当秦始皇的车驾到了武关西门的时候，武关官吏把炖好的大鲵汤端到了秦始皇面前，太监用银针试过之后，递到秦始皇手里。武关几个大胆的子民，偷偷地瞄秦始皇，发现秦始皇已经十分苍老了，秦始皇端着碗的手，不住地颤抖，拿起的汤勺，把碗里的汤弄到了饭桌上，不听使唤了。秦始皇已经没有前两次出入武关的时候那么精神了。几个子民在心里说："陛下要长命百岁，可是已经离死不远了。"

秦始皇心里还想着曾经秦楚之间的恩恩怨怨，对武关官吏说："武关是秦国的南大门，无论到了什么时候，都要把这扇门替朕守好。"

武关官吏说："陛下，请放心，我们绝不辜负陛下的期望，做到人在关在，人亡关不亡。"

秦始皇说："有你们这句话，朕就放心了。"

武关官吏看着秦始皇，动情地说："陛下，多多保重身体。"

秦始皇说："朕身体很好，徐福已经去了蓬莱仙岛，等徐福从蓬莱仙岛将长生不老的仙丹给朕拿回来，朕就可以活上几万年了。"

武关官吏说："万岁，万岁，万万岁！"

秦始皇站在车驾上，看了看武关，接着继续出发了。

武关官吏带着子民，把秦始皇送出了武关东门，看着秦始皇的车驾渐渐走远了，武关官吏和子民返回了武关。

几个子民在一起窃窃私语。

子民甲说："陛下没有以前精神了。"

子民乙说："可不是，神情恍惚，到了武关，也没下车，也不到关城上转转。"

子民甲说："世上有没有长生不老的仙丹？"

子民乙说："谁知道呢。"

子民甲说："要是找不到长生不老的仙丹，陛下是不是……"

子民乙说："不要胡猜了。"

子民甲说："要是陛下没了，秦国的子民咋活呢？"

子民乙说："子民还不是过子民的日子呀。"

子民甲说："六国就会作乱呀。"

秦始皇到了楚国云梦，在九嶷山祭祀了虞舜，然后乘船经过丹阳，渡过钱塘江。到浙江时，水面波涛汹涌，登会稽山，祭祀大禹，并且刻石。

叔父项梁带着项羽正好从这里路过，与秦始皇巡游的队伍不期而遇，项梁赶紧把项羽拉到一边，项羽问："叔父，车驾上坐的是谁？"

项梁压低声音说："当今皇帝。"

项羽说："就是楚国的仇人秦始皇吗？"

项梁说："正是此人。"

项羽说："叔父，我要为族人报仇，取代了他。"

项梁说："好啊，但是，你不要把志向说出来，要牢牢地记在心中。现在到处都是秦始皇的密探，稍有不慎，就会被逮捕杀头。"

项羽说："秦始皇这个暴君，迟早没有好下场。"

秦始皇巡游的队伍走了，项羽和叔父继续朝前赶路。

秦始皇回来的时候，经过吴、江乘，走海路到达琅琊山。秦始皇的儿子胡亥听说徐福从海上回来了，准备派人把徐福找来，问找仙药的事，没想到徐福竟然自己跑来了。

徐福见了秦始皇说："陛下，我从海上刚刚回来。"

秦始皇说："徐福，为朕找的仙药呢？"

徐福说："陛下，海上鲛鱼作乱，仙人大怒，没有给我仙药，掀翻了我的船，淹死了三千童男女，还有那十万金也沉入了大海，只有我被海浪冲到了岸边，逃了回来。陛下，现在想想，我都觉得可怕。”

秦始皇说：“徐福，又是这可恶的鲛鱼，下次要是让朕遇见了鲛鱼，朕一定杀了鲛鱼，省得鲛鱼兴风作浪，继续害了朕的好事。”

徐福说：“陛下也遇见了鲛鱼吗？”

秦始皇说：“徐福，就在你还没有来的那天晚上，朕又梦到和海神打仗。朕问巫师，巫师告诉朕，遇到鲛鱼就杀，一定会逢凶化吉的。”

徐福说：“陛下，又是这该死的鲛鱼。等陛下杀死了鲛鱼，我再去东海求见仙人，定能为陛下将仙药求到。到了那个时候，陛下吃了仙丹，就会长生不老。”

秦始皇说：“好啊。”

徐福心里暗暗地说：“没想到秦始皇这么好骗，这次又让自己蒙混过关了。”其实不是徐福的骗术有多么高明，主要是秦始皇太想长生不老了。秦始皇现在是越来越老，身体一天不如一天了，秦始皇谈死色变。秦始皇周围的大臣心知肚明，没有人在秦始皇面前提“死”这个字，他们都在讨好秦始皇，忽悠秦始皇，就怕把秦始皇得罪了，秦始皇会找他们算账。

秦始皇说：“徐福，等朕杀了鲛鱼，你马上去蓬莱仙岛，为朕寻找仙丹。要是你把仙丹从蓬莱仙岛给朕找来，朕赐你爵位，封你土地，给你最大的荣华富贵。”

徐福说：“诺。”

徐福出了秦始皇的行宫，回到了家里，徐福的童子说：“先生是吃了豹子胆吗，还敢回来呀？”

徐福说：“我刚刚从陛下那里出来，陛下不但没有找我麻烦，还让我继续帮他寻找仙丹。”

童子：“先生，陛下骗了那么多人，做了那么多坏事，陛下的话，你还信啊。要是你把长生不老的仙丹找回来给了陛下，你就到了头。”

徐福说：“关键是陛下不想死，仙丹能帮陛下长生不老，陛下相信，其他人没有办法啊。”

秦始皇北行至之罘山，见到江里有条大鱼，激动万分，对侍卫喊：“谁射死那条大鱼，朕重重有赏。”

侍卫连忙拿起连弩，对着大鱼“嗖，嗖，嗖”一阵猛射，大鱼从江里翻起了白肚皮，秦始皇高兴坏了，说：“好啊，好啊，大鱼终于被朕射死了。”

秦始皇对赵高说：“赏每人十金吧。”

赵高说：“诺！”

赵高拿着银子，来到侍卫面前，说：“这是陛下的赏赐，谢恩吧。”

侍卫跪下，接了赵高递过来的银子，一起说：“谢陛下隆恩！”

赵高来到秦始皇面前，说：“陛下，已经把金子给了侍卫。”

秦始皇说：“还有一件最重要的事，忘了对你说。”

赵高说：“陛下，请吩咐！”

秦始皇说：“朕与徐福有个约定，现在朕射杀了大鱼，马上派人告诉徐福，让徐福尽快出海，去蓬莱仙岛，为朕寻找长生不老的仙丹，不得有误！”

赵高说：“诺！”

赵高亲自来到了徐福修行的地方，将圣旨告诉了徐福，赵高说：“徐福，大鱼已经被陛下射死了，即日起，马上到东海蓬莱仙岛，为陛下寻找长生不老的仙丹，不得有误。”

徐福说：“诺！”

徐福当天坐着地方官吏为自己找的大船，就出了海，在大海上漫无目的地漂着。过了一个月，徐福派人从海上回来，来人回到徐福住处，问童子：“陛下是不是还在之罘山？”

童子说：“陛下早就离开了之罘山，到了平原津，生了病，死在了沙丘平台。李斯、胡亥带着陛下的灵柩，已经回咸阳了。”

来人赶紧坐船到了海上，找到了徐福，告诉徐福秦始皇死了的事，徐福才从海上返回。这个时候，在赵高和李斯的密谋下，篡改了秦始皇的本意，扶持胡亥继承了皇位，并秘密下诏，赐死了公子扶苏。胡亥继位以后，子民的赋税、徭役更重，秦国的律法更加残酷，官吏更加残暴，逼死的子民堆积如山。

武关官吏又接到了征兵的任务，掰起手指头数了数，武关已经无兵可征了，武关官吏不得不来到武关妇人的家，说：“你孙子到了服兵役的年龄，请他跟我们走！”

武关妇人说：“陛下不是当着你们的面宣布，免了我家的兵役了吗？”

武关官吏说：“如今陛下已经换了，老皇历已经不起作用了。”

武关妇人说：“我们家现在只剩下这根独苗了，你就让他留下为我们家延续香火吧。”

武关官吏说：“我们完不成任务，也是死啊。”

武关妇人的孙子被武关官吏强行带走。

武关妇人跪在院子里，哭着喊：“你让子民咋活呀！”

武关妇人的儿媳从屋里出来，劝着说：“娘，您哭坏了身子，也解决不了问题呀。”

武关妇人从地上爬起来，一头撞死在门前商鞅给立的石碑上。

武关妇人儿媳已经没有眼泪，安葬了武关妇人，在武关妇人的坟前哭诉说：“娘，等大秦灭亡的那一天，我再与你们来相会！”

武关妇人的这种惨剧，天天都在大秦上演。

大秦的子民怨声载道，大秦的官吏人人自危，貌似强大的大秦，迅速走向了衰落。大秦这座大厦，已经动了根基，慢慢地倾覆了。

第28章

陈胜、吴广在河南老家，老老实实地种地，服徭役。陈胜、吴广做梦也没有想到，他们老实本分，在大秦听话守规矩，竟然在公元前209年，一个阴雨绵绵的天气，到了大泽乡这个地方，他们与一群戍边的士卒，由于这鬼天气，无法按期到达戍边的地方，按秦律法，就必须死。前进是死，不前进也是死，与其都是死，还不如反了，死得痛快。陈胜和吴广领着九百多个人，振臂一呼。陈胜、吴广掀起了反秦风暴，很快就席卷整个大秦。

刘邦在老家沛县的时候，还是一位小小的亭长，每天都要完成里正派来的差事，每个差事都是不折不扣、坚决地完成。名目繁多的差事，简直比牛毛还要多。刘邦虽然已经恨透了大秦，但是刘邦忍气吞声，服服帖帖地做，没心没肺地活。里正天天跟催命鬼似的，天天都到刘邦家，给刘邦安排任务。刘邦见了里正说："大人，又有什么事？"里正说："刘邦，明儿带人去把大路扫干净。"刘邦说："大人，地里活多，昨天你让子民出钱，今天又让子民扫路，给子民喘气的空都不留，还让不让子民活了？"里正说："刘邦，少说消极话，要是误了事，你我都要被杀头的。"刘邦说："大人，又是谁要来？"里正说："当今皇帝。"刘邦说："大人，这里都是顺民，陛下从这里过有什么作用？"里正说："刘邦，不管陛下从这里路过不路过，都要按照陛下路过的标准，把路打扫干净，这是规矩，你明白不？"刘邦说："大人，这不是劳民伤财吗？"里正说："刘邦，劳民伤财那是陛下的事，亡不亡国，跟你有什么关系？"刘邦嘴上说："大人，我跟你开玩笑，明天我就带人去扫路。"心里说："像这样折腾下去，把子民得罪了，陛下就是再威武，迟早也要被折腾进去。"刘邦又在心里暗暗地说："等着瞧，要是有一天，有一个人敢起来反抗陛下，我刘邦就是第二个。等我做了皇帝，我一定不折腾子民。”

陈胜、吴广起义的消息传到了沛县，刘邦带着一群不要命的兄弟，树起了反秦大旗，痛痛快快地反秦。刘邦没有想到，平日对大秦低眉顺眼的子民，竟然如此仇恨秦朝。自己一个亭长，竟然有这么大的号召力，自己的队伍越来越大，靠着反抗大秦，竟然与六国贵族后裔站在了一起。刘邦在感激陈胜、吴广的时候，更加珍惜机遇，奋发图强，自己必须干一番轰轰烈烈的大事。刘邦竟然成了反秦大军中一支不可小觑的重要力量，就要与项羽一决高下了。

项羽在叔父项梁帮助下，抓住时机，拥立楚怀王的孙子为义帝，召集楚人，壮大队伍，积极反秦。楚怀王答应救援赵王，派宋义、项羽北征巨鹿，派刘邦西征，规定先入关中者为王。刘邦带着兵马奉命西征，从砀县出发经过砀、东两个郡县，在城阳和成武大败秦军，迫使王离出逃。刘邦军队继续西进，在昌邑碰到了彭越军队，两军联合攻击昌邑没有攻下来，只好退兵到栗，碰到了刚武侯，得到了四千多名士卒，并收编了彭越的军队，刘邦兵力再次增强。

秦军主力被牵制在巨鹿，刘邦联合其他势力依然没有拿下昌邑，于是放弃昌邑，转向易攻的秦地。刘邦军队来到高阳，招揽贤士，得到了谋士郦食其，在郦食其的谋划下，刘邦占领陈留。刘邦在陈留获得足够的给养和士卒，继续向西攻下了白马、颍阳，遇到张良所在的韩军，一起围攻韩地。由于赵将司马印正要渡河抢先入关，刘邦遂带兵进入平阴，毁坏渡口，在洛阳东部与秦军交战。刘邦战败以后，改道南阳，派兵镇守阳翟，在犨东打败吕齮的南阳守军，迫使吕齮退到宛城。张良献计回攻南阳，刘邦连夜围攻宛城，吕齮在门客的建议下，投降了刘邦。

刘邦军队不断地壮大，向西攻占丹水、西陵、胡阳、析县、郦县。刘邦拉拢民心，招降部分秦军，浩浩荡荡地朝武关开来。刘邦大军到武关东门外五里的地方，只见武关妇人的儿媳跪在路上。

刘邦让大军停了下来。

刘邦和张良来到武关妇人的儿媳面前，刘邦问：“你为什么这么做？”

武关妇人的儿媳说："您要是灭了大秦，就是我们全家的恩人。"

刘邦问："此话怎么讲？"

武关妇人的儿媳说："我是武关妇人的儿媳妇，我们家原本是书香门第，我婆婆在商鞅教导下，逼着教书为生的公公参加商鞅的邑兵，商鞅反叛时，我公公被秦军所杀。我丈夫弟兄八个，为了获得军功，先后参加秦军，战死在楚国。我儿子被强行拉到秦军时，我婆婆在院子里碰死了。最近，我儿子也战死了。"

张良说："你婆婆就是武关妇人呀，失敬！失敬！"

武关妇人的儿媳说："您知道我婆婆？"

张良说："你婆婆是商鞅树立的样板，天下有名！"

刘邦带着大军继续往武关走，但心里却在想，穷兵黩武，如昙花一现，最终都没有好结果。刘邦大军离武关二里地，张良让大军停了下来。

刘邦说："军师，武关近在眼前，为什么停了下来！"

张良说："将军，武关是秦国的南大门，地势险要，易守难攻，秦国依据武关，多次进攻楚国，最后王翦出武关，一举灭了楚国。秦始皇东巡，出入武关，向天下炫耀秦国的武力，表明秦始皇对武关这座雄关的厚爱。对付武关，只能智取，不可强攻。如果强攻武关，就很难过峣关、蓝田大营，要是项羽打败章邯，您就失去了进攻关中的最好时机。"

刘邦说："军师，如何智取武关？"

张良说："如今天下大乱，人心惶惶，人人都在为自己考虑，还有谁在意国家的利益？不如派郦食其和陆贾前去游说武关守将，答应给武关守将许多好处，武关守将肯定会为利益所动，放我军过关，这就为我军进攻关中创造了最好的机会。"

刘邦说："好啊，就按军师说的办吧。"

张良叫过来郦食其和陆贾，说："二位先生，现在有劳进入武关，游说武关守将，不知二位意下如何？"

郦食其和陆贾拱手施礼说："军师，游说是我们的特长，这个时候不用我们，还要等到什么时候？"

张良说："二位先生，大军就在武关城外等着你们的好消息。"

郦食其和陆贾说："军师，告辞！"

郦食其和陆贾出了刘邦大营，来到武关东门口，守在城上的秦军喊："什么人？"

郦食其说："请转告将军，我是郦食其，有话要当面对将军说。"

守城士卒见是两位先生，赤手空拳，就没有把他们当回事，马上下了城，回到军营里，报告了将军，说："将军，郦食其和陆贾就在城外，他们有话要当面对你说。"

守将心里想，郦食其和陆贾是著名的游说之士，他们来武关，不外乎是要劝我投降，开关放他们过去。守将说："他们带什么东西了吗？"

士卒说："将军，他们什么也没带。"

守将心里想：现在人人都在为自己打算，凭三寸不烂之舌，就想收买我，简直是痴心妄想。守将说："不见！"

士卒回到城头，对郦食其和陆贾说："你们赶紧走，将军不见你们！"

郦食其对陆贾说："我真的没有想到，大秦就要亡了，竟还有忠贞之士啊。"

陆贾说："先生，话说得太早了。"

郦食其说："先生，为什么？"

陆贾说："先生，没有真金白银，他怎么能轻易放我们过关？"

郦食其说："对啊，先生，怎么能把敲门砖给忘了。"

陆贾说："先生，你在这里等着，我回去就来。"

郦食其说："好。"

陆贾返回刘邦大军，对张良说："军师，我们失礼了。"

张良说："需要多少，尽管拿去！现在放出去，到时收回来，我们只赚不赔，这样的买卖，特别合算。"

陆贾说："先拿三箱真金白银，等大军进了关，与守将约好了，再多送些'礼物'也不晚啊。"

张良说："可以啊。"

刘邦说："为什么后面还要多送礼物？"

张良说："二位先生自有妙用，大军过关后，将军拿回全部礼物就是了。"

陆贾带着礼物，来到了武关东门口，对城上士卒说："请对将军说，刚才失礼了，忘了带礼物，现在把礼物带来了，请将军查收。"陆贾说着，让随从打开了箱子，满箱子真金白银耀得城上士卒眼花缭乱。城上士卒说："你们等着，我再去通报。"

士卒回到军营，向将军做了汇报，将军上了东门，朝城下看。陆贾说："将军，区区薄礼，不成敬意，等约好之后，再奉送二十箱金银财宝。"

武关守将看着没有言语。

郦食其说："将军，为了表达诚意，请将军将这三箱财宝用绳索从城下吊上城楼，亲自查验。"郦食其说着，让随从将三箱财宝抬到了武关城下。武关守将从城上扔下了绳索，随从将箱子绑好，武关守将将箱子吊上了城墙，验过之后，对郦食其和陆贾说："二位先生，请到关里叙谈。"

郦食其和陆贾到了武关城下，武关守将命令士卒放下吊篮，将二人吊到了城上。武关守将说："先生，这里不是说话的地方，请随我回到大营。"

郦食其和陆贾说："好！"

武关守将把郦食其和陆贾带回大营，陆贾说："将军，各路义军风起云涌，大秦岌岌可危，像将军这样有本事的人，为什么不尽早寻找明主，另谋出路呢？"

武关守将说："不瞒二位先生，我正有此意，只是无人引荐。"

陆贾说："将军只要弃暗投明，我们帮你引荐。"

武关守将说："不知二位给我引荐何人？"

陆贾说："西路义军首领刘邦将军啊。"

守将说："是不是那个亭长刘邦？"

陆贾说："正是此人。"

守将说："我还以为是项羽将军呢。"

陆贾说："将军有所不知，义帝与刘将军、项将军约定，先入关中者为王。项将军在巨鹿被秦军拦住了，刘将军过了武关，攻进咸阳指日可待，到时刘将军到了关中为王，将军就是有功之臣，自然少不了将军的封赏。"

郦食其说："将军，你想多了，亭长只能代表刘将军的过去，不能代表刘将军的未来。

武关守将说："先生所言，极有道理。"

陆贾说："将军，事成之后，还有重谢！"

武关守将说："好说，好说。"

郦食其和陆贾与武关守将商定了过关时间等事宜之后，出了武关守将大营，又被武关守将用吊篮从城上放下了城。郦食其和陆贾返回刘邦军中，将过关事宜向刘邦、张良做了汇报，张良与刘邦商议之后，很快准备了二十个大木箱，找到了二十个力士，做好了过关的准备。

郦食其和陆贾带着随从，抬着二十只木箱，来到武关城下。武关守将已经在城上等候了多时，看着这么多木箱，心里特别高兴。

陆贾走在最前面，对抬着第一个木箱的随从说："打开木箱！"

武关守将在城头见是一箱金子。

陆贾转身，对抬着第二个木箱的随从说："打开木箱！"

武关守将在城头见是一箱珍珠玛瑙。

陆贾转身，对抬着第三个木箱的随从说："打开箱子！"

武关守将在城头见是一箱金子。

陆贾转身，对抬着第四个木箱的随从说："打开箱子！"

武关守将对陆贾说："先生，不用开箱查验了，我相信先生的人品。"

陆贾说："将军，这些财宝是从城头向上吊呢，还是我们负责搬进关里？"

武关守将说："先生，已经约好了，你们有情，我不能无义。"

陆贾说："将军有情有义，在下佩服！"

武关守将对把守关门的士卒说："开关！"

陆贾带着随从抬着木箱，进了武关，躲在箱子里的力士出了箱子，拿出武器，与陆贾身边的随从一道，杀死了把守在关门后的秦军，占领了东门。埋伏在后面的大军，见陆贾他们不费吹灰之力地得了手，也冲进了关里。武关守将没有防备，士卒死伤惨重。

武关守将对着陆贾和郦食其说："二位先生，不是说好了，为什么要背信弃义呢？"

武关守将的话刚说完，就被乱箭射死了。

郦食其对着武关守将的尸体说："背信弃义，还有资格教训我们吗？"

刘邦在武关夺取了给养，略作休整之后，率领大军来到龙龟寨的时候，刘邦的坐骑产下了一匹小马驹。地方官吏特别高兴，来到了刘邦军营，对刘邦说："刘将军，恭喜宝马喜得马驹。"

刘邦说："大战在即，小马驹跟着大军实为不便，就送给你们代为饲养。"

地方官吏说："刘将军，多谢！"

刘邦说："你们这个地方叫什么名字？"

地方官吏说："将军，这里叫龙龟寨。"

刘邦说："改为龙驹寨如何？"

地方官吏甲说："将军，龙龟寨从尧舜时叫到了现在，龙龟寓意平安吉祥、富贵长寿，现在改称为龙驹，充其量就是一匹宝马，实为不妥。"

地方官吏乙说："大秦就要灭亡了，刘将军就要当皇帝了，这种机会，千载难逢，多少钱都买不来。未来的皇帝已经开口了，还有什么不妥呢？"

刘邦对地方官吏乙说："你脑子活，会处事，今后前途无量。"

后来，刘邦当了皇帝，地方官吏找到了刘邦，提起往事，刘邦大笔一挥，将地方官吏连升三级，又拿起笔，为龙驹寨题写了地名。地方官吏如获至宝，带回龙驹寨，找了上好的石材，找最好的匠人，刻在了石头上。

刘邦大军离开了龙驹寨，继续快速出击，出其不意到达了峣关（今蓝田县城南）。

刘邦对大军下令："准备攻城。"

张良说："将军，不妥！"

刘邦说："军师，为何？"

张良说："将军，过了峣关，就是蓝田，秦军必然重兵把守，要是大军强攻，就会损兵折将，耽搁时间，将军就会失去在关中称王的时机。"

刘邦说："军师，我听你的安排，请讲！"

张良说："将军，大军在峣关前安插旌旗，留下少量士卒，迷惑峣关里的秦军，将军带领大队兵马，绕过峣关，与蓝田秦军决战。"

刘邦说："军师高明！"

刘邦按照张良的计谋，绕过了峣关，以迅雷不及掩耳之势，出现在蓝田秦军大营前。秦军仓皇迎战，死的死，降的降，吃了败仗。刘邦又得了蓝田的给养、武器和士卒，军威大振，快速将军队开到了霸上。

咸阳城已经无兵可用，尽在刘邦囊中。

秦人子婴驾着素车，颈上系着带子，带着玉玺、节杖、兵符，在轵道投降。刘邦随即带兵进入咸阳。项羽在巨鹿打败了秦军章邯，朝关中进军。刘邦经历了鸿门宴，率领大军离开关中，去了汉中。

项羽一把火烧了阿房宫。泱泱大秦，二代还没有坐稳，就灭亡了，这是秦始皇与先祖做梦都没有想到的结局呀。

秦朝灭亡的消息传到了武关，武关妇人的儿媳没有食言，一头碰死在了祖坟的墓碑上。

只靠武力得到的东西，迟早会土崩瓦解，烟消云散。

武力有什么值得炫耀的？

公元前 202 年，刘邦战胜了项羽。刘邦就是汉高祖。

武关妇人与儿媳的事，传到刘邦那里，刘邦让武关官吏重新厚葬了武关妇人与她的儿媳，开始在全国实施休养生息政策。

后　记

武关在陕西省丹凤县龙驹寨东面三十多公里的地方，过去曾经是秦国最重要的关隘，现在已经成了一个镇子。这座废弃的关城，有着厚重的历史。我很早就想写武关了，但是，由于种种事情，一直没有动笔。

后来，跟着朋友刘志丰、陈典锋等多次去了武关，对武关有了初步的认识，于是便鼓起勇气，开始写武关。武关历史厚重，一时不知从哪里着手。就这样，从计划写武关开始，天天翻来覆去，睡不着，吃不香，冥思苦想，想啊，想啊，一直没有头绪。这种痛苦的情形只有经历过写作的人才能深切地体会到。

没有勇气和毅力，就不要轻易尝试写作。自己下了决心，在朋友面前说了大话，就不能失信于人。我是一个执着的人，自己说到就必须做到，认准的事情，必须彻底完成。就这样，我想啊，想啊。写作是个人行为，该怎么写，写什么，和旁人没法说，就是知己朋友，也没法说，必须独立完成。这么多年写作的实践，让我十分清楚，要是自己都弄不懂将要写什么，就必然写不出来。

当初写《武关》的时候，想从秦朝入手，而这方面的文学作品已经问世，再按照这个思路写，就有抄袭嫌疑。就是写出来，相同的故事，人云亦云，又有什么意思呢？更何况存世的先秦和秦汉时期的史料相对较少。就这样，继续思来想去，每天像病了一样，没精打采，痛苦不堪。我知道，每部小说在开始写的时候都很难，没法下手，但是只要一直动脑子想，哪怕每天坐在电脑前，连续三个小时一字未成，都会茅塞顿开。写着写着，问题就会迎刃而解。

功夫不负有心人，就这样，继续想啊，想啊，终于在一个风轻的傍晚，在散步的时候，看着水泥路两旁的青山绿水，心旷神怡，茅塞顿开。要写武关，为什么铺得那么开，写得那么远呢？小说命名为《武关》，为什么不以武关为舞台，书写武关的故事呢？想到这里，我顿时豁然开朗，郁积于心中的不快，霎时烟消云散。那个傍晚，风儿轻轻，天高地阔，我心中畅快自不待言，看什么都觉得顺眼，都觉得美好。不负韶华，岁月静好。

明确了写作方向，我马上开始查阅史料，听《百家讲坛》，翻阅这方面的图书，理出了思路，拉出了写作提纲，一切围绕武关，删繁就简。武关故事那么多，我这次就从传说中的武关、晋楚的武关，写到商鞅变法后强盛中的秦国控制下的武关，再写到秦军出武关灭亡了楚国的事，最后写了刘邦智取武关，故事到了这里，就戛然而止了。

我的小说都是改出来的，天天想，天天改，定稿的时候，整个脑子一片空白，整部小说最终已经脱离了原来的构想。

最后，一如既往地感谢大哥张富群、二哥张存仓和家人对我的大力支持，小说节选章节在第七届秦鼎杯征文比赛中被评为其他类一等奖，感谢秦鼎茶叶于国奇总经理的厚爱，感谢朋友们的关注。

2023 年 8 月 30 日于龙驹寨家中